U0135199

L'horizon à l'envers

倒悬的地平线

〔法〕马克·李维 著
Marc Levy
余轶 译

人民文学出版社

著作权合同登记号 图字 01-2022-6475

图书在版编目（CIP）数据

倒悬的地平线／（法）马克·李维著；余轶译 . ——北京：人民文学出版社 , 2023
ISBN 978-7-02-018258-9

Ⅰ . ①倒… Ⅱ . ①马… ②余… Ⅲ . ①长篇小说—法国—现代 Ⅳ . ① I565.45

中国国家版本馆 CIP 数据核字（2023）第 176277 号

责任编辑　马冬冬
装帧设计　陶　雷
责任校对　罗翠华
责任印制　宋佳月

出版发行　人民文学出版社
社　　址　北京市朝内大街166号
邮政编码　100705

印　　刷　河北环京美印刷有限公司
经　　销　全国新华书店等

字　　数　230千字
开　　本　850毫米×1168毫米　1/32
印　　张　11.375　插页1
印　　数　1—10000
版　　次　2023年11月北京第1版
印　　次　2023年11月第1次印刷

书　　号　978-7-02-018258-9
定　　价　72.00元

谨以此书献给我的父母，

我的姐姐，

我的孩子，

我的妻子，

以及

苏珊娜

没有什么比不可能发生的事情会更快发生。

—— 维克多·雨果

霍　普

远处传来救护车的声音。

乔西把脸贴近窗户，深吸了一口气。他的目光在街区建筑物的红砖墙上游离。他和霍普搬来这里已经有一年了。

一道红蓝相间的灯光出现在街角，闪烁着穿过无人的街道，照亮了整个房间。救护车在楼门口停了下来。

最后的时刻到了。

"乔西，我得动手了……"卢克说。

乔西倾尽全力转过身来，凝视着那张脸。那张他深爱的女人的脸。

"别看了，乔西。没必要。"霍普轻声说。此时，针头已经插入她的血管。"你我之间，什么都不必说。"

乔西走到床边，俯下身来亲吻了霍普。她苍白的嘴唇微张着。

"遇见你是我人生最大的幸运，我的乔西。"她微笑着对他说，随后便合上了双眼。

有人敲门。卢克起身开门，进来两名护士和一名医生。医生直奔床边，急着给霍普测量脉搏；随后义从医疗包中掏出一堆导线和电极，分别固定在霍普的胸部、手腕和脚踝处。

医生看了看心电图纸上的曲线，朝两名护士打了个手势。护士把担架车推过来，又把霍普抬到担架车的冰垫上。

"我们得赶快！"医生说。

乔西眼看着他们带走霍普。他想跟上去，但卢克抓住了他的胳膊，把他拉回到窗边。

"说真的，你觉得能成吗？"乔西叹了一口气。

"未来的事，我说不准。"卢克回答，"但今晚，我们已经完成了一项不可能的任务。"

乔西朝楼下的街道望去。护士正把担架车往救护车上推，医生也跟着爬上车，重新关好车门。

"还好，医生没有察觉……我真不知道该怎样谢你才好。"

"唱主角的是你们俩，我只是跑龙套而已。就算我出了一点力，那也是为了她。"

"你发挥了关键作用。"

"那是她的说法……结果究竟如何，未来说了算——就看我们能不能活到那时候了。"

1

"你怎么老爱贬低自己呢？真不敢相信，像你这样的女孩，居然如此不自信！难不成，你是在耍花招？"

"什么耍花招？就你爱胡说。"

"你这样做，无非是想要别人恭维呗。"

"瞧瞧，我说得没错吧！如果我真的漂亮，你压根儿就不会觉得我需要恭维。"

"跟你说话，心真累。霍普，你的迷人之处在于你的个性。你是我见过的最有趣的女孩。"

"当一个男孩夸一个女孩有趣，那女孩一般都长得很丑。"

"是吗？女孩子就不能既漂亮又有趣？如果这话是我说的，你铁定又得说我是大男子主义，搞性别歧视。"

"而且还蠢得不可救药！不过，换作我，就有权这么说。对了，那个安妮塔怎么样？"

"哪个安妮塔？"

"少装蒜！"

"我们没在一起！只是看电影时她碰巧坐在我旁边，我们就影片交流了一些看法而已。"

"一小时二十分钟的警匪片，一直都在你追我赶，然后以一个煽情的拥抱结尾 —— 请问这样的电影有什么好交流的？"

"霍普，你影响到我学习了。"

"你不是一直在偷看坐在图书馆那头的褐发美女吗？ 都看了一小时了。要不要我过去给你牵个线？ 我可以问问她是否单身，跟她要个电话号码，告诉她我同学特别想邀请她看场作者电影①，比如《绝美之城》②，或者是维斯康蒂③的代表作，又或者老卡普拉④的……"

"我真是在学习，霍普。我总得抬头思考，而那女孩又恰好在我的视线范围内，这怪不得我吧。"

"那倒是，坠入爱河的人也不能怪地心引力。你在思考什么？"

"神经递质。"

"哦！ 去甲肾上腺素、血清素、多巴胺、褪黑激素……"霍

---

① 诞生于二十世纪五十年代法国电影界的一种新创作主张，强调导演在影片拍摄、制作、剪辑过程中的主导权，突出导演独特的个人风格和艺术主张。因其所主张的导演与影片的关系正如作者之于著作的关系而得名。(如无特别说明，下文注释均为译者注)

② 由保罗·索伦蒂诺执导，讲述了一个中年作家在罗马漫步，拾寻逝去青春记忆的故事。该片于二〇一三年在意大利上映，荣获第八十六届奥斯卡最佳外语片奖。

③ 卢奇诺·维斯康蒂 (Luchino Visconti)，意大利电影导演，新现实主义电影先驱，代表作有《大地在波动》。

④ 弗兰克·卡普拉 (Frank Capra)，意大利籍美国导演，是经典好莱坞时期最著名的导演之一，擅长在导演现场即兴创作，代表作有《一夜风流》。

普略带嘲讽地列举。

"你先闭嘴，听我说。我们都知道，神经递质可以在特定的条件下刺激脑部活动，比如提高注意力、强化记忆，还可以影响我们的睡眠周期、进食和性爱行为……以褪黑激素为例，它与冬季忧郁症息息相关……"

"那么夏季忧郁症呢？比如试穿泳装时就很容易犯病的那种，又与何种神经递质有关？如果你能回答这个问题，我就给你颁发诺贝尔提名奖。"

"试想，如果这些神经递质的作用是双向的呢？会不会存在这样一种可能：在我们的一生当中，神经递质不断作用于我们的脑部活动，而这些作用的结果又被反馈回神经递质，由它们收集、储存。这样一来，神经递质就相当于一个个鲜活的微型记忆储存体，它保存着我们的所有习得，进而塑造并改变我们的性格。一个人因其个性而与众不同，可到目前为止，没人能说清楚'个性'这东西到底存在于大脑的哪个部位。假设神经递质正如计算机服务器那样，组成了一个蕴含无数原始数据的网络，那么，神经递质就是我们的个性储存器。"

"太精彩了！简直就是天才言论！请问，你打算如何证实这一猜想？"

"依你之见，我为什么要学习神经科学？"

"为了诱惑女孩子呗！我敢保证，第一个听到你这项革命性猜想的教授一定会立刻建议你转系。转去法律系也好，哲学系也好，什么都行，只要你别再出现在他的班上。"

"可如果我的猜想是对的，你知道这意味着什么吗？"

"假设你的伟大理论真的成立，又假设某天人类真的可以破解神经递质所蕴含的信息密码，那就意味着，我们可以切入个人记忆的任何片段。"

"不仅如此，我们还可以复制记忆，甚至把个人意识转存到电脑上去！"

"这真是个可怕的想法。你跟我说这些干吗？"

"为了让你跟我一起研究这个课题。"

霍普大笑一声，准备离开。周围的人都向他俩投来责备的目光。霍普的笑总能给乔西带来好心情，尽管大部分情况下都是对他的嘲笑。

"先请我吃个饭吧。"她小声说，"我指的是正儿八经的餐厅，可不是什么送餐上门的难吃玩意儿。"

"能再等几天吗……我现在囊中羞涩，周末倒是会进点小钱。"

"从你父亲那儿？"

"不是。我在给一个笨蛋上科学课。他的父母始终觉得那孩子还有希望。"

"你真是又虚伪又邪恶。算了，我买单。"

"这样的话，那好，我请客。"

＊　＊　＊　＊

乔西认识霍普是在开学几个月后。那是初秋的一天，他和卢克正坐在草坪上，两人就着一支来源不那么合法的香烟，彼此倾诉内心苦闷。几米开外，霍普倚着一棵樱桃树，正在复习功课。

突然，她用清脆而响亮的声音，问周围是否有人得了绝症，才能在光天化日之下明目张胆地使用具有依赖性的精神药物。

卢克站起身来，想看看说话的人到底是老师还是学生。他左顾右盼，正好发现霍普在朝他挥舞手臂。女孩轻轻吹了一口气，气流拂开挂在她额前的刘海，露出一双迷人的眼睛。卢克瞬间就被征服了。

"你看着没毛病啊！那濒死的就是你的朋友咯，大白天躺在地上数星星的那位？你们的牙买加香烟说不定就是他的病因之一，连我闻了都感觉怪怪的。"

"那你要过来跟我们一起吗？"卢克问。

"谢谢，我已经很难集中精力了。多亏了你们关于女性的精彩对话，害得我半小时都在读同一行字。真想不到，你们这个年纪的男生，在谈论女性时，居然能说出那么多蠢话来。"

"你在读什么书，这么有趣？"

"《中枢神经系统的先天性畸形》，尤金·费迪南德·阿尔让布鲁克教授的著作。"

"'这是个漂亮的姑娘，身材纤瘦，落落大方，从头到脚都散发出主的恩惠的气息。'——《当我们谈论爱情时我们在谈论什么》，作者雷蒙德·卡佛。每个人都有自己青睐的书，不是吗？过来跟我们介绍一下你关于女性的高见吧。对我们来说，这个话题远比大脑皮质病理学神秘，也更有趣！"

霍普审慎地看了卢克一眼，最后合上书，站起身。

"大一吧？"她边问边向他们走去。

乔西迎上前，跟她打招呼。她一声不吭，只是看着他向她伸出的那只手。乔西一边诧异女孩为什么不跟自己握手，一边重新坐回到草地上。

可是，两人之间的目光交流被卢克尽收眼底，包括霍普看见乔西时眼中闪烁的亮光。如果说卢克已经为这个不知名的女孩而痴迷，那他同时也明白，女孩看中的人并不是自己。

后来，霍普一直否认初见乔西时对他有感觉。卢克根本不相信霍普的话。每次谈到这个话题时，他都说，后来发生的事情说明了一切。

乔西也发誓，初见霍普时不觉得她有任何迷人之处。他甚至还说，有种女孩，只有当你真正了解她时，才能发现她的美——而霍普就属于这一种。至于这种说法到底是出于赞美还是讽刺，任凭霍普如何死缠烂打地追问，乔西就是不作答。

相识之后，三人相聚在那个夏韵犹存的秋夜。乔西不善言辞，每次霍普提问，卢克都会竭力替他回答。看到最好的朋友如此费尽心力，乔西一直在心底偷着乐。

* * * *

深秋时节，霍普、乔西、卢克已经成了不可分割的三人组。下课后，他们总会聚在图书馆前的空地上。遇到冷天或雨天，就改在阅览室。

三人中间，乔西用功最少，成绩最好。每次考完，卢克拿着三个人的成绩一对比，都不得不承认乔西的科学头脑远比他们的发达。霍普对乔西的评价却很保守，她认为乔西固然聪明，但主要是靠竭力魅惑教授和他的女性崇拜者而获得成功。最好的情况下，霍普顶多承认乔西比他们更有想象力，但远不如他们刻苦。

卢克至少不会因为眼前有美腿经过就分神，而且，跟霍普一样，学有所成是他的首要目标。

一天晚上，三人正在咖啡馆复习功课，邻座有个女生一直盯着乔西看，恨不得用目光把他给独吞了。乔西呢，也时不时地瞥她一眼。霍普打断了两人的小把戏，并建议乔西与其在这里假装学习，不如带那只"火鸡"回去好好干一场。

"霍普，你这话说得可真优雅。"乔西反讽。

"双方各得一分！"卢克在这场唇枪舌剑中充当临时裁判，"我有个问题，你们俩为什么要一天到晚地拌嘴呢？就不能换种方式相处吗？"

见两人都不出声，卢克又说："比如一起出去约个会什么的。"

接下来的气氛尴尬得简直可以载入史册。霍普很快就走了。她说自己必须复习迎考，而科学证明，在他们两个笨蛋的陪伴下这是不可能实现的。

"你发什么神经？"霍普刚走，乔西就质问卢克。

"我实在是懒得看你们兜圈子，就像两个青春期的小毛孩。太烦人了。"

"这关我什么事？我和霍普之间，只有纯粹的友谊。"

"你也许并没有人们所说的那么聪明。要么就是你瞎了眼，才会对明摆着的事实视而不见。"

乔西耸了耸肩膀，也离开了咖啡馆。

他回到和卢克合租的公寓，坐到笔记本电脑前，开始做一项平时不太做的研究。在试过所有他能想到的网名后，乔西这才发现：霍普是他所认识的人当中唯一一个不用社交网络的人。她如此低调，令他十分好奇。

第二天下课后，乔西特意在教室门口等霍普。两人沿着校园小路走了很久。乔西好几次想提出心中的问题，却一直没问出口。霍普开玩笑故意带乔西围着图书馆兜圈，乔西居然没有察觉他们走来走去又回到了原点。随后，她又带着乔西往自己宿舍楼的方向走。

"你到底想做什么？"她最后忍不住问。

"没什么，就是陪你走走。"

"你是不是最近跟不上课，要我帮你写作业？"

"我从来不会跟不上课。"

"真不知道你是怎么做到这一点的，平时只见你把大好的光阴都浪费在抽烟上。这简直就是科学界的一大谜题！"

"因为我总能抓住重点。而且我善于优化学习时间。"

"我更倾向于另一种解释：你有一支为你效力的女生后援团。"

"霍普，你真的很烦人，总是给我扣帽子。你把我当成什么人啊？"

"我把你当成天才。这一点尤其令我恼火，所以我不想承认。"

乔西暗自思忖，不知霍普的话是出于真心还是嘲讽。

到了楼门口前，霍普提醒乔西，女生宿舍是不允许男生进入的。除非他愿意戴假发，否则别想踏入半步。

直到这时，乔西才提出那个在心里憋了很久的问题。

"你怎么知道我不用社交网络？"霍普如此回答。

"因为我在网上没找到你。"

"也就是说，你在网上搜索过我了？"

乔西的沉默相当于肯定回答。

"你不解释一下吗？"他追问。

"不，我在想你为什么要浪费如此宝贵的时间去网上搜索我的信息，直接来问我不是更简单吗？"

"那好，那我就直接一点，你为什么不用社交网络？"

"把自己的生活全都挂在网上，无非是想显示自己比别人过得更好。可我只是和别人过得不同而已。我的生活只属于我，与他人无关。所以，我的生活只为我自己保留。再说，你也不用脸书啊！"

"是吗？你是怎么知道的？"乔西问道，脸上是那种霍普最无力抵抗的笑。

"就像卢克所说，'双方各得一分'。"她回敬。

"我不喜欢社交网络，或者干脆说，我不喜欢网络。"乔西坦言，"我是一个孤独主义者。"

"你以后想做什么？"

"马戏团的大象驯兽员。"

"正是这种回答，让我觉得我们永远不可能上床。"霍普脱口而出，丝毫没有掂量这句话的分量。

乔西一下子怔住了，不知该如何是好。

"因为你从来就没有想过这一点，对吗？"她追问。

"我想过，可我料到你的床绝不会欢迎一名大象驯兽员，所以我干脆没有表示。"

"至于大象嘛，我倒也并不反对……不过，你只会是拜倒在我石榴裙下的第 N 位追求者。"霍普故意调侃他，"还有，想想第二天……我该怎么对你说'别抱幻想，我们之间不会来真的'？我现在就能预想到自己在清晨时偷偷摸摸地离开，你还在睡觉，而我羞愧得要死。因为你值得比我更好的女孩，我敢保证……"

"在你眼里我就是这样的人？"乔西问，"对待感情如此轻浮、粗俗？"

"你从来就不粗俗，但也许有点轻浮。"

霍普的这番话让乔西内心十分沮丧，他只好转身离开。霍普觉得自己做得有点过分了，于是赶紧追上去。

"看着我的眼睛对我发誓，说你绝对不会是那样的人。"

"你愿意怎么想就怎么想吧，那是你的自由。"

乔西加快了脚步，可霍普很快又追了上来，拦住他的去路。

"给我一个晚上的时间，我去实验室研发一种药丸，明天一早就偷偷放进你的咖啡里。"她说。

"请问这药丸有何功效？"乔西摸不透霍普的心思。

"它能删除你二十四小时以内的记忆。这样一来，你就会忘记我刚才说过的话，忘记我是一个很不会开玩笑的人，忘记……忘记我所有的缺点。不过别担心，你依然会记得我的名字。"

说完，霍普朝乔西笑了。她唇边两个深深的酒窝在乔西的心中激起一阵涟漪，把他的后半生都圈了进去。霍普的脸上有一种特别的神采，是前所未有的还是他以前没有注意到而已？无论如何，此刻，他分明感觉到，他和她之间的关系已经不同以往了。从来没有任何一个女孩能让他放下防备，而今晚，霍普只凭几句话就正中他的内心。

他不禁在她的面颊上亲吻了一下，但很快又为自己这个笨拙而唐突的举动感到懊悔。更令他懊悔的是，他居然说不出一句完整的话来，哪怕是向她道声晚安。

"你是不是希望我们一直站在这儿，数数还有几扇亮灯的窗户？"霍普问他，"其实我更愿意数星星。我知道你很喜欢星星。只可惜今晚天上有云。"

霍普也不明白，自己为什么老这样招惹乔西。她也感觉到两人之间飘浮着一种难以名状的尴尬。是时候放下防备了，如果再这样对他忽冷忽热的话，他说不定真的会离她远去。这种徒劳无功的自我保护意识已经刻在了她的个性之中，就算她不愿承认，也改变不了这一事实。虽然她并不像大部分的同学那样，把性生活当成头等大事，可她不得不承认，自从认识乔西以来，在性生活方面，不能说完全禁欲，她也绝对在保持一定程度的克制。这不可能只是一种巧合。人会傻到为一个与自己毫无感情纠葛的人坚守忠贞吗？究竟是哪种愚蠢的细胞在控制大脑，使人愿意如此压抑自己的欲望？

乔西不知所措地看着她。霍普有一种强烈的冲动想要邀请他上楼。在这个钟点，门厅是没人的。他们只需要爬几层楼梯，在走廊里走个几米，就能到达她的房间。这并不是什么大冒险，只要他们保持低调就行。最多被某个女同学撞个正着，而她被假正经的女同学告发的可能性极低。以前，她好几次撞见楼友们做相同的事情。霍普只花了几秒的时间想这些计划，却发现最难的部分在于如何向一个正盯着她看的男孩开口。其实，只要简单的一句要不要上去再喝一杯？（虽然她的房里没有酒，除了一个漱口杯就没有其他的杯子了。）或者，也可以说你想上去继续聊吗？（尽管这句话也很暧昧，但听上去更可信。）她三次想要开口，可每次都是话到嘴边又咽了下去。

乔西还在凝视着她。时间一分一秒地过去，必须采取行动才行……要么干脆放弃。她努力再次冲他傻呵呵地笑了一下，然后耸耸肩，独自走进宿舍楼。

乔西满腹心事，他不知道今晚的对话会给两人的友谊带来什么样的伤害，也不知道自己为什么会在一瞬间想要忠贞不渝的感情。而这两个问题中，后者比前者更令他担忧。他决定，在明天到来之前，先不下任何定论。如果一切都归于正常，那就什么都不再想。无论如何，有一件事情一定要做到：不再让自己的目光停留在霍普的嘴唇上。

*   *   *   *

霍普躺在床上，盯着天花板。她随手抓起课本，翻了几页，却发现自己根本无法集中注意力。她第一次后悔自己没有室友。既然睡不着觉，她决定干脆起床到实验室去一趟。

每逢失眠的夜晚，霍普都喜欢去实验室干活。学校实验室很大，墙壁被刷成粉红色。这样的装饰在霍普眼中就是一个解不开的谜。实验室设备齐全，一个学生所能渴望的仪器在这里都能找到：显微镜、离心分离机、冷冻柜、无菌箱，还有三十来张桌子，每一张都配有瓷砖实验台、洗涤槽和电脑。不过，在进入实验室之前，得经过一段令她心慌的走廊。霍普深深地吸了一口气，心想今晚本来可以和乔西在一起的 —— 都怪自己不会表达情感 —— 然后便走出门。

她沿着一条上坡路，来到实验室大楼前。在经过通往实验室的漆黑走廊时，她那主张节约能源的环保主义信念轰然坍塌。她加快脚步，哼起歌来。

推开实验室的大门，她惊讶地发现卢克居然也在。他正凑向一个显微镜，好像并没有察觉她的到来。霍普轻手轻脚地走过去，想要吓一吓他。

"别干傻事，霍普。"卢克隔着遮去他大半张脸的防护面罩咕哝道，"我现在操作的东西十分脆弱。"

霍普的阴谋没有得逞，只好失落地问："都这么晚了，你在操作什么呀？"

"一些处于加热过程中的细胞。"

"你在研究什么？"

"你这样打扰我，我什么都研究不了。我想你大半夜跑过来，一定有自己的事要做，不是吗？"

"真够热情。"霍普回敬了一句，却一动没动。

卢克抬起头来，转动座椅。

"你想要什么，霍普？"

"乔西懂幽默吗？我的意思是，在他那扰乱人心的虚伪笑脸下，他真的有幽默感吗？"

卢克表情凝重地看了霍普一眼，然后重新转向他的显微镜。

"我倒不介意对着你的背说话。"霍普继续说，"可你能不能稍微礼貌一点？"

卢克又把座椅转过来。

"乔西是我最好的朋友，而你却是我们三人团的新成员。如果你觉得我会在他的背后跟你议论他，那你就错了。"

"那你加热这些细胞干吗？"

"等等，让我确认一下：这个问题与上个问题有关系吗？"

"上个问题我们已经无话可说了，那我只好问点别的。"

"行吧！我给细胞加热是为了让它们苏醒过来。"

"你把它们哄睡了吗？"

"是的，通过冷冻的方式。"

"为什么呢？"

卢克明白，他没法就这样摆脱霍普。他很累，剩下的实验还需要大半夜的时间。于是，他掏了掏实验室外套的口袋，从中翻出两枚二十五美分的硬币，递给霍普。

"自动咖啡机就在走廊里。我要一杯拿铁，双份糖。你要喝什么请自便。"

霍普双手叉腰，饶有兴致地看着他。

"你把我当成什么人啊？"

卢克看了看她，默不作声。

"你真应该为此而感到羞愧。"霍普边说边向咖啡机走去。

不一会儿，她就回来了，把卢克要的咖啡放在实验台上。

"怎么样，现在可以告诉我你在做什么实验了吧？"

"行。不过你得先答应我，不向乔西透露半句。"

能在乔西不知情的情况下与卢克共享一个秘密，不管是哪一种，霍普都觉得特别开心。她赶紧点点头，准备认真倾听。

"你听说过'生命暂停'吗？"

"你是说像冬眠那样？"

"差不多。生命暂停是一种与冬眠类似的状态。不过，前者的休眠程度比冬眠更深。人们也将其称为'可逆性生命暂停'。"

霍普随手拖来一张椅子，坐下。

"有些哺乳动物可以使自身的新陈代谢放缓，从而达到一种与死亡接近的状态。为了达到这种状态，它们的体温会逐渐降低到接近0℃。在休眠状态下，它们的耗氧量大幅下降，心率和血流速度只有原来的1%，因此心跳变得微不可察。为了维持生存，机体会生成一些强有力的抗凝物，以防血栓。可以说，细胞的活动停止了。这一切太神奇了，不是吗？现在的问题是：是否其他哺乳动物也具备这种潜能，只是没加以运用而已？你一定听说过一些罕见而真实的案例，比如某些人掉进冰水中或者在雪山上走失，很长时间后才获救。虽然他们长时间处于体温极低状态，却也能奇迹般生还，并且不留任何神经后遗症。实际上，他们的机体发挥了与深度休眠类似的作用，在极端情况下保护了生命器官。这与我刚刚提到的那些哺乳动物一模一样。"

"行了，行了，这些我都知道。不过，你为什么要研究生命暂停现象呢？"

"你先别着急，听我继续说。从理论上讲，生命暂停可以使生命体'定格'，从而无限期地保存下去。注意，我说的是'从理论上讲'。"

"人们将精子冷冻起来，用于体外受精，不就是对这条理论的实际应用吗？"

"人们甚至还可以冷冻处于早期细胞分化阶段的胚胎 —— 不多于八个细胞。到目前为止，这些是人类所能够成功保存，尤其是还能使其随时复苏的仅有的几种机体。因为保存是一码事，复苏又是另一码事。现有科学偏偏碰上了一个硬生生的物理问题：在极寒状态下，机体组织内部会形成结晶，而这种结晶会破坏甚至摧毁细胞。"

"你到底想要证明什么？"

"没什么，我不过是在琢磨这个问题罢了。它令我非常着迷。低温活体保存是一个跨学科的课题，涉及医学、制冷工程、化学、物理等多个领域。但最关键的是，要找到一个精通各个领域、像指挥交响乐团那样把各个学科融会贯通的人。"

"你想成为这样的指挥？"

"也许吧，在未来的某一天……我们有梦想的权利，不是吗？"

"那你为什么不想让乔西知道呢？"

"我自有我的理由。你已经对我做出了承诺，我希望你能够信守诺言。"

"整个晚上都盯着冷冻细胞看——说实话，我并不觉得这有什么好跟别人讲的。你就放心吧，我绝对不会说出去。"

卢克耸耸肩，重新凑到显微镜上。

"算了，你就把我当成幻想家吧，而且我真的要工作了。"

霍普看着卢克，心里十分不爽。她敢肯定，有些事，卢克不仅仅是瞒着乔西。

她沉默了一会儿，又问："你知道我为什么要选择进修神经科学吗？"

"不知道，也不想知道。"

"为了改善一种可以预防神经系统退行性疾病的分子。"

"很好！这样你就可以根除阿尔茨海默病了。就为这个？"

"是根除阿尔茨海默病以及所有类似的疾病。你瞧，我也可以算是幻想家之一。"

卢克再次转向霍普，他那持久的目光看得她很不自在。

"我会找个时间跟你解释的，但不是今晚。现在，请你别再打扰我了。你既然来到实验室，一定是有自己的事情要做吧。"

霍普知道再也别想从卢克嘴里套出话来，只好走到另一张桌子前坐下。

可她的心久久不能平复。她搜刮起脑中从上学第一天起所获得的全部知识，想弄明白低温活体保存技术在医学上到底有什么功用。她曾经读过一篇文章，讲的是匹兹堡医院急症科正在进行的一项实验。他们大幅度降低重伤者的体温，从而为外科医生赢得修复伤病的必要时间。在操作过程中，伤员的体温被降低到10℃左右，他的身体器官接近临床死亡状态，直到复苏。霍普心想，不管怎么说，冷冻技术也许会在未来发挥其他重要的医疗作用。她要搞清楚，到底是什么让卢克背着乔西，大半夜地在实验室用功。

她抬头看了看，卢克始终没离开他的显微镜。

"说不定我们可以利用冷冻技术靶向治疗癌变细胞？"霍普说，"比如说，在化疗之前，我们可以先降低病人的体温。这样一来，癌细胞就会被催眠，变得不堪一击。"

"但在这种情况下，正常细胞也会变得脆弱起来。"卢克回答，"这个问题，明天上课的时候你去问老师吧，看他会怎么说。"

"我才不要呢！这是我想到的绝妙创意，我更愿意自己一个人先研究研究。"

"真正的绝妙创意，是指那些在你之前无人想过的。"卢克漫不经心地说，"如果你舍得花力气，可以利用系里给你配备的电脑好好搜索一下。这样你就会发现，好几年前，就有人把冷冻探针插在了肿瘤上，使肿瘤温度降低到－40℃。癌细胞内部会结成晶体，再度被加热时，癌细胞就会破裂开来。很神奇吧！就在你打扰我的这个时刻，医疗技术已经取得了突飞猛进的发展。"

"用不着挖苦我。我不过是想跟你切磋一下而已。"

"不，你是为了打探我到底在做什么。对此我无可奉告，我只能说我在做实验。"

"可你做的到底是哪种实验？"

"一种有可能会让我被学校开除的实验。这也是我在夜里工作，而且不愿意向你透露更多的原因。现在你明白了吧？"

"我只明白了一件事，那就是我对你的实验更加感兴趣了。我想你还不够了解我。行吧，你到底是说还是不说？"

卢克站起身来，走到霍普面前。他把双手搭在霍普的肩膀上，又将自己的脸凑近她。

"你再好好想想。因为一旦我告诉了你我的秘密，不管你愿不愿意，你都得做我的同谋。"

"我已经想好了！"

可是卢克早已回到自己的座位上。霍普明白，今晚无论如何都别想从他嘴里知道更多了。于是她抓起自己的东西，离开了实验室。由于太激动，这次经过走廊时，她都没顾上害怕。

回宿舍后，她往床上一躺，打开手机，开始写邮件。她把写好的内容读了又读，犹豫片刻，最终点击发送。

2

闹钟响了。乔西睁开眼睛，伸了个懒腰从床上爬起来。他用冷水洗了把脸。洗脸池上方的镜子里，映出他萎靡不振的神情。他决定去冲个澡，顺便把胡子刮了。只要能消除起床气，怎样都行。

刮过胡子，吹干头发，乔西看了看表，又加快速度穿好衣服。阶段考试就要来了，今天估计会是漫长的一天。

他清点了一下上课需要的东西，确认手机充满了电，钥匙在口袋里，便随手关上房门。

路上，经过报刊箱时，他领了一份免费的校园日报，然后快步朝咖啡馆走去。

在一份早餐前坐定后，他掏出手机查看邮件，目光停留在唯一一封值得饿着肚子看的邮件上。

我亲爱的乔西：

我就开门见山吧。我一半的大脑皮质唆使我对你说"昨天的事情请别介意"，另一半大脑皮质却搞不懂我为什么要发这封邮件给你。

吻你（当然是在脸上）。

霍普

他担心自己写不出一条能让霍普微笑的回复，就连上课都在想这件事。

当卢克问他为什么整整一个钟头都盯着天花板、嘴里碎碎念时，乔西回答道："我想昨天晚上我在霍普面前失态了。"

卢克没有提起昨晚在实验室与霍普见面的事。

"你跟她说了我们项目的事？"卢克又问。

"没有，跟这完全没关系。我把她送到宿舍楼下，说了一些奇怪的话，我以为她会邀请我上楼去坐坐。唉，我太糊涂了。"

"你的猎艳范围太广，怎么可能不糊涂？"

"霍普和她们不一样。还有，你别再胡诌什么猎艳传奇了，我哪儿有那么多风流韵事！追求归追求，但我从不上床。"

"这是个视角问题。到最后，总是我去听那些被你撬走的姑娘诉苦。"

"我把她们撬走，你敢说自己没从中捞到一点好处？说到这个，我能问问你昨晚在哪儿过的夜吗？"

"我在实验室待了一整晚。咱俩总得有个人去推动项目进程吧！你说实话，是不是打算把项目的事情告诉霍普？"卢克问道。

乔西装出一副思考的样子。如果这事只牵涉他一个人的话，那他早就跑去说服霍普加入项目了，她一定能提供宝贵的协助……但他太了解卢克了，知道最好还是让卢克来做决定。

"为什么不呢？她天资聪颖，富有想象力，对什么都好奇，而且……"

"我想你已经明白自己跟她之间进展到哪一步了。不过我把话说在前头：如果要把她拉到项目中来，你就不能跟她发展感情。我可不想她哪天因为恋情受挫而中途退出。她一旦加入，就得无条件负责到底。"

*　　*　　*　　*

这一周里接下来的几天，霍普都没有去实验室。她把所有时间都花在翻阅有关低温活体保存的书籍上。她在心里暗暗较劲：等到卢克最终愿意向她透露实验的秘密时，她要跟他一样对这个话题了如指掌！

而乔西呢，一直在思考卢克所提出的让霍普加入项目的前提条件。这个条件让他有充分的理由维持现状，可奇怪的是，没有什么比改变现状更令他神往的了。

周六，他领到家教报酬后，就问卢克借了辆车。

"你要去哪儿？"

"这会影响你的决定吗？"

"不会，我只是好奇而已。"

"我需要透透气，去乡下转一圈。今晚就回来。"

"明天我们一起去吧，我也需要休息一下。"

"我想一个人去。"

"说去乡下透气，却穿着西装外套和干净的衬衫……我能问问她的芳名吗？"

"你到底给不给我车钥匙？"

卢克掏了掏裤子口袋，把车钥匙抛给乔西。

"记得给我重新加满油！"

乔西下了楼，在卢克那辆科迈罗的驾驶座上坐好，这才拨通了霍普的电话。他不满足于仅仅发出"邀请"，而是直接命令她去校门口的瓦瑟街地铁站等他。霍普原则性地予以回绝，因为她的复习进度已经滞后了。可她只听见乔西最后说了句"十分钟后见"，电话就被挂断了。

"行吧。"她嘟囔着，把手机往床上一扔。

她对着镜子梳好头发，套上毛衣，又脱下来，换上另一件，重新梳好头发，抓起手机塞进包里，然后出了门。

到了约定地点，她等绿灯亮起，就穿过马路，去对面的人行道上找乔西，却发现科迈罗就停在距十字路口几米开外的路边。

"发生什么事了？"霍普一边坐到副驾驶座上，一边问乔西。

"我们得谈谈。一起吃晚饭吧，这次我请客。你想吃什么？"

霍普不知道乔西到底打的什么主意。她想把遮阳板放下来，在遮阳板后面的小镜子里检查一下自己的妆容，不过想想又放弃了。

"怎么样，想好了吗？"

"我可以随便点菜吗？"

"只要我支付得起。"

"为什么不去海边吃牡蛎呢？带我去楠塔基特①吧。"

"那得开三小时的车，还不算坐轮渡的时间。你就不能提个近点的地方吗？"

"不能。"她毫不让步地说，"不过，可以改吃比萨。省下来的钱正好加油。"

乔西看了她一眼，转动汽车钥匙，开车上路。

当他们驶出城市时，霍普才有所察觉："我们应该往南走，可你却在往北开。"

"开车四十五分钟就能到塞勒姆②。那里有你想要的牡蛎和海滩。"

"行，就去那儿，你正好给我讲讲女巫的故事。对了，你到底要跟我谈什么事情？"

"跟巫术差不多的事情，吃饭的时候我再好好跟你说。"

乔西把露出半截的磁带推回汽车音响中，然后转动音量开关。

当音响中飘出西蒙和加芬克尔③的歌声时，乔西和霍普交换了一个会意的眼神——没想到卢克喜欢听年代这么久远的歌，真是有趣。霍普用单曲循环模式播放 *Mrs. Robinson*（《鲁宾逊太太》）④这首歌，一路大声跟着唱。乔西庆幸他们不用到楠塔基特

---

① 楠塔基特（Nantucket）位于美国马萨诸塞州。

② 塞勒姆（Salem）位于波士顿以北，人称"女巫镇"。

③ 一支美国男声二重唱组合，跻身于二十世纪六十年代最受欢迎的歌手之列，曾为经典电影《毕业生》配乐。

④ 电影《毕业生》插曲，由西蒙和加芬克尔演唱。

那么远的地方。

塞勒姆很快出现在前方的地平线上。乔西知道一家小港渔家餐馆就在老城区的中心。说实话，这也是唯一一个值得他们大老远跑来的城区。因为霍普是来吃海鲜、吹海风的，不是来观光的。他把汽车在停车场停好，带着霍普走向餐厅。

他朝餐厅的女服务员微微放电，她把他们带到靠窗的位置上。

"我们能点多少只牡蛎啊？"霍普看着菜单，小声问乔西。

"你想点多少就点多少。"

"我是指在不用留下来刷盘子的前提下。"

"十二只。"

霍普的目光落在水族箱上。水族箱里有三只龙虾，钳子被橡皮筋箍得紧紧的。

"等等，"霍普从乔西手中夺回菜单，"我有一个新主意。我们不吃牡蛎了。"

"我们来这儿不就是为了吃牡蛎吗？"

"不，我们来这儿是因为你有重要的事情要跟我说。"

说完，霍普抓住服务员的胳膊把她带到水族箱前。她指向三只龙虾中最小的那只，请服务员用一个塑料袋把这只龙虾装好。乔西没有阻拦她。

"您确定不用先煮熟？"服务员不解地问。来女巫镇的疯疯癫癫的人太多，她自以为什么都见过。可是提这种要求的顾客，她还是头一次见到。

"不，就这样挺好。买单吧。"

霍普拿到她要的小龙虾，急匆匆地朝港口走去。乔西付了钱，也尾随她走出饭店。平静的小港湾里，几只被连在一起的帆船正随着水波轻轻摇晃。霍普趴在码头的地面上，将塑料袋浸入水中，装满水，又重新拎出水面，这才站起身来。她四下眺望，然后大声说道："那边！那个像小岛的岬角正合适！"

"能告诉我你到底在做什么吗，霍普？"

霍普没有回答，只是快步向前走去。在她身后，那个密封性值得怀疑的塑料袋在路面上留下一道水线。

十分钟后，她终于气喘吁吁地到达防波堤尽头。她从袋子里掏出小龙虾，请乔西把它抓牢。她小心翼翼地解开捆在虾钳上的橡皮筋，然后盯着龙虾的黑眼珠说："小龙虾，你一定会遇见自己的梦中情虾，和它一起生好多好多龙虾宝宝。你要教会孩子们，千万别落在渔夫的篓子里。它们会听你的话，因为你有死里逃生的亲身经历。等你老得快不行了，再告诉儿孙们，那个曾经救过你的人名叫霍普。"

说完，霍普请乔西把小龙虾扔进海里，扔得越远越好。

小龙虾在空中画出一条绝妙的弧线，重新回到大西洋的怀抱。

"霍普，你完全不按常理出牌。"乔西看着水面逐渐消失的泡泡，如此说道。

"这话从你口中说出来，我就权当是恭维了。至于牡蛎，我就救不了了，它们已经被开膛破肚了。"

"那就希望你救下来的小龙虾能摆脱困境，重获新生。我不知道它双手被铐、困在缸中有多久了，不过，我想已经够它四肢发麻的了。"

"我敢保证它能成功出逃。它长着一副勇士的模样。"

"好吧，既然你这么说的话，现在呢，我们吃什么？"

"三明治。如果你还有钱的话。"

两人离开海岸往回走。霍普脱掉鞋子，光脚踏在湿漉漉的沙滩上。

"你有什么要紧事要跟我说？"她在半路上问。

乔西停住脚步，叹了一口气。

"实际上，我只是想抢在卢克开口前，先跟你把事情说清楚。"

"什么事？"

"霍普，你的学费是谁承担的？"

她原本以为乔西带她来这儿，是为了谈论"他俩的事"。可现在，这个希望犹如退潮的海水，正迅速离她远去。

"我父亲。"她努力调整心绪，回答道。

"我的学费是由一家研究所承担的，以贷款的形式。等我一毕业，就得把钱还给他们，或者为他们效力十年。"

"你刚还说我的小龙虾被困得太久。"

"不是每个学生都有付得起学费的父母。"

"那你是怎么被这家研究所选中的呢？"

"通过竞争。候选人要提出一个在今天看来很不切实际在未来却有可能实现的创新项目。"

"这真是一个奇怪的主意！"

"大部分改变我们现如今的生活方式的先进技术，在三十年前都被视为不可能。这一点很值得我们反思，不是吗？"

"也许吧，得看你的兴趣点在哪里。那卢克呢，他也签了卖身契？"

"我们是联手参加竞争的。"

"你们提出了什么样的创新项目？"

"建立一张描绘全脑神经链接的信息图。"

"那是自然。就凭你们两个人的才学，完全可以完成这项丰功伟业。说不定你还不用那么用功。"

"别开玩笑。这个项目有一支专门的研究团队，拿了一大笔赞助费。我和卢克是看准了，才幸运地加入这支重要的研究团队。"

"那是自然。请问你们怎么就看得这么准呢？"霍普半是怀疑半是嫉妒地追问道。

"你先发誓，不告诉任何人，包括卢克在内。如果他来找你谈这个项目，你一定要装出毫不知情、十分惊讶的样子。"

"说吧。我觉得我一定会很惊讶的。"

乔西摆出一个大大的笑脸，这才说："原因其实很简单：因为我是个天才！"

"而且还谦虚得令人咂舌！"

"也有这个原因。"

"我明白了！你觉得我的天赋在你之上，所以想叫我跟你们一起干！"

"没错！你才华横溢、思维活跃，而且你跟我们一样，也梦想着改变世界。"

"你说得在理……不过，在给出答复之前，我想先跟你们两个人谈谈，假如项目真取得了什么研究成果，你们打算如何利用这些成果？我怀疑你在打什么小算盘。还有，你先告诉我，为什么你要抢在卢克之前跟我谈？"

"因为他对你的加入提出了一个条件。"

"什么条件？"

"我们之间不能有超出友谊之外的感情。"

眼看着两人的爱情故事还没有开始便已经结束，霍普先是失落，继而为他们邀请自己加入研究团队而受宠若惊，最后是恼羞成怒。

"我认为这个问题根本就不存在！因为我们之间本来就没什么，以后也不会有什么！再说，这关他什么事？"

乔西向她走近一步，将她揽入怀中。

霍普从来没有主动吻过别人。她以前大部分的吻都是彻头彻尾的失败，那些嘴唇要么过于平淡，要么过于激烈。这一次，她与乔西的吻却 —— 她想找到一个合适的词来形容这种战栗 —— 仿佛一道电流穿过她的整个脊骨，然后在颈窝处绽放出密密麻麻的烟花……他的吻是如此温情。而温情是这个世界上最能让她感到幸福的东西，也是她最看重的优点。它象征着情感与理智之间的完美平衡。

乔西凝视着她。她暗自祈祷他别开口，别让语言破坏了这第一个吻带给她的陶醉。他眯起双眼，这使他显得更加迷人。他抚摸着她的脸颊。

"你真的很美，霍普。你是如此美丽，却又是唯一一个对此毫无所知的人。"

霍普心想，按照这个情节发展下去，她一定会醒过来，发现这是一个星期天的早晨，窗外下着大雨，自己穿着皱巴巴的睡衣躺在房间里，头痛口渴得不行。

"掐我一下！"她说。

"什么？"

"求你了，照我说的做。因为如果是我自己动手的话，会真的疼。"

他们重新拥抱在一起，再次亲吻，只会偶尔停下来，怀着初恋般的心情，安静地凝视着对方。

乔西牵起霍普的手，带她走向港口。

他们走进一家比萨店。店里的氛围对他们来说太过悲凉，于是他们决定把比萨带到防波堤上去吃。

吃完这顿临时起意的晚餐，他们漫步在老城区的街道上。乔西揽着霍普的腰，两人走到一块写着"住宿和早餐"的招牌下方时，招牌突然吱吱作响，亮了起来。霍普抬头看着乔西，把食指按在他的嘴唇上："你可别想明天一早偷偷开溜，把我一个人留在塞勒姆。"

"如果我们几周后没有考试，如果卢克不会因为我没还车而追杀我，我会提议在这里一直待到你受不了我为止。"

霍普推开旅店的门，要了一间最便宜的房间。在登上通往顶层的楼梯时，他们分明感到心跳在加速。

这间阁楼也还有几分可爱之处。墙上贴着仿茹伊印花布①的壁纸，一扇天窗正对小港。霍普打开窗户，探出身去，想要呼吸一下夜晚的空气。乔西却把她拉过来，开始脱她的衣服。他动作笨拙，这反而让霍普感到心安。

她脱下毛衣，褪去胸罩，示意乔西褪去衬衫。他们的牛仔裤在椅子上着陆时，人已经躺倒在床上。

"等等……"她捧着他的脸说。

可乔西一刻也没有等，他们的身体在被弄皱的床单上合二为一。

*　　*　　*　　*

白日的亮光破窗而入。霍普扯了扯被子，盖住自己的脸，然后转向乔西。他还在睡觉，一只手臂搭在她的身上。当他睁开眼睛，看到躺在身旁的她时，心中一遍又一遍地肯定：没错，她就是这样一种女人 —— 这种女人让你左顾右盼，渴望她的到来；这种女人让你前思后想，猜测她的心思；这种女人让你反复自问，问自己是否真的配得上她；这种女人让你怀抱希望，想要成为更好的自己。

"时间已经很晚了吗？"他轻声问。

---

① 一种在十七世纪风靡法国皇室的染布，因染布厂位于法国凡尔赛西南部的茹伊小镇而得名。

"我估计有八点了。不过也有可能是中午。我一点都不想去查看手机。"

"我也不想。我手机里一定全是卢克的短信。"

"管他几点呢！"

"我们本来应该是在上课的，我把你带坏了。"

"自恋狂！也可能是我把你带坏了呀。"

"你的脸有点不同了。"

霍普翻身骑到乔西的身上，问："怎么个不同法？"

"我不知道 …… 变得光彩照人了。"

"我不是变得光彩照人了，而是被这该死的阳光照到睁不开眼睛了。如果你足够殷勤的话，就应该去把窗帘拉上。"

"那样太可惜了，这道阳光很适合你。"

"好吧，我承认我感觉不错。不过，你千万别以为这是因为你是一个出色的情人。只要愿意，谁都可以一夜情。"

"如果我不是一个出色的情人，那是谁让你变得如此 …… 光彩照人呢？"

"是那个拥着我入眠，一睁眼就朝我微笑的男孩。爱情就像一场花火，能够让我感到幸福。你可别因为我用了'爱'这个字而感到紧张，这只是一种说法而已。"

"我一点也不紧张。你呢，你有没有勇气回答这个问题：某天你会爱上一个有我全部缺点的男人吗？"

霍普看了看挂在床头的镜子，镜子里照出的一把椅子上搭着两条纠缠在一起的牛仔裤。她说："我怎能不爱上一个拯救龙虾的男人呢？"

"这么说，我不是一个出色的情人咯？"

"也许是，但我现在不告诉你，我可不想看到你得意扬扬的样子。你交往过太多引力中心点位于臀部的女孩。"

乔西郁闷地看了她一眼，然后把头埋进枕头里。

"怎么，你是认真的？"霍普抬起他的下巴，"难道你想让我相信，你在一夜之间爱上了我？"

"像你这么聪明的人，不可能糊涂到这种地步，否则真是太恐怖了。"

"别拿这种事情开玩笑，乔西。我只有一颗心，不想别人把它给弄碎了。"

"如果我不是认真的，你觉得我会跟你谈论爱吗？"

"我不知道。"

"好，算了。我最好是闭嘴。穿上衣服吧。"他站起身来，"该走了。"

霍普抓住他的胳膊，把他拉到床边。

"回去以后，你打算怎么跟卢克说？是说实话，还是说他的汽车抛锚了？"

"我想你是在害怕幸福，霍普。也许你担心在尝过幸福的滋味后，它却从你的指间溜走。可是，幸福是需要冒险的。而你呢，当你想要让自己开心一点，首先想到的就是去实验室，或者是去图书馆用功。你怎么可以一边怀揣改变世界的狂想，一边满足于单调乏味的生活？如果你不能不顾一切地去推翻日常的藩篱，那可能是因为你还不想成为一个幸福的人。"

"乔西，你激动的时候，真是性感得无以复加。我这么说完全出于事实，毫无性别歧视之意。"

说完，霍普疯狂地将嘴唇印在乔西的嘴唇上，亲吻他，和他做爱。她的双腿盘在他的腰间，双手攀住他的肩膀，任他在她的两腿间来回摩擦。两人一起冲上云霄，然后又一起跌倒在枕头上。直到呼吸完全平复下来，霍普才开口说："你关于幸福的伟大论述，天真得令人动容，而且充满了对我生活方式的愚蠢偏见。不过，它的确是我听过的最美的爱的告白。"

然后她跳下床，从地上捡起 T 恤，遮住自己香汗淋漓的胸部。又捡起牛仔裤，遮住自己的羞部，这才跑进浴室，关上门。

"我建议你去买份报纸。因为我要洗个澡，而这需要非常长的时间。"她在门后嚷嚷。

* * * *

他们忘记了课堂，忘记了卢克的电话，甚至忘记了得留点钱，以便熬过这个月。他们睡了一个懒觉，吃了一顿正儿八经的早餐，又互为对方买了一件纪念衫。纪念衫上画着一个倒挂在树上的巫婆，画面上方写着塞勒姆的名字。两人还给卢克买了一个跟纪念衫一样没品的铅笔筒，又买了两张华夫饼，这才开着车往回走。

靠近城市时，交通变得十分拥堵。

"能再跟我说说你和卢克的非法勾当吗？"霍普问。

"一个月前，有一组科学家成功地在电脑上重构了老鼠的部分大脑。这个人工鼠脑可以与真实鼠脑相结合，从而提高老鼠的认知、记忆、学习、决策和适应能力……"

"了不起。那这个科研项目的目的是什么？制造一台爱吃奶酪的机器？"

乔西不理会霍普，继续说道："这打开了一种可能性。"

"在这项实验当中，你和卢克起到了什么作用？"

"我们负责思考下一步的工作。"

"重构人脑吗？"霍普揶揄。

"虽然不会马上就走到这一步，但这确实是我们所研究的问题。或者说得谦虚一点，这是我们努力的方向。"

"可除了你们之外，有谁会疯狂到想要把自己的记忆转移到机器上去？"

"那些想要获得永生的人……试想，如果爱因斯坦的思维并没有因为他的去世而终止，那该多好。"

"原子弹就是他发明的，你竟然还想让人工智能拥有他的创造天赋？"

"他最大的贡献是相对论。"

"就算是，那你的人工智能打算采用他的左脑还是右脑？"

"这不是重点！人总有死去的一天。很多宗教都讲'轮回'，或者把死亡想象成精神从肉体中解脱。与死亡的不断抗争是人类社会发展的永恒话题。面对死亡，我们唯一的慰藉就是对故人的缅怀，对往生的追忆。如果人注定会因为死亡而彻底消失，那么该如何去面对生命中的波澜？也许在未来的某一天，科技会为人类提供一种可能，使人的平生回忆不再通过他的子孙来传承，而是通过他本人。"

"等等，你这个项目，是要让大家把生命都记载在一个硬盘上？"

"不。这一点，从某种意义上说，已经有很多人在做了。因为他们把自己的生活公开曝光在社交网络上。而我所说的，是建立一张包含大脑全部链接的图谱，就像以前人类幻想构建一张完整的 DNA 序列图一样 —— 在当时，这被视为是不可能的。等我们终于弄明白了大脑之间的链接是怎样运作的，我们就可以把记忆转移，不是转移到数码设备上 —— 因为这永远只能是一种即时的静态存储 —— 而是转移到一个人工神经系统内部。这才是真正的人脑克隆。"

"也就是说，让人继续活在你的信息系统里，却没有身体、没有快乐、没有美食、没有性爱？你们真是疯了！"

"在下结论之前，我请你试着跳出现有科学所定义的框架，让自己摆脱无知的束缚。"乔西激动地说，"请你自由地遐想，保留一点你所说的那种'天真'。就像写《从地球到月球》的儒勒·凡尔纳，就像创作《1984》的奥威尔，就像那些预言人类可以遨游太空的疯子，就像那些断言除了我们的宇宙之外还有其他宇宙空间、因此为科学界所不齿的人，就像那些相信人类可以移植心肺肾、可以给母亲腹中的胎儿做手术从而修复先天性畸形的人 ……试问，在二十世纪，谁又会相信，我们竟然能用干细胞培植出人体器官来？所以，我们为什么不能想象，把因为躯体衰老病死而注定要毁灭的意识转移到另一个机体上去？这也许真的只是一个时间问题。"

"没想到你还有这样一腔热血！从某种程度上来说，这令人感动，也令人害怕。"

"既然你可以坦然接受有人带着科技赋予他们的人造肢体或器官而活着，那为什么不能接受一个和原件完全吻合的人造大脑呢？"

"因为据我所知，我们不是靠手脚来思考的。"

"我们的头脑和身体彼此并不陌生。再说这也不是我们要讨论的重点。我想跟你说明的是，在二十一世纪或二十二世纪，人类也许可以跨越'衰亡'这一道鸿沟。持这种看法的人不止我一个。"

"如果说死亡恰好是人类发展延续的必要条件呢？"

"这句话，你敢去对那些孩子得了绝症的父母说吗？依你这种逻辑，就该停用抗生素，废止医学乃至所有科研活动，也不用费劲去提高什么人均寿命了，而要转为研究人应该在哪个年龄去死，好把位置腾给下一代。"

白昼的最后几道亮光在摩天大楼间穿梭。两人仿佛刚从一场遥远的旅行中重新回到城市。虽然这场旅行其实并没有持续多久。

"我从没想过自己会有这种感觉。"乔西在停车的时候说。

霍普没作声，等他把话说完。

"今晚得是你睡你的房间，我睡我的房间，一想到这个我就高兴不起来……我不太擅长说这种话……我会不停回想我们在塞勒姆共度的一夜。"

霍普没有接话，心里在想其他事情。如果说这趟出行让她所有的心愿都得到了满足，那么回程路上的对话却又在她心里留下了一个空洞。一向自诩思想开明的她，也无法完全接受自己所爱的人去开展一项在她看来用途不明的研究。

"我不应该说这些，反正在你眼里我就是个花花公子……"见霍普不说话，乔西嘟囔了一句。

"我今晚可以去你那儿过夜，但前提条件是你得引开你的同屋。对了，你要怎么跟他说才好？"

"难道还有什么不好说的吗？"

"照我的理解，他并不愿意看到我们交往。"

"照我的理解，你并不欣赏我们的项目，所以我们交往的事情跟他关系不大。"

霍普在乔西的脸上亲了一下，转身走了。

他目送她远去，直到她消失在宿舍楼门后。他懊恼地捶了捶方向盘，发动了汽车。

3

乔西把车钥匙往茶几上一扔，就瘫倒在沙发上，直截了当地告诉卢克他没给汽车加油，还说等自己有钱的时候会放三十美元在厨房的抽屉里。在他看来，这个提议已经相当大方了，因为他并没有把车开去多远的地方。卢克躺在床上看书，根本连眼皮都没抬。

乔西做好了被数落的准备，却没做好被冷落的准备，不过他才不会上钩呢。他抓起一块在路上买的已经凉了的比萨，又抓起一张报纸。

"油箱你今晚自己去加满。我可不是你的仆人。"卢克终于开了口。

"今晚？"

"要知道我一直在干活，而你却在谈情说爱……"

乔西听明白了。他不在的时候，实验一定是有了新进展。

"实验有进展啦？"他噌的一声站起来。

"差不多……"

"得了吧，我才离开几个钟头而已！"

"你消失了一个白天、一个黑夜，然后又是一个白天！工作全是我一个人扛着。"

"不，你只是在操作一个我给你的提议而已。"

"吃这种龌龊玩意儿简直就是给自己投毒。"卢克边说边抓起一块比萨，"你吃完了吗？我们去中心走一趟。"

他们离开校园半小时了，一路上卢克一言不发。他驾车驶离高速公路，朝偏远的郊区深处开去。

科迈罗行驶在一条两边都是荒凉仓库的无人小道上。当接近一座灰白色外墙的建筑物时，汽车放慢了速度绕墙行驶，最后停在一扇滑门前。滑门两边是加高的带刺铁丝网。卢克按下车窗，从口袋里掏出一张门禁卡，插入读卡器的凹槽中。一个摄像头转向他所在的方位，门开了。

卢克把车停好，两人走到一扇厚重的金属门前。门上装有指纹识别器，两人依次把手按在识别器上，经过金属门，穿过隔间，进入大楼内部。

这个被他们称为"中心"的地方，其实是一个私立研究所，归属于朗悦公司，而朗悦公司又归属于一个架构复杂的财团。

中心有一百多位科研人员，以几乎完全自主的方式开展研究。中心的另一个特点在于研究领域的多样化：纳米技术、生物技术、分子生物学、信息学、机器人学、人工智能、神经科学等，不一而足。除了管理人员，这里所有的科研者都有两个共同特征：年龄都在三十岁以下，而且都是受朗悦公司资助的在校大学生。中心最大的特点在于它对研究项目的选择方式：它只选那些被其他科研机构视为乌托邦或纯科幻小说式的项目。中心每间休息室的墙上都刻着一句座右铭，它说明了朗悦运营者和资助方的理念："没有什么比不可能发生的事情会更快发生。"

和中心的其他同事一样，乔西和卢克从没有见过他们的雇主。只有中间人跟他们联系过，告诉他们被中心录用的消息。来到中心的第一天，是弗兰奇教授接待的他们，带他们签署规章约定书、保密协议、由中心支付两人学费的贷款合同。这样一来，他们把未来至少十年的青春都押给了中心。

乔西跟在卢克身后往实验室走去。他突然想起霍普，仿佛她就在他耳边低语："那卢克呢，他也签了卖身契？"

卢克打开一个自动消毒柜，柜内温度恒久维持在37.2℃。他拿走放在搁板前端的好几排试管架，取出藏在搁板最里头的一个玻璃盒。盒子里是一块96孔板。

他把96孔板放在桌面上，又取来一支滴管，小心翼翼地提取了十来个孔中的内容物，以相同的方式分别涂抹在载玻片上，做成标本。然后，他把标本放置在显微镜的载物台上，调节好物镜转换器，最后把位置让给乔西。

"喏，你自己看吧。"

乔西凑近目镜，观察了好长一段时间，这才直起身体。

"你可以想看多久就看多久。"卢克又说，"你不在的时候，我就做了这一件事，已经确认了一百遍。它们没有一个是相同的。你先别激动，这还只是摸索阶段。不过，正如你之前预测的：这些从鼠脑中提取的神经元都聚合在硅板上，自动结成了一个网络！①"

"太棒了！"乔西一把抱住卢克，欢呼道，"它们有活性吗？"

"目前我对它们的特性还一无所知，我打算继续培养几天，再一个个地测试。"

"这事你没跟别人说吧？"乔西担心地问。

"当然没有。要不我怎么会不停打你电话呢。"

"那明天的周例会怎么办？"说着，乔西看了一眼房间里的其中一个摄像头。

中心的会议室、工作间和实验室由内网相连，供大家上传和浏览彼此的实验进展报告，但没有任何一台机器连接外网。每周二的晚上，组委会将筛选出最具价值的实验进展报告，提交给研究者协会。后者必须立即查看这些报告。

"当今，没有哪项科技进步不是跨学科和集体智慧的结果。"弗兰奇教授如是说。弗兰奇是他们唯一需要向其汇报的"老板"。"你们的某项发现对你们自己而言毫无意义，但却有可能给其他同事的研究项目带来实质性帮助。中心为你们提供优越的条件，给你们思想和行动的自由，为的就是让你们摈弃一己私利。朗悦是一支团队，这支团队不是在创造未来，而是在探索未来。你们

---

① 作者注：该项实验已由佛罗里达大学的托马斯·德马尔斯完成。

享有这份独一无二的幸运，就必须保持最大程度的谦逊。谁违背了这一点，就别想在这里立足。请你们牢记在心。"

乔西盯着摄像头闪烁的红光，弗兰奇教授的话语犹在耳边。

"别犯被迫害妄想症了。"卢克叹了一口气，"我想他们还不至于监视我们的一举一动。再说我们并没有隐瞒什么，只是想再等等，确认我们真的是取得了阶段性进展。我宁愿接受时间的考验，也不愿意承担在别人面前丢脸的风险。"

"我们用冷却法把从鼠脑中提取的四千个神经元分离开来，又成功地使它们重新附着在硅板上。我们通过严苛的周期性加热让它们复苏，为它们提供了恢复活性所必需的养料，使它们自动结成网络并传递信息。这些成果都摆在那里，你还怕丢脸？"

"隔壁实验室的那六位，"卢克小声说，"再现了穆萨－伊瓦尔迪的实验①。不过他们采用的是声波。当他们释放不同频率的声波时，他们的机器人就会前进、右转、左转或者倒退。而机器人唯一的程序处理器就是一个浸泡在培养液中的蛙脑。他们打算在明天的周例会上宣布这一成果，我可不想被他们抢了风头。"

"看来你的自信心很有问题啊！行吧，就按你的意思来。等等，隔壁那群傻瓜真的做成了吗？"

"我亲耳听到他们在走廊上庆贺。"

"说不定他们只是想气气你。"

"不会，我敢保证，在我所认识的人中，就你爱惹人嫌。"

---

① 美国芝加哥西北大学的穆萨－伊瓦尔迪曾利用七鳃鳗的脑细胞控制一台机器人。

乔西把卢克拉到摄像头拍不到的地方。

"明天，我们取出十个孔里的内容物放在一块更大的硅板上，让它们彼此相连，再给它们简单编个程，看它们做何反应。我们要测算出它们的运算能力，尤其要搞清楚，当它们彼此链接时，运算能力是呈线性增长、指数增长还是对数增长。"

"然后呢？"

"然后我们再把神经元习得的内容拷贝到简单的电子组件上。现在，我们先回家。我昨晚几乎没睡，累死了。"

当汽车驶出中心附近的信号干扰区时，乔西掏出手机。霍普没有给他发短信。

"你跟她上床了？"卢克将车开上高速公路时问道。

乔西把手机重新放回夹克口袋，按下车窗。

"所以，你跟她上床了。"卢克总结。

"谁说我昨天是跟霍普在一起？"

"瞧，说漏嘴了吧。再说你们俩昨天都没来上课。"

"放心吧，她不想加入我们的项目。"乔西只好承认。

"我们不是说好了吗，这事由我去找她谈。你是怎么跟她说的？"

"没细说。只是大概谈了谈我的兴趣点在哪儿。"

"你们只是在谈性？"

"卢克，有时你还真是傻啊！不，是经常犯傻！"

"如果你什么都没提，她又怎么会说不？"

"她没有说不。我只是觉得她对我们的项目有抵触情绪。这可能跟个人的理念有关吧。"

"这是因为你傻乎乎的，不讲究方法。如果让我去说的话……"

"既然你比我聪明，那你去说服她呀！再说了，我得在项目和私人情感之间做出选择，不是吗？"

"终于到了这一步！"

"以你这种龟速，我们哪儿都到不了。"

"我就知道，一旦我给你强加这个条件，你就只会一心想着如何挣脱它。现在你们终于把话都挑明了。"

"那是你以为。对我来说，情况还模糊得很。我以为她会发短信给我……等等，原来你是在故意引我上钩？"

"霍普对你动了情，你不可能傻到连这一点都要怀疑吧？如果昨晚你们确实是在一起，我想那并不是因为她要寻欢作乐。"

"你怎么知道？"

"难道你是为了寻欢作乐吗？"

"当然不是。"乔西有点恼火，"这次我是认真的，非常认真。"

"所以我说嘛，终于到了这一步！我很高兴，在过去的二十四小时内，我不是唯一一个取得进展的人。"

"我有没有跟你说过，有时你真的让我很抓狂？"

"经常说。可我一点都不介意。"

"别转换话题。所以之前你提的那个条件，只是为了……"

"要不是我推你一把，你得花多长时间才肯冒险把自己送到她的床上去？既然现在你不能再质疑我的才干了，就让我也去推她一把，让她自愿加入我们的项目。我们需要援手才能赢得时间。"

"你身上有一种近乎病态的竞争精神。"

"你以为中心明年还会继续给每个人支付学费吗？依你之见，有几成的人能继续留在中心？让我来告诉你，因为只有我会聪明到跑去问以前在中心待过的人。第一年结束时，有一半的人要给更优秀的人让位；第二年结束时，又有一半的人合同得不到续签。所以，我们必须赶在别人完成项目之前，尽快拿出实打实的成果。"

"好，我同意让你出马去说服霍普。不过，我不许你以我为诱饵。"

"而我呢，我不许你让她受委屈。如果你背叛了她，我一辈子都不会原谅你！还有，收起你的手机吧，让她喘口气。"

卢克把车停在楼下，没等乔西就径自上楼睡觉去了。

4

霍普在咖啡馆一边吃三明治一边翻杂志。乔西站在咖啡馆外面，偷偷看了她好久，都没怎么理会手机，直到手机屏幕上出现这样一条短信：你还打算在外面站多久？

他抬起头来，两人目光交会。霍普逗趣地笑了。他走进咖啡馆，来到她身边。

"还好吗？"他边说边坐下。

"这就是你想到的开场白？"

"昨晚睡得好吗？"

"真是一个不如一个。"

"那我应该怎么说？"

"像'你好'这种开头就很不错。如果能在脸上来一个吻，就更完美了……"

"你好像也没睡好。"

"不，恰恰相反。我睡了整整八小时，我已经很久没睡得这么好了。"

"是吗？"乔西惊叹。

"你是不是想说这多亏了塞勒姆之旅？"

"是的。那你为什么还这么没精打采的？"

"也没什么，就是有点头痛。而且我父亲打电话来了，说他周五就到。"

"这应该算是个好消息吧？我以为你很喜欢你的父亲呢。"

"如果他不是来向我介绍他的新女友的话。"

"我明白了。"

"不，你什么都不明白。"

"你这是独生女的嫉妒心理。"

"才不是呢，我从没嫉妒过谁。只是自从母亲去世之后，他好像突然多了一种天赋，交往到的全是婊子。"

"如果婊子能让他感到幸福，又有什么不可以呢？"

"如果他真感到幸福就好了！可事实并非如此。"

"先了解他的新女友再说吧，给他一次机会。"

"说得好像我有选择权似的……对了，你跟卢克说了吗？昨晚我还以为你会给我发短信呢。"

"我也在等你的短信。"

"他是什么反应？"

"反应很好。他为我俩感到高兴。"

"真的？"

"你父亲会留在这儿过周末吗？"

"很有可能。怎么了？"

"那我们就没法见面了，时间会变得很漫长。我知道现在说这种话还为时过早，卢克也不建议我这样做。可我真的不想伪装自己。"

"听我说，既然我父亲要向我介绍他的新伴侣，我也可以对他做同样的事情啊！"

"你的意思是，要我做你的男婊子？"

霍普差点把刚喝进去的一口茶全都喷出来。

"你刚刚不是没听从卢克的意见，向我承认没有我的周末会很漫长吗……"

"你父亲人怎么样？"

"作风有点老派，不过人挺好的。哎，收起你这副表情，他又不会把你给吃了。"

霍普看了一眼手表，站起身来。

"关于昨天我们的谈话，我后来又想了想。我觉得加入你们的项目并不是一个好主意。"

"如果我给你展示一些不可思议的东西，你会不会再给我一次说服你的机会？"

"你可以试试。"

"你得先答应我，不会跟任何人说。不然我真的会有麻烦。"

"你们在研制合成毒品？"

"你如此看得起我，让我非常感动。"

"看来还是卢克说得对，幽默并不是你的最大优点。"

"你们俩在我背后谈论我？"

"就像我们现在谈论他一样。行啦，我听你说。这真是个特殊的星期，随便谁都要我给机会。"

乔西探过身去，亲吻了霍普。

"等今晚再说。还有，我可不是'随便谁'。"说完，他走出咖啡馆。

＊　　＊　　＊　　＊

此时，卢克出了楼门，向停车场走去。他坐上车，把手伸进座椅下方，掏出一个小本子打开，迅速写了几行字，又把本子塞回原处。他下了汽车，重新关好车门，但没有上锁。他把车身一侧的天线扯长，这才朝阶梯教室走去。

当卢克推开教室门时，弗兰奇教授的讲课已经进行了大半个钟头。

"你迟到了。"乔西小声说。他抬起膝盖，好让卢克过去。

卢克坐到座位上，打开小桌板。

"我是不是错过了什么？"

"并没有。"

"霍普呢？"

前一排的座位上伸出一只胳膊。

"我早上实在是起不来。"卢克补充了一句。

霍普转过头来，坏坏地看了他一眼。卢克给了她一个笑容，这才把注意力集中到弗兰奇教授身上。他正飞速敲击着一个与投影仪相连的终端机的键盘。

"既然现在人来齐了，而且也不交头接耳了，"弗兰奇教授借机批评了一下打断他授课的迟到者，"我想向各位展示一个了不起的前途无量的实验。它刚刚由我的六个学生操作完成。他们把多个电极固定在一只小猴子的头上，把它在支配右臂时所产生的脑电波记录在一台电脑里。"

一只小猕猴的照片出现在弗兰奇身后的显示屏上，看起来就像二十世纪被人类送入太空的那些灵长类动物。

"那些为马科感到担忧的人 ——'马科'就是我们这位了不起的志愿者的名字 —— 你们大可以放心。如你们所见，电极被固定在一个可摘取的头盔上，马科在任何情况下都不会感到不适。"

教室里响起了满意的回应声。弗兰奇摆出一个大大的笑脸，打了一个响指，继续做他的报告。

"这样一来，我们就可以知道，当马科以不同的方式活动右臂时，它的大脑里都发生了些什么。"

屏幕上出现另一个画面，是猕猴的一组脑造影图。

"接下来，我们要把这台电脑与一只假肢相连。"

又是一张图片，上面是一只金属手臂和它那带有关节的手。

"我们把这只金属手臂装在另一间房里。很快，电脑就通过解读猕猴大脑发出的脑电波，学会了控制这只金属手臂。或者说，是再现了马科对真实手臂的控制。"

在教授身后，屏幕被纵分成两个部分，以便同时展播两组录像。左侧屏幕上，马科在活动它的手臂；右侧，金属手臂分毫不差地模仿了马科的手臂动作。教室里顿时响起一片热烈的掌声。弗兰奇一脸满足的神情，示意学生们先不要激动得太早。

"安静，请你们安静下来，更精彩的还在后面。我们在猕猴所在的房间里装了一个屏幕，让它可以看见假肢的活动。它显然对此大吃一惊。"

猕猴迷惑不解的神情引来哄堂大笑，除了霍普。她认为人们对这只小猕猴的折腾没什么好笑的。

"马科很快就明白，它用手臂做出的所有动作，金属手臂都能完成。它觉得这个游戏非常好玩。你们可以从这些录像上看到，马科不停地做手臂动作来指挥金属手臂。这不就是大人和小孩都喜欢玩的无线电操控游戏吗？"

又是一阵哄堂大笑。突然，马科呆住不动了。整个教室的人都瞠目结舌 —— 原来，当马科纹丝不动的时候，右侧屏幕上的金属手臂却依然在活动！

"没错，你们都看到了！"弗兰奇兴奋得连声音都变了，"我们的猕猴仅仅凭借臆想产生的脑电波，成功地远程操控了一只假肢。"

学生们都站起来，热烈鼓掌。

"至于这样的一个实验结果意味着什么，我把想象空间留给大家。"弗兰奇教授声音洪亮地说。

这一下，整个教室的人都在为他喝彩。

"想想那些为数众多的在战场上失去部分肢体的战士，未来的某一天，他们可以再次过上正常人的生活！"他大声宣布。

霍普转向乔西和卢克。

"照这样发展下去，这个自以为是的笨蛋会让我们推选他当总统。"她阴沉着脸说。

当弗兰奇邀请大家读一读实验的详细报告时 —— 报告将在课后由他的助手分发给大家 —— 霍普却已经收拾好东西，朝阶梯教室的出口走去。乔西和卢克交换了一个诧异的眼神，紧跟了过去。

乔西在教学楼前的广场上追上霍普，拉住她的手臂。

"你怎么了？"

"我不敢相信你居然也鼓掌了。"

"他们所完成的工作确实挺惊人的！你不能否认，这在未来可能会派上大用场。你想想那些可能会因此而受益的残疾人。"

"在给马科嫁接一截新的肢体之前，他们有问过马科的意见吗？你刚刚亲眼看到了第一只长有三只手臂的哺乳动物！你觉得这帮人走到哪一步才肯打住？你觉得弗兰奇从实验结果首先联想到战士，仅仅只是一个巧合吗？依你之见，是谁在背后赞助这项研究？"

"我想是学校，也可能是私立研究院。可这又有什么关系呢？最重要的是实验结果，不是吗？"

"这项实验是受医学界控制还是受军方控制？是为了治疗还是为了招徕更多抵挡炮弹的肉体？你觉得他们的动机真是要修复创伤？'去吧，向世界开火吧，孩子们！如果你们因此而失去了一条腿，我们立刻给你换上一条新的。我们甚至可以在你出征之前就给你把第三条腿装好，这样你打起仗来更有效率，甚至战无不胜。'"

"你如此畏惧科学进步，那为什么要学理科呢？"

"我不是为了这种事情而学理科的，乔西。我学理科是为了根治疾病，而不是把人变成超人机器，不是折磨动物，让它们去做我们不愿意做的事情。请你告诉我，说你也不是完全信任弗兰奇，告诉我，我不是唯一一个预感未来将会失控的人。"

"好吧，弗兰奇不是我所认识的人当中最善良的那个，他也的确很自恋。但你不得不承认，他是一个不折不扣的先驱。你不要看什么都觉得可疑。我们刚刚所见证的，也许真能服务于全人类。只要划清研究的道德界限就好，而这种界限由我们科研者说了算。"

"乔西，现在我们的每一封邮件都会受到美国国家安全局的监视；那些在学校里被轻机枪击毙的孩子，他们父母的呼声永远盖不过军火商的声音。在这样的一个世界里，你还幻想登上高台向他们喊'停！我们得先划一个道德界限！'？你要想这么做，我只能祝你好运。没想到你这么天真，我真是越来越爱你了。"

"你爱我？"

"乔西——！讨厌！"

霍普不说话了。她的注意力被乔西身后的停车场里发生的一幕吸引住了。

"怎么了？"乔西问。

"你看，那边有个戴头盔的男人在卢克的汽车旁鬼鬼祟祟的。那是卢克的车，没错吧？"

卢克的科迈罗就停在离他们有一段距离的地方。

乔西把自己的东西往霍普手里一塞，拔腿就朝汽车跑去。

"别犯傻！他可能有武器！"霍普追过去，大声喊道。

她想要制止乔西，可手里拿的东西太多了，根本跑不过他。

正当乔西靠近时，头盔男却骑上摩托车，扬长而去。

"怎么样？"霍普这才气喘吁吁地赶过来。

乔西围着科迈罗转了一圈，没发现被撬的痕迹。

"没什么，一切正常。我说，你还真是看什么都觉得可疑啊！"

"我向你保证，那个人绝对有问题，只是还没来得及下手就被我们吓跑了。"

"要不然他肯定会偷走卢克的破车，把自己漂亮的摩托留在这里。"

霍普打开科迈罗的车门。

"我说得没错吧，车门是开的！"

乔西抢先一步坐到驾驶座上。汽车音响还在，手套箱里还是原先乱糟糟的样子，磁带也一盘没少。

"没丢什么东西。准是卢克自己忘记锁车了。"

乔西钻出汽车，没有发现座椅下方露出一截小本子。

霍普耸耸肩，把乔西的东西还给他，重新朝校园的方向走去。

"要不我们今晚去看个电影吧？"乔西提议。

"为什么不呢，我正好透透气。"

"那就去看《终结者》。"

霍普用胳膊肘捅了乔西一下。乔西顺势将霍普揽入怀里，轻吻了她。

"我同意陪你一起去跟你父亲共进午餐。这样我们算是和好了吧？"

"我们得找个晚上见面的地方，不能总像青春期的小毛孩一样偷偷摸摸的。而且我想一直跟你在一起。"

"卢克已经都知道了，只要你愿意，随时可以来我房间过夜。我们住的那栋楼离你又不远，也没有禁止男女同居的规定。"

"可卢克能接受这种'男女同居'吗？你还是先问问他吧。"

霍普亲吻了乔西，转身离开了。

*   *   *   *

乔西在图书馆里找到卢克，在他对面坐了下来。

"你是不是有话要对我说？"卢克问他。

"你忘记锁车门了。我知道，你以为除了你以外没人会要那堆废铁，但好歹还是锁下车吧。"

"你在说什么呀？"

"刚刚有个家伙在你汽车旁边鬼鬼祟祟地转悠，害得我一路冲刺过去。是霍普最先察觉到的。"

"看来是车锁坏了，因为我绝对是锁了车的。不过，还是要谢谢你。"

"你不问问有没有丢东西？"

"一堆废铁里有什么东西可丢的？下次你再管我借车的时候，记得提醒我那是堆废铁。"

"你们怎么一个个都这么没好气？"

"没有啊，我心情好得很。至于霍普，根据刚刚她在阶梯教室的反应，想要邀请她加入我们的项目可没那么容易。"

"我已经邀请她今晚去我们那儿过夜了。"

"什么？！"卢克终于从书本中抬起头来。

"别忘了，你现在还有车是多亏了她。"

＊　　＊　　＊　　＊

说是三人聚餐，霍普却只能满足于卢克叫来的中餐外卖。他们坐在既是客厅也是书房的房间里，两间小卧室被这个房间分隔开来。

"你们怎么住得起这样的房子？"霍普问。

"如你所见，"乔西满嘴食物地回答，"我们在吃这件事上特别省……"

"我们自己想的办法。"卢克打断乔西的话，免得他再多说。

"行了，她都知道了。"乔西说。

"她都知道什么了？"卢克把筷子往充当茶几的箱子上一放，一副要问个究竟的样子。

"等等，"霍普插话，"你们都注意到我本人就在这儿吧？"

"她知道我们在为一家公司卖力，是那家公司支付了我们的学费，还有这间三十八平方米豪华套间的租金。"乔西接着卢克的话说。

"那霍普也知道，这件事情她不能对其他人讲吧？"卢克问。

"霍普就爱别人用第三人称讨论她。霍普想告诉你，她不是个大嘴巴，这一点你应该早就知道了。霍普还认为，卢克和乔西有权选择如何生活，就跟选择如何过夜一样……原来这样说话还挺好玩的，我们可以继续以这种方式交流。"霍普想好好嘲弄一下卢克，于是又加了一句，"或者干脆都别说话，免得谁又泄露了重大秘密。"

卢克重新拿起筷子，一言不发，继续吃饭。

"好，我不该强人所难的。"霍普说，"别担心，卢克，我今晚不睡这儿。谢谢你的晚餐，下次我请客。"

"你们俩到底怎么了？别闹了！"乔西生气地说。

卢克叹了一口气，然后朝霍普伸出手，以示求和："对不起，我刚才有点失态。"

"接受你的道歉。不过，别握手了，把酱油递给我吧。"

"我说，"卢克擦了擦嘴，"咱们也别兜圈子了。你要么加入我们的项目，要么就发誓：不管你和乔西之间的关系如何，都不过问我们项目的事。"

"你这么说真的吓到我了，卢克。你和乔西到底在搞什么见不得人的勾当？"

"绝对不是什么违法乱纪的事情。但是我们所处的环境竞争相当激烈，所以我们不能掉以轻心，不能因为走漏风声而让自己的努力成为别人的功劳。"

"我能管住自己的嘴。"

"如果你什么都不知道的话，会管得更好。"

霍普起身去开窗，中餐的油烟味让她觉得胸口堵得慌。

"你们可能会说我有被迫害妄想症，不过白天那辆在你汽车旁边转悠的摩托，现在就停在你楼下。"

乔西也起身，走到霍普旁边。

"这款摩托挺常见。"乔西说，"不过我承认，这确实有点奇怪。你过来看，卢克。"

"看什么？看城里来了辆摩托车？那真是太好看了。你们俩继续玩侦探游戏吧，我还有事，先回房间了。"

乔西和霍普在窗边多站了一会儿，最后失望地关上窗户。校区的摩托车本来就多，这辆可能是楼里新住户的吧。

＊　　＊　　＊　　＊

霍普钻进被窝，依偎在乔西身旁。

"嫉妒。卢克这么咄咄逼人地对我，一定是出于嫉妒。"霍普说。

"我并不认为卢克爱我，如果你想表达的是这个意思的话。"乔西故意打趣道。

"我侵占了他的空间，介入他和你的友谊，这对他来说一定难以接受。"霍普低语，"他怎么就没有女朋友呢？"

"他有过艳遇，但一直单身。个性使然吧！"

"这不关个性的事，而是缘分问题。你不也有过艳遇吗，在认识我之前？你还不是一样单身。"

"我跟他不一样。再说我也不是一直都单身，我有过一段恋情。"

"我该走了，留在这里不是一个好主意。"霍普沉下脸来。

"不，这是一个美妙的主意。"乔西亲吻着霍普的乳房说。

他的舌头蛇行而下，经过她的肚脐，掠过她的私处，滑过她的大腿，一路向下，越来越大胆……

"美妙……这个词用得不错……"霍普呻吟道。

*   *   *   *

第二天晚上，乔西和霍普一起去看电影，卢克独自回家。路上，一辆摩托在他身边放慢了速度停下来。摩托车手递给卢克一顶头盔，让他上车。他们随即便一起消失在夜色之中。

二十分钟后，这辆摩托停在城市另一头的一家高档餐厅前。

卢克下了车，把头盔还给它的主人，转身走进餐厅。

他认出坐在吧台边的一个熟悉身影，于是走过去，在那人旁边的圆凳上坐下。

弗兰奇打了个响指，请吧台服务员为他的客人端上酒水。

"您的信使做事要更谨慎一些才行。"卢克低声说。

"从你给我的报告来看，该听这种教训的人不是我。现在的情况我很不喜欢。你知道，我看重团队的忠诚，也同样强调谨慎。"

"您要我怎么办？他们相爱了！我从没见过乔西如此脆弱。"

"脆弱？"

"他完全受她的影响。"

"你好像并没有把这件事情放在心上，不然就是太放在心上了……不过，我有更重要的事情需要考虑，没时间操心你们学生之间的情情爱爱。"弗兰奇嘟囔着，啜了一口马提尼。

"我本来还想等几天再跟您说的。我们取得了一些进展……一些重大的进展。"

"你转换话题的方式还真是有趣。不过，是谁告诉你，是否报告以及何时报告实验进展由你们说了算？要不要我再重申一下你们所承担的义务？"

吧台服务员为卢克端来酒水，卢克连碰都没碰。

"说吧！"弗兰奇命令道。他的好奇心到底还是战胜了他的优越感。

卢克用平静的甚至是过于平静的声音，向弗兰奇解释了他是如何将从鼠脑中提取的神经元分离，以及这些神经元又是如何在硅板上重新自发结合的。

"了不起！"弗兰奇吹了声口哨。

"明天，神经元网络会变得足够稠密，我们就可以通过编程向它们下指令了。"

弗兰奇用指甲敲敲他面前的空杯子，示意吧台服务员再次给他加满。在他看来，比起一句简单的礼貌用语，这样的动作更符合他的身份和地位。

"如果进展顺利，那你明年的学费就有着落了。"

"如果进展顺利，中心得支付大学的全部学费，而且是双人份。"

"我早就听说你自负，却没想到你竟然自负到这个程度！"

"一个月之内，我们会尝试着把神经元的原始数据转移到协处理器上。"

"你是认真的吗？"

"我让您失望过吗？"

"确实没有……虽然你对这些原始数据的性质还一无所知。你的朋友有什么看法？"

"他的看法跟我一样。"弗兰奇的问题让卢克觉得受到极大冒犯，但他尽力掩饰住自己的情绪，"如果实验证实了我们的理论，那就意味着机体组织能够记住我们向它们下达的指令。神经元原始数据转存完成后，它们的电子副本就能使电脑再现这些指令。这跟您上次给我们看的实验是一个道理，只是不必再求助于一只猴子。我们只需要一些事先从鼠脑中提取的细胞就行。至少目前是这样。"卢克骄傲地宣布。

"别操之过急，先把这个拿老鼠开刀的实验搞成了再说。还有，没有我的允许，你们不能有任何进一步动作。从今天起，你每天都要向我汇报实验进展。不是通过中心的内网，而是继续用你那个小本子。"

"那我怎么跟乔西解释为什么不及时公布实验进展呢？这与您原先定下的规矩不符呀！"

弗兰奇把玩着酒杯，默不作声地看着在杯中旋转的酒浆。不一会儿，他慢慢地把酒杯放在桌上，笑了。

"就说你想一炮而红，好问我要两年的学费。"

"我打算要更多。"

"为什么不呢！这一点你也可以试试看啊！"弗兰奇拍拍他的肩膀，打趣道，"不过在此之前，小心他的女朋友，别让她把你们的好事搅黄了。他想寻开心，我一点都不反对；当然，你也可以，这会对你大有好处。但是，任何事情都不应该使他分心。你我都清楚，他的才华……不说了，这一点我想你比我更清楚。"

卢克把他那杯马提尼一饮而尽，站起身来。

"如果他真的对那个女孩唯命是从，那迟早会跟她说中心的事。这我可不喜欢。"弗兰奇又说。

"也许我们可以邀请她加入项目？"

"这个主意倒是不错。"弗兰奇意味深长地看了卢克一眼。

"真没想到您居然会赞同这个主意。这跟我所预想的恰恰相反。"

"我不但赞同，甚至觉得它妙极了。因为这更能激发你们的竞争精神。三人之间，要么一对二，要么二对一，要么各干各的，很少有三人齐心的情况出现。而竞争精神是一股强大的力量，有竞争才有干劲，有干劲才有创新。当然，如果这位迷人的姑娘愿意加入进来，我们也可以向她提供跟你们一样的优厚条件。再加上她对你朋友的感情，这样胜算会更大一些。"

卢克想走。弗兰奇把手压在卢克的手上，示意他留步。

"作为长者，我给你一个建议：如果这个建议由你先提，他只会感激你，而你也可以取得团队的主导权，而不是被牵着鼻子走。好了，你走吧，还有人等我吃晚饭呢。再次祝贺你们，你们所取得的成绩给我留下了很深的印象。这一点很少有人能做到，我希望你能准确掂量出我这番赞美之词的分量。"

"我怎么回去？"

弗兰奇掏了掏口袋，拿出几张皱巴巴的钞票，放在吧台上。

"打车吧。"

卢克重新穿过城市，心情如夜空般阴暗。在离家还有一百米的地方，他叫停了的士，又迎着突如其来的暴雨走完剩下的路程。进入楼门时，他全身都已经湿透了。那天晚上唯一令他高兴的事情，就是开门时发现家中没人。他把随身物件放回房间，然后用微烫的水冲了个澡，以便驱走寒意。刚关上灯，他就听见门外响起脚步声和笑声 —— 乔西和霍普正穿过黑暗的客厅，摸索着朝他们的床挪去。

第二天早上，当他们起床时，卢克已经出门了。

＊　　＊　　＊　　＊

下课后，乔西收到霍普发来的短信：

我今晚和卢克一起吃饭，别等我。

他马上回复：

搞小团伙的行为很恶劣。

霍普的回复是：

我认为，一段时间以来，搞小团伙的人是我们两个。你说得对，这种行为很恶劣。

乔西把手机放回兜里，耸了耸肩。霍普说得没错。从去塞勒姆的那个周末以来，他就疏远了卢克，他们的友谊也多少受了些影响。他恨自己没有比霍普先行一步做出弥补，或许她想以这种方式证明，她比他更大度。

5

她坐在他们楼门口的台阶上等他。

"乔西还没有给你钥匙？"卢克问。

霍普朝他伸出一只手，请他拉她起来。

"卢克，我不是你的敌人。我根本没想要把他从你身边抢走。"

"谢谢你跟我说这些，可我们已经不是幼儿园的孩子了。你们俩想怎么样都行，我对你唯一的要求就是：别占去他全部的自由时间。已经两星期了，乔西什么事都没做，我的意思是除了上课以外 —— 尽管在课堂上他也不怎么专心。我和他的未来是捆绑在一起的，再说我也不能一直扛着所有工作替他打掩护。"

"我以后会注意的。"霍普说，"你愿意接受我的晚餐邀请吗？"

卢克迟疑了一会儿，领着她朝汽车走去。

"我带你去看一个东西。"卢克说，"上车吧。"

这下轮到霍普迟疑了。她好奇地看了他一眼，坐上车却发现他并没有要开车的意思。

"别担心，我不会把你拉进小树林的。"

"我压根儿就没这种担心。说吧！"

"我想告诉你一些事情。"说着，卢克发动了汽车。

科迈罗载着他们驶离城市。当车驶入郊区时，霍普问卢克到底要带她去哪里。从出发时起，他就一直沉默不语，直到到达目的地。

他在中心的入口处停下车来。霍普一直把手机握在手里，她很想给乔西发一条短信。

"这里没有信号。"她有点担忧地说。

"对。这栋楼装有信号干扰器。方圆五百米以内，你别想跟任何人取得联系。"

"我们来这儿做什么，卢克？为什么要搞得这么神秘兮兮的？这是哪儿？"

"这里是未来。未来确实会让人感到害怕。"卢克转向她说。

"为什么呢？"

"请你想象一下，如果世界上所有善良的能人智士都聚集到这里，科研者、医生、艺术家、工匠、建筑师……来共同创造一个更加美好的未来，让世间少一些残酷与不公，那么，实现这个愿望的首要条件是什么？"

"我不知道。难道是消除对乌托邦的顾虑？"

"不，首要条件是把他们保护起来，让他们能够在不受威胁的环境中工作。要给他们提供一个空间，从而避开政治、官僚、利益团体、游说团体，以及其他因为害怕既得利益受损而不愿改变现状的势力集团。"

"那么，这栋楼就是……"

"没错，中心就是这样一个独立自主、与世隔绝的地方，尤其是与当下的各种局限性相隔离。在这里工作的人，没有一个人知道是否还有类似的中心存在；就算有，也不知道在哪里。这是一个安全问题。"

"有这么夸张吗？"霍普询问道。

"人们很难有开创性的想法，而且很容易在困难面前放弃努力。你以为我们是现在才发现温室效应的恶果的吗？早在十几年前，西方世界就意识到这个问题了。但出于经济考虑，人们更关心眼前利益，而不是放眼长远。"

"你的看法是不是太偏激了一点？还是有很多好人在抵抗权势的。"

"我给你讲个小故事。三十年前，在我出生的那个小镇，很多婴儿都患上了一种奇怪的肺病。部分患儿不满一岁就夭折了，其他患儿则出现严重的呼吸困难症状。面对这场看似传染病的疫情，人们急遣了一位敢作敢为的乡村医生，去寻找引发这场疾病的病菌。这位医生利用手边一切可以利用的条件，废寝忘食地工作。他到处寻找，水源、牛奶及其他食物，甚至连婴儿的奶瓶、尿布和衣柜都不放过，可始终一无所获。一天夜里，他沮丧地坐在人们腾给他的小屋前的台阶上抽烟。他已经很久没沾过烟了，这第一口烟让他咳得像个肺痨病人。就是这根香烟为他指点了迷津。他买了一张小镇及其周边的地图，开始在上面画叉：蓝叉表示患病婴儿的住处，红叉表示夭折婴儿的住处。很快，所有的叉形成了两道圈，蓝圈的直径更大，把红圈包围在里面。"

"圆圈的中心是什么？"霍普问。

"是一家甲烷开发厂。因为掘地太深，原本埋藏在地下的一氧化碳气体被释放出来。这对成人不会造成影响，但却足以使婴儿窒息。"

"工厂后来被关闭了？"

"就在医生找出真相的两天后，人们在河中发现了他的尸体。官方说法是，他喝了很多酒，醉醺醺地跑去河里洗澡，结果淹死了。要知道，当时是十二月……工厂是那个小镇甚至整个地区的经济命脉，大部分家庭都靠它维持生计。谁敢去找这个小镇的工人们谈转型、谈清洁能源，而前提条件是要他们放弃手中的饭碗呢？你瞧，发现问题是一回事，解决问题又是另一回事，尤其是当一部分人受益是以另一部分人受损为前提时，这就是为什么未来的规划往往会屈从于当下的限制。除非是在这栋楼里。现在的问题是，你愿不愿意和我一起走进这栋楼，迈入这个未来。"

"这么说，乔西玩失踪的那些晚上，原来是来这里了？你们就是在这里策划阴谋的？"

"这里没有任何阴谋，你这么说很荒谬。"

"这只是一种说法而已！我很荣幸能受到你们的邀请。但在做出决定之前，我还需要再考虑一下。"

"是因为你们之间的关系吗？"

"我不知道。你能不能送我回学校去？这个地方让我感觉怪怪的。"

"不行，先进去看看再走。我大老远地跑来，可不只是为了说说而已。"卢克边说边解开车门锁，"你进去以后，不要跟任何人说话。有任何想问的问题，你都先记在脑子里，出来后再问我。"

霍普不知道自己为什么会对中心望而却步，平时她都是十分果断和好奇的。但她努力装出镇定的样子，朝中心走去。

卢克紧跟在霍普身后。他把手按在指纹读取器上，然后趁开门时用力推了霍普一把。

霍普错愕地走进隔间，卢克示意她不要出声。绿灯亮起时，他们走出隔间，卢克在前面为霍普带路。

中心面积之大、现代化程度之高令霍普瞠目结舌。她站在走廊上，欣赏着两旁那些空间宽敞、设备齐全的实验室。在玻璃窗的另一端，那些忙碌的年轻人看上去跟她年纪相仿。在她右边，一小组人正对着一张电子图表热烈讨论；稍远处，两个年轻的研究员正在操纵一台仿真机器人。机器人的脸一看就知道是用乳胶做的，但它那双眼睛像真人般活灵活现。在她左边，四个年轻人正在摆弄一台奇怪的打印机。霍普想要开口，又被卢克的目光制止住。突然，一只手从后面搭在她的肩膀上，把她吓了一大跳。

"从这个角度看，"弗兰奇说，"这好像是一台再普通不过的油墨打印机。可实际上，它根本就不是。我向来都认为，要赢得一个人的信任，你首先得充分地信任他。这一点我想你不会反驳，请跟我来。"

霍普没敢讨价还价。以前只在课堂上跟弗兰奇打过交道，现在如此近距离地接触，霍普很不习惯，教授的威严感仿佛也因此多了几分。她甚至觉得，他从近处看比从远处看更有风采。

弗兰奇走进实验室，来到研究员正在操纵的那台机器跟前。

"我同意，它看起来完全就像待在办公室角落里的破烂玩意儿，但它可不是用来在有光纸上打印漂亮图片的。"弗兰奇开了个玩笑，"待会儿你就会知道，它有多了不起。首先，它具有扫描功能，能直接扫描伤员身上的伤口，就像普通扫描机扫描文档一样。"

通过一块镶嵌在墙壁里的屏幕，霍普看到了弗兰奇所说的扫描功能实景演播。一个右臂三度烧伤的男人躺在病床上。在他身边，一名医生正用跟她眼前这台一模一样的机器为他扫描伤口。很快，伤口的三维立体图便出现在终端机上。等到影片播完后，弗兰奇继续说："这台机器会分析伤口，详细描述伤口的深度和受损组织的外形，包括骨组织、肌肉、血管、神经，当然还有上皮组织。这些数据被传入电脑，电脑对数据进行处理，再传回我们的打印机。你一定想问：既然这台打印机里没有油墨，那它装的是什么呢？实际上，它的每个'墨盒'里都装满了我们事先从病人身上提取并培植增生的健康细胞。打印机把这些健康细胞打印在 —— 或者说喷射在它们该去的地方，让它们不断复制增生，直到伤口修复为止。换句话说，我们在伤员的伤口处直接打印出不同的细胞组织。很了不起，不是吗？你看到的只是一台样机，但初步结果非常鼓舞人心。①你再看那边 ——"弗兰奇指向另一个房间，认真地说，"我们正在研究完整器官的三维立体打印问

①　作者注：这种扫描打印机目前正处于测试阶段，研发方是美国维克森林大学再生医学研究院，指导者是安东尼·阿塔拉教授。

题。要知道，每年有多少人因为找不到匹配的捐赠器官而死！我不是说以后可以在这间房子里打印出3D肾脏来，但在医院，这一天迟早会到来……"

弗兰奇转向霍普，蓝色的眼睛深深地看着她的双眸。他深吸了一口气，显得十分激动："在某些学生看来，我这个人太过狂妄——当然，我觉得你肯定不会这么认为——那全是因为我对这里的项目充满了激情。这栋楼有三万多平方米，你可以想象我们的研究领域有多么宽广。现在，卢克会送你回家，晚上你正好考虑一下，明天再告诉卢克是否愿意加入我们的团队。如果你的答案是否定的，虽然你已经知道了中心存在的原因，但我们相信你会守口如瓶，而且今晚我向你展示的也不是什么秘密。"

"那您没有向我展示的那些呢？"

"这个嘛，我亲爱的小姐，要等到你做出决定之后再说了。相信我，它们只会更加神奇。"

*　　*　　*　　*

"你不想说说吗？"

"我在思考问题。"

"你和卢克的晚餐怎么样？"

"很好……冰箱里还有吃的吗？我饿死了！"

"啊？"乔西从沙发上站起来。

他想去厨房找霍普爱吃的东西，可冰箱里的存货令他失望。

他只找到了两杯酸奶，一盘吃剩的水果沙拉。沙拉是昨天买的，也可能是前天。于是他改变主意，把沙拉倒进垃圾桶，转而翻找他囤的麦片和已经开封的巧克力。他把找到的东西全都装在一个托盘里，端进房间。霍普盘腿坐在床上，立马抓起麦片大口大口吃起来。

"你和卢克是怎么认识的？"

"你先把 T 恤穿上。男人本来就不能一心二用，你还光着胸脯，叫我怎么跟你说话？"

"你是不是有点太好色了？"

"是啊 …… 忘了 T 恤的事。我和卢克的童年往事也可以再等等。"

乔西把霍普扑倒在枕头上，开始亲吻她。

"别闹了。"她嘟囔着从乔西的怀里挣脱出来，"我真的很想知道。"

她抓起乔西扔在床脚的衬衫，坏笑着穿上。

"我们是初中时认识的。这有什么关系吗？"

"他小时候是什么样的？"

"疯疯癫癫的。所以我一下子就喜欢上了他。"

"我们多少都有点疯癫。正因为有了这个缺陷，才能散发出由内而外的光芒。"

"这么说的话，那他当时真的非常亮堂。卢克和我是邻居，从小在同一个街区长大。当地治安不好，天一黑就有打架斗殴事件发生。于是街区组建了许多治安小分队，我和卢克单独一组。"

"因为你很能打？"

"恰恰相反，这也是其他组都不想要我的原因。卢克在同龄人中算是长得高大的，他觉得自己有责任保护小弟，还学会了如何树立权威。我们一起干了不少傻事，直到一位教科学的老师拯救了我们。"

"当时你们多大？"

"十一岁。那位老师名叫卡岑贝格，大家都管他叫卡茨。他是一个满腔热血的人。多亏了他，我们才发现了另一个世界。这么说也不全对，我们其实早就生活在这个世界里，只是没发现它原来这么有趣。我父亲在一家电子配件厂工作，负责分拣零配件。卢克的父亲是个修理工，专门维修空调。也就是说，要我们长大了搞科研，就像要我们搞自己的表妹一样，搞不成。"

"为什么？你表妹小时候长得很丑吗？"

"她一直都很丑。是卡茨让我们爱上了阅读，他对我们的那份用心，激发了我们的求知欲。他真是一个有趣的人。不管是哪个季节，他都穿着一件有条纹的天鹅绒外套，颜色跟鹅粪差不多。我至今还想不通，一个那么儒雅的人，服装品味怎么会那么差。还有他的汽车，一辆老式达特桑，脏得叫人不敢靠近。他所有的东西都很老旧，奇怪的是，他的思想却很新潮。心血来潮时，他会在课后举办一场能把人笑死的仪式。他会向伟大的法师库达伊埃祷告，祈求他保护我们免遭一个邪恶教派的侵害。他把这个教派称为'那不可能'派。他在我们耳边反复叮咛，说我们将来一定会遇见一人拨信奉这个教派的人。他请求我们永远别听信这类人的话，永远和这类人对着干，证明他们永远是错的。有一天，他带了一株小柠檬树来到课堂，决心要种出柠檬来。当然，他把这件事情搞得尽人皆知，大家都等着看他的笑话。因为在鲍德温，唯一能找到的柠檬就是超市里卖的从佛罗里达运来的那些。后来，他带我们搭建了一个小暖房，让我们见识了一种光线和太阳光差不多的灯 —— 植物补光灯，这你知道吧？"

"不知道。我成功地挤入全国最好的理工大学之一，但我其实完全是个傻子。"

"对不起。于是，整整一个学期，我们都在照料那株柠檬树。八个月后，我们在校园里卖起了柠檬水。是他引领我们走上了科研的道路。一有时间，卢克和我就去父亲们乱七八糟的库房里偷盗零部件。我们纯粹是为了好玩，享受这个过程带给我们的刺激。有一天，我们实在是偷得太多，裤子撑得就像马裤。卡茨老师命令我们把口袋里的东西全部掏出来，我们不得不向他坦白'宝藏'的来历。他答应不向父亲们告发我们，但前提条件是我们必须用这些偷来的零部件做成一样东西。于是，我和卢克开始组装、拼接这些零部件。我们的第一项发明是一台由旧空调改造的空气加湿器，当空气湿度降低到某个点时，它就会自动开机运行。很显然，加湿器的机身和探头都来自废弃配件堆 …… 因此，它在前二十四小时内还算运行良好，可随后就在卢克父亲的库房里自燃起来。幸亏我们在场，及时把损失降到最低。后来，我们又在老师的掩护下，发明了一种遇雨就自动运行的汽车雨刮器。我们把它装在卢克父亲的汽车上，并做好了被骂个狗血淋头的心理准备，没想到事情与我们所预料的恰恰相反。第二天晚上，卢克的父亲在库房边等着我们，那一刻决定了我们的未来。他向我们表示祝贺，说我们的发明非常棒，只是市面上已经有了更完善的版本，而我们的雨刮器，光是启动装置就占用了他三分之一的风挡玻璃。他还说，下次我们再征用他的库房，就一定要制造出前所未有的东西来。至于那东西是什么他不关心，只要我们以后不必以修空调为生就行。卢克和我从他父亲的眼神里看到了一份企盼，也看到了一份寄托。卢克的父亲对我们来说太重要了，我们不能令他失望。后来的事情，你都知道了。我们疯狂地学习，直到今天，我们还在搞一些不太寻常的玩意儿——当然，比那个智能雨刮器靠谱得多。"

"从在温室里培植柠檬树，到在硅板上培植神经细胞，你们还是大有进步的。"

"可以这么说。看来，卢克跟你谈过我们的项目了？"

"他甚至还带我参观了你们的秘密基地。我在那里碰到了弗兰奇，他比在课堂上更加神采飞扬。说实话，我本来是不打算加入你们的，可现在我改变主意了。我不知道情人之间是否也可以握手为盟，"霍普说着，伸出一只手，"但我的心意到了。"

"依我看，做爱才是情人间结义的必要之举。等等，虽然你参观了中心，但最终说服你的，是我讲的柠檬树的故事？"

"说服我的人不是你。我之所以改变主意，一小半是因为你那位穿天鹅绒外套的老师，一大半是因为卢克的父亲。"霍普边说边褪去衬衫。

*　　*　　*　　*

第二天，霍普把卢克和乔西都叫到了咖啡馆，向他们公布自己的决定。她会加入项目，但不接受朗悦的资助，不与朗悦签署除了保密协议以外的任何协议，并保留随时退出项目的权利。其他条件是：为了维系友谊，她只在每周三和周末去乔西那儿过夜。乔西立马对这一条件提出反对意见，但霍普宣布反对无效。

当天晚上，三人一起去了城里的酒吧庆祝他们的神圣同盟。

从酒吧出来的时候，霍普已经酩酊大醉，以至于需要乔西和卢克两个人架着她走。她违反了自己定下的规矩，在乔西那里过了夜。那是一个星期四。

6

霍普第三次倒水，放下长颈水瓶后，把杯中的水一饮而尽，然后叹了口气。

"深呼吸，放轻松。我敢保证，他很快就到了。"

"是'他们'很快就到了。"她纠正道，"再说，你怎么知道？你又不认识我父亲，也从没见过他，而且……"

餐厅的门被推开。她不说话了。

一个体态丰满的尤物，蹬着一双高跟鞋，腰身嵌在一条直筒短裙里，在这间小餐厅隆重登场。

"她的胸部如此宽广，想要充分呼吸，空间根本不够。"霍普突然说。

"你在说什么？"乔西迷惑不解地问。

"没什么。我突然想起了外语课上学的一句诗。天知道为什么。"

"你觉得是她吗？"

"噢，绝对是。父亲绝对在停车，好回避过去，让我们自己打招呼。他在这种场合下，经常表现得'勇气可嘉'。"

"难道这不是第一次了？"

"是第六次……"

那位女士扫视餐厅。当她的目光与霍普相遇时，脸上顿时浮现出一个大大的笑容。

"她简直就是'优雅'的化身……看来这顿饭会极其漫长。"当新"后妈"向她走来时，霍普在乔西耳边轻声说，"如果你能待到上甜点，我就嫁给你。"

"我叫阿梅莉亚。"这个体态丰盈的美人伸出一只指甲涂得十分艳丽的手，"你一定就是霍普，对吧？你本人比照片上更美。"

见霍普没有回答，阿梅莉亚便俯身拥抱她。乔西正好可以从阿梅莉亚的领口看到一大片春光。霍普赶紧在桌子底下踢了他一脚，免得他陷入太深。

"你父亲正在停车，很快就会过来。"

"啊！是吗？"霍普回答。

"你不知道见到你我有多开心。你父亲经常说起你，有时我会觉得你就跟我们生活在一起。"

"原来你们已经住在一起了……"

"他没跟你说吗？你知道，在我们这个岁数，已经没有多少时间可以浪费了。"

"您多大岁数啊？"

这次，轮到霍普受到桌子底下传来的一脚。

"我是乔西！"他面向阿梅莉亚说道，"很高兴见到您。"

桌子底下，霍普又踢出一脚。

"多么帅气的小伙子呀！"阿梅莉亚赞叹，"你们俩都可爱极了。我常说，是恋人就要登对。"

"谢谢您这么说。"乔西客气地回答。

"我得说，您和我的父亲也非常登对。"

"真的吗？"阿梅莉亚音调都变高了，"你这么说我真开心。私下里跟你讲，有时我会怀疑，对我这样的女人来说，你父亲会不会太严肃了一点。"

"怎么会呢？我父亲是医生，您是护士，难道这还不够般配吗……"

"可我不是护士呀。我从事的是药品销售行业！"

霍普的沉默透露出她的沮丧之情。

"我懂了，"阿梅莉亚善意地笑笑，"你一定是在打趣我。你父亲告诉我，你非常有幽默感。"

"我的幽默感比不上他，只是还应付得了而已。"

"你呢，乔西，你是从事哪一行业的？"阿梅莉亚转向乔西。

桌子底下传来第三脚，提醒乔西谨言慎行。

"我……我是……我是一个神经科学系的学生。"

霍普飞快地在一张小纸片上写了几个字，偷偷塞到乔西的胳膊肘下。乔西低下头，看到纸片上写着："继续结巴！"。

"这是什么？"阿梅莉亚看到两人递字条。

"没什么。霍普提醒我，十五分钟后我还有课。"

"但你会逃课的，对吧？"阿梅莉亚一把抓住乔西的手腕。因为抓得太紧，她的手指都变白了。

"我觉得你父亲是故意拖拖拉拉，好让我们自己认识。"阿梅莉亚望向窗外说。

"了不起！加一分！看来您比我想象的要了解他。"

"我并不想要你的加分。我知道，像你这样的年轻女孩，是没有任何理由去欣赏父亲所交往的对象的。"

"我也算年轻女孩吗？"

"我的父亲也离婚了。我打心眼里痛恨所有围着他转的女人。我不奢望你喜欢我，甚至不奢望你把我当朋友。但如果我们能和平相处的话……"

"我父亲不是离婚，是丧偶！"

"请问药品销售都要做些什么？"乔西赶紧转移话题。

"呃，我为一家制药厂工作，去拜访医生并向他们推介药厂研发的新药。我向他们解释新配方的奇特疗效。"

"以及它们的副作用……"霍普补了一句。

"对。新药物的出众之处，就在于它们的副作用很小。我就是在推介药品的过程中认识萨姆的。"阿梅莉亚说。

"这就是副作用……"霍普脱口而出。

她的父亲终于来了。

"这片街区压根儿就找不到停车位。"他一边坐下一边说，"你为什么选了一个离学校这么远的餐厅？"

"不为什么。"霍普盯着阿梅莉亚说。

萨姆看到乔西，表情突然严肃起来："霍普，你不给我介绍一下你这位朋友吗？"

"对了，父亲，这位就是你的女婿！"

萨姆呛了一大口水，差点没背过气去。

"我叫乔西。"乔西伸出一只手，"请您放心，我现在还只是她的男朋友。"

"什么朋友？"霍普的父亲故意问。

"萨姆！"阿梅莉亚干预，"你这是怎么回事？"

萨姆终于握了握乔西伸过来的手，随即埋头看菜单去了。

"这里有什么好吃的？希望值得我大老远地跑来。"他说。

"今天的主菜是猪胸肉，味道鲜美。"霍普脱口而出。

阿梅莉亚并没有悟到霍普的戏谑，只是遗憾地说她没法品尝这道菜，因为她是素食主义者。"出于对动物的爱。"她补充道。

"我能理解，就像我爱我的父亲，所以从没想过要吃掉他……我是说，理论上是这样，但也有不遵照自己饮食计划的人。"

"我有一个好主意！"乔西说。

"就一个吗？"萨姆反诘。

乔西转向阿梅莉亚，好只对她说话。

"霍普和她的父亲有好几个月没见面了，我们应该给他们一段独处的时间。我带您去城里看看，转个把小时，您看怎么样？动物园就在附近。"

阿梅莉亚看了霍普一眼，又看了萨姆一眼，然后站起身来："这样再好不过。"

乔西俯下身去，亲吻了霍普。霍普趁机对他做了一个恐吓的鬼脸。但在内心深处，这一刻她无与伦比地爱他。一想到他要单独和"六号婊子"共度一个钟头，她甚至还有点醋意。

萨姆不知道该说什么好。不过，女儿的眼神让他不再犹豫："如果不麻烦你的话，我的小伙子。"

"我叫乔西，先生。"说完，乔西陪同阿梅莉亚朝餐厅门口走去。

父女俩略显尴尬地目送他们离开。

"我知道，你不喜欢她。"父亲说。

"你怎么会这么想呢？"女儿故作无辜地问。

"行了，霍普。你这种不加了解就评论别人的做法，真让人受不了。"

"不是'别人'，而是'你的女人'。两者不一样。"

"阿梅莉亚是那种恨不得把心捧给你看的人。"

"她胸部那么大，也难怪要捧着。"

萨姆看着他的女儿。她爆发出一阵欢笑，让他很快就没了脾气，只想立刻把她抱在怀里。

"我的孩子，你的笑是包治百病的良药。"

"那可以叫你未婚妻的那个药厂把它制成药品。"

"还行吗？"

"你是说猪胸肉？"

"不，我说的是你的乔许。"

"是乔西！告诉我，怎么才算'还行'？"

"跟他在一起你快乐吗？"

"这难道看不出来吗？"

"看得出来。正因为这样，我才担心。"

"为什么？"

"不为什么。我觉得应该要装出一副'嫉妒的老父亲'的模样……其实，我还真有那么一点嫉妒。你和你母亲太像了。"

"别胡说，我的长相完全随了你。这正是烦人的地方。"

"我说的是你的性格。"

"那阿梅莉亚呢？她有没有让你感到幸福？"

"无与伦比地幸福。"

"那我猜她应该是个好人。"

萨姆询问了霍普的学习计划和日常生活。霍普一一简要回答，转而向父亲提问。

萨姆一年比一年更适应在加利福尼亚的生活。旧金山是一座气候宜人的城市。他辗转于自己的诊所和医院之间，还认识了一位年轻有为的神经外科医生。他答应一定会把这位医生介绍给霍普认识，这对霍普的学习有好处，但前提条件是霍普得放弃她那"只做研究不从医"的荒唐打算。

"老天爷！有时你的观念太陈旧了，父亲！我不想跟病人打交道。我不知道每晚你抛下他们独自回家是怎么做到的。换作我，肯定不行。这叫'共情'，你知道吗？看着他们受苦，我也跟着受苦；他们生病，我会觉得是自己生病……"

"霍普，你母亲的遭遇并不是遗传性的。请你永远记住这一点，别再犯疑心病了。"

"你正好说反了吧？到底是谁有疑心病？是谁一看到我体温超过38.2℃，就逼我做全套健康检查？"

"那又怎么啦？你见过不给自己女儿做鞋的鞋匠吗？"

"父亲，我非常热爱我现在所做的事情。我找到了自己想走的路，真希望你能接受这一点。"

"如果不是这样，你以为我还会给你交学费？我只是故意气一下你罢了。"

"那你和阿梅莉亚之间是认真的吗？"

"我不知道，现在下结论还为时过早。"

"可你们都已经住到一起了。"

"因为这样更方便，而且我从来都忍受不了寂寞。你呢，你和乔许是认真的吗？"

"你是故意的吧？"

"他看上去还行。"萨姆说，"还有点风度。"

"对，我们是认真的，如果彼此相爱就代表'认真'的话，但我们还没住在一起。你给我租的房子是禁止男女合住的，你还记得吧？"

"真的吗？我真的给你租了这样的房子？奇怪，这不像是我的作为呀！好吧，如果过了这个夏天你们还在一起的话，你就可以换个房子。我想他还没有能力为你提供住处吧。"

"那你就想错了，他现在就能为我提供住处。只是还有另一个男孩跟他合租，不太方便……"

"我可不想听太多细节。你呢，你不想问问关于阿梅莉亚的事？"

"不太想。但如果你想聊聊她的话……"

"她离婚了，有一个善良的女儿，名叫海伦娜，今年十八岁。"

"她女儿也跟你们一起住吗？"

"你不会吃醋吧？"

"你们会在这里待很久吗？"

"不会。今晚我们在波士顿还有个会，明天傍晚我们就走了。"

"我还以为你是专程来看我的。"

"会议只是我溜出医院来看你的借口。我之所以接受了会议的邀请，就是为了来看你。"

"我很想你。"

"我也是，我的孩子，我每时每刻都在想你。你的照片就放在我的办公桌上、家里的壁炉上，还有床头柜上。"

"但愿你和阿梅莉亚'骑马'时，把我的照片背过去了。"

"你知道在一个父亲的生命中，最美好而又最残酷的事情是什么吗？"

"有一个像我这样的女儿？"

"是看着女儿离去，开始她自己的生活。"

餐桌上，时间仿佛在倒流，把父女俩又带回了在开普梅①的日子。那时，在家中的小餐厅里，他们也像现在这样，围着饭桌讲述各自的一天。霍普觉得自己又变回了那个穿着校服的小女孩。

① 位于美国新泽西州南部的一座城市。

她跟父亲讲她的学习，讲她想要征服失忆症的野心，但她没有提与乔西、卢克的合作项目。

萨姆也和从前一样，跟女儿聊他的病人、聊在医院忙碌的下午，以及不止他一个人觊觎的院长职位，虽然他对获得这个职位很有把握。有时他会谈起阿梅莉亚，也听霍普谈乔西，这样的话题把时钟又拨回到当下。

不知不觉中，父女俩共同度过了一段默契而亲密的时光。霍普有一两次想到乔西，想着如果他也在场就好了。

当他们选择甜点时，萨姆收到了阿梅莉亚的短信。短信上说，她想去购物，把他完全留给他的女儿。会议六点才开始，傍晚时分他们在酒店碰头。

"下午你会逃课的吧？"萨姆问。

"你是在测试我的学习态度？"

"没有，是测试一下你是否愿意陪陪你的老父亲，也是为了让你稍微放松一下。"

"我只有上午有课。"

"那好，我们去散散步吧。我好久没有跟你一起散步了。你正好跟我说说，你是怎么认识乔许的。"

霍普咬了咬嘴唇，带父亲来到河边。他们在一张石凳上坐下，聊起霍普的童年，追忆那个他们共同怀念的女人。有些回忆，是不会随着岁月流逝而淡去的。

"母亲死了以后，我很长时间都为她的离去而悲伤。直到现在还是。我放不下这份悲伤，好像放下了就会再次失去母亲。因为联结我和她之间的，只剩下这份悲伤了。"霍普向父亲吐露心声。

萨姆转向女儿，深情地看着她。

"你知道吗，我和医院的几个同事一起开了一家诊所，专门救助那些没钱上医院看病的人。说是'诊所'，其实就是一间医务室。今年，诊所来了一群新客人，电视里管他们叫'难民'。他们是为了躲避卡特尔的暴行，所以抛弃了一切，翻越了国境。"

"你为什么跟我说这些？"

"因为在这个世界上，有太多的人被死亡掳走，而人们对他们的缅怀不会超过一天，甚至不会超过一小时。他们的死很快会被遗忘，因为不断有人相继死去，幸存者自顾不暇，稍不留意也会失去性命。这就是生活在战火、饥荒和暴政下的人们的日常。所以有时我会觉得，我们至今还能怀念你的母亲，也是一种幸运。"

他们一起漫步，直到黄昏。霍普答应在夏天时去看望父亲。萨姆答应来年开春再来看望女儿，如果他走得开的话。父女俩在一个十字街头道别。萨姆本来是要送霍普回家的，但霍普说她更愿意自己想办法回去。这是一个骄傲的谎言。当父亲的身影消失在街角时，霍普立刻掏出手机，给乔西打电话。

"你可以来接我吗？"她有气无力地说。

* * * *

萨姆在酒店的吧台找到了阿梅莉亚。她身穿晚礼服，正在等他。

"这条裙子真漂亮。是下午买的吗？"

"这是条旧裙子，你至少见我穿过三次。整个下午我都在房间给客户打电话。"

"你不是说要去购物的吗？"

"萨姆，别这么小看我。你和霍普相处得还愉快吧？"

"是的，非常愉快。"

"我接下来要说的你可能不爱听，但乔西真的是个很不错的男孩。"

"那我也向你透露一个信息：霍普觉得你十分迷人。"

"我才不会上当呢。但谢谢你的 —— 又或是她的美丽谎言。"

*　　*　　*　　*

霍普重新坐回石凳上。一辆的士靠路沿停了下来，乔西从车里冲霍普挥挥手，然后结了账，急匆匆地赶到她身边。

"你是打的来的？"

"你好像有什么急事似的。"

"是我不好，对你任性了。的士我们可坐不起啊。"

"那还不至于。坐不坐得起，由我们自己说了算。"

"动物园怎么样？"

"有大象、有长颈鹿、有狮子、有老虎，甚至还有斑牛。"

"斑牛？！这是什么动物？"

"是斑马睡了水牛以后的产物。好吧，其实我们没去动物园。我带她去了学校附近的一家素食快餐厅。很不入流的选择，但她还是装出很喜欢的样子。阿梅莉亚真是个好女人。"

"你没有老盯着她的胸吧？"

"霍普，你看起来不太开心。"

"我没什么不开心的。有很多人比我更不幸。"

"因为有人比自己更不幸，所以不允许自己悲伤 —— 这种做法真的很傻。就好比因为有人比自己更快乐，所以不允许自己开心一样。"

"父亲问我们俩是不是认真的。"

"你怎么说？"

"我说我之所以爱你，就是因为你从来不较真。"

"你跟他说了你爱我？"

"那你呢，你爱我吗？"

"霍普，请允许我跟你说几句心里话。这些话我从没对任何人说过，哪怕是对卢克。我其实一直在充好汉。你不知道，为了逃避长大，我花了多大力气。因为我想永远做十二岁时的快乐少年，轻而易举地就能被生活打动。比如刚刚在餐厅时看到你们父女之间交换的一个眼神，比如看到一对爱人互相亲吻 ……"

"是如何互相亲吻的呢？"霍普打断了乔西的话。

"就像这样。"说着，乔西亲吻了霍普，"生活中有太多让我感动的瞬间，就像坐在那边石凳上的老人，他们依然在向生活微笑；就像一只可爱的小狗凝望着你，仿佛你就是幸福的化身 …… 对了，我跟你说过那只陪伴我童年时光的小狗吗？"

"没有，不过请继续讲。"

"霍普，我想要你给我一个默契眼神，能在众人中与你分享一个心照不宣的秘密，就像我们上课时常做的那样；我想要跟你一起开怀大笑，这是你最擅长的，哪怕是在最不该笑的时候；我宁愿背负被抛弃的担忧，因为我始终害怕你会厌倦我、离开我。茫茫人海中，我相信一眼就能认出那个像我一样去爱的人，那个像我一样用天真的眼神看待世界的人，那个永远怀抱希望的人，那个质疑自己却从不质疑爱人的人。霍普，遇见你是我人生最大的幸运。"

她凑到他耳边，呢喃着，说她想要他，就是现在。

不必多言，乔西立刻拦下一辆正好经过的的士。

*　　*　　*　　*

第二天三人重聚时，他俩发现卢克闷闷不乐。就连课间，他都不怎么搭理人。下午，三人一起去喝啤酒，霍普动用了所有的幽默细胞，这才让卢克的情绪有所缓和，道出了原委。原来是他在中心的初步实验结果不尽如人意。某个环节出了问题，可他想不通是在哪里。

霍普提议，晚上三人一起去中心，把实验步骤再过一遍。卢克非常赞同霍普的提议。又或者说，他非常赞同霍普终于逼着乔西把心思放到实验上来。

*　　*　　*　　*

日子在忙碌中一天天过去。他们忙着上课，忙着迎考，整晚整晚地泡实验室，把每一次失败的实验从头来过。深夜的实验室里，他们三个人轮流休息，有时趴在桌上小憩一会儿，有时干脆在地板上和衣而眠。

临近考试时，霍普面容消瘦，挂着两个大大的黑眼圈。乔西不再抽烟，卢克滴酒不沾，可就这样，两人还是觉得体力不支。他们给自己放假的唯一一个星期天，全部用在睡觉、睡觉和睡觉上面。

为了挺过各门考试，三人狂饮由霍普发挥化学天赋配制的功能饮料。尽管他们最终都以优异的成绩通过了考试，却也经历了三次令人难忘的心动过速。最严重的一次让他们在急救室耗了一整晚，第二天心跳才平复下来。三个人都被急救科的医生狠狠训了一顿。

优异的成绩为他们打开了通往下一学年的大门。不过，卢克和乔西依然面临学费的问题。他们必须继续推进在中心的实验，尤其要让已经开始严重怀疑他们项目的弗兰奇对他们保持信心。

霍普虽然不用担心学费问题，但也丝毫没有懈怠。三人全身心地投入项目中。

实验取得了两项进展：神经元继续在硅板上彼此链接，也能对乔西下达的简单指令做出令人满意的回应。比如控制开关、移动机器人，甚至能让机器人用卢克为它组装的铰接镊子来夹住和运送糖块。当然，这还远远称不上是人工智能。就像乔西时常提醒大家的：一切都是以鼠脑神经元为实验基础，他们所要完成的任务，就是要让鼠脑神经与电脑产生对话。

一天夜里，实验室里冷得不行。霍普冻得瑟瑟发抖，只好把手放在电脑主机上取暖。当她麻木的手指渐渐恢复血色时，霍普突然转向乔西。当时乔西正在小心翼翼地试图让他的神经元小宝贝们与电脑进行沟通。

　　"它们是被冻坏了！"霍普兴奋地大喊，"因为我们把'小蝌蚪'们关在冰箱里，结果把它们冻僵了！"

　　霍普把这些神经元称为"小蝌蚪"。有时，她甚至会给其中的一些神经元取名字。

　　"当它们彼此链接时，会消耗一些热量，失去一些活力。我们应该把它们加热到37.2℃以上。"

　　"整个学界都在研究如何冷冻机体组织的问题，你却要背道而驰？"卢克反驳。

　　"可我们的这些神经元细胞还是鲜活的！"霍普嘴上这么说，其实心里也不太有底。但转念一想，如果说弗莱明①是因为跑去度假，把细菌培养皿遗忘在实验室里，反倒因此发现了青霉素，那像她这种整夜在实验室挨冻的人，一定更值得好运的垂青。

　　乔西和卢克交换了一个举棋不定的眼神。霍普知道，自己成功地让他们动了心。

　　"也是。我们为什么不试试呢？"乔西说。

　　"因为这样可能会杀死它们！ 这总算得上是一个充足的理由

---

　　① 英国细菌学家，青霉素的发现者。

吧？"卢克仍然持反对意见。

"大不了我们把实验的前两个步骤再重来一遍。"霍普说。

"这会浪费两到三个星期的时间。恐怕弗兰奇不会这么大方。"

"所以，我们干脆赌上一把！"乔西做好了破釜沉舟的准备。

"等一等！"霍普挥舞着双臂大喊，"先说好了，如果搞砸了，那算是我们集体决议的结果吧？"

"如果成功了，也算是我们集体决议的结果吗？"卢克和乔西异口同声地问。

"这点我倒是没想过……不过，只要你们答应会好好地感谢我，请我美美地撮上一顿，再放我两天假，我就同意！"

"'弗莱明'，那请你告诉我，"卢克把一只手搭在霍普的肩膀上，戏谑地问，"依你之见，我们应该把硅板加热到多少摄氏度啊？"

霍普明知自己对此毫无主意，却还是装出一副思考的样子。她想，让这些神经元细胞复苏只用了3℃的温差，所以这些"小蝌蚪"一定承受不了太高的温度，否则真会被烫死。于是她又掰了掰手指，嘴里碎碎念着一道并不存在的公式，这才喊道："38℃！不对，是37.8℃！"她很快又纠正。

"你是随便乱说的！"乔西嘲笑她。

"这么说真是无礼！不过既然被你猜中了，我也就放心了。"

"那我们先加热到37.5℃再说吧。"

乔西把一部分"小蝌蚪"放置在处于加热状态的硅板上，并试着用一个探头把控"小蝌蚪"们的温度变化。有那么一会儿，温度突然攀升到38℃以上，把三个人着实吓了一大跳。卢克赶紧撤回硅板，将神经元与插在电脑上的导线相连。那一刻，三个人都屏住了呼吸。

＊　　＊　　＊　　＊

早上六点，卢克、乔西和霍普才从一家要打烊的酒吧中走出来。昨晚，鼠脑神经元与电脑之间的首次信息交换圆满完成，他们为此好好庆祝了一番。

直到第三天，卢克才把这个消息告诉弗兰奇。不是因为他们需要时间重复实验加以确认 —— 他们是在跟弗兰奇报了喜之后才想起要做这一步的 —— 而是因为在此之前，三个人都醉得说不出像样的话来。

他们的成功还停留在实验阶段，远远没有达到为人工智能领域提供实际支撑的水平。但这个看似微小的成功，毕竟象征着部分机体信息向物质机器转移的开端。有言云：不积跬步，无以至千里。

弗兰奇正是因为懂得这个道理，所以当场就付清了由朗悦中心提供给乔西和卢克的两年学费。

＊　　＊　　＊　　＊

七月中旬，霍普和乔西第一次分开。霍普信守自己的承诺，去旧金山看望她的父亲。

乔西把月开支中的很大一部分都用在买话费套餐上。可是，不出八天，这些话费就全花光了。卢克向他伸出援手，替他充值，条件是要乔西一定省着用。其实，乔西和霍普并不是因为通话次数过多而消耗了话费。他们每天只打一个电话，那就是晚上。霍普和乔西彼此诉说一天的经历，然后各自上床睡觉，把手机放在枕边，直到第二天清晨互道早安后才挂断。天天如此。

当父亲去医院时，霍普就在城里转悠。每一天，她都会爱上旧金山多一点。她喜欢在卡斯特罗街区晃荡，喜欢沿着旧金山湾漫步，喜欢去联合街的小店里淘宝。岛上不起雾时，她就懒洋洋地坐在马歇尔海滩的黑沙上。

对于阿梅莉亚，霍普也从一开始的勉强接受转变为逐渐习惯。在饭桌上，阿梅莉亚总能巧妙地填补沉默所留下的空白。少年时代那种让夜晚黯然失色的沉默，全被阿梅莉亚一扫而光。阿梅莉亚有讲不完的趣事：令人难忘的旅途见闻、被她模仿得惟妙惟肖的客户、她曾经犯过的不同寻常的错误……霍普很喜欢阿梅莉亚的这份幽默，也喜欢她对萨姆的那份坦诚。所以，当阿梅莉亚宣布要去国内其他地方出差时，霍普甚至有点舍不得她走。

阿梅莉亚是在一个早上离开的。霍普和萨姆帮她把行李搬到车里，然后肩并肩地站在台阶上，目送她远去。

当汽车消失在街角时，萨姆先回了屋，他一边上楼一边对霍普说："别告诉我你会想她，至少等我好好喝一杯咖啡再说。"

"还不至于这么快就想她啦！不过，喝咖啡这个主意不错。要不我们去城里喝？"

"那我可没时间，霍普。我还要工作。"萨姆一边套上长风衣一边说。

他从门口抓起公文包，坐上汽车，又摇下车窗，朝他的女儿挥挥手。

到底是这辆老福特汽车，还是父亲的这个挥手，在霍普心中勾起了一段遥远的回忆呢？

霍普快步走向父亲的书房，打算趁他不在时，翻箱倒柜地找个遍，直到找到她要找的东西为止。

她童年时代的"宝物箱"，到底被父亲藏到哪里去了呢？

她依然记得，当初她准备离开位于开普梅的家时，有一天，父亲把杂物全都装进一个纸箱里，搬到了阁楼上，仿佛要告诉霍普，他也知道如何把过往的生活全部抛诸脑后。一想到这可能是父亲当时唯一能找到的掩饰自己情绪的做法，她便温柔地笑了。

父亲现在的家中没有阁楼，也没有库房。她已经在书房、客厅和两间卧室里都找过了，现在又爬上楼，溜进衣帽间。阿梅莉亚的东西占据了衣橱三分之二的空间。霍普踮起脚，一边诅咒大自然没让她生得高大一些，一边掀开父亲层层叠叠的外套，又搬走衣橱里的一堆毛衣，突然她发出一声快乐的尖叫。

那个盒子就藏在叠好的旧毛毯下。她一眼就认出来了，将这个宝贝捧在怀里。

她盘腿坐好，打开盒盖，开始兴奋地翻看盒子里乱七八糟的纪念品。除了几只毛绒玩具、一支假口红、一些廉价首饰、几个画画本和一个铅笔盒外，一本小人儿书尤其吸引了她的注意力。她把书摊放在膝头。书中讲述的是一只新奇地打量城市之光的小猴子的故事。霍普翻看书页，回忆着母亲在给她讲这个故事时的语调。末了，她又把书贴在脸上，闻了闻纸张的气息，希望能找到一股被遗忘的香水味，哪怕只有一点点都行。可是，书中什么气味也没有。

霍普又把盒子里的每样物品都认真地看了好久，这才把它们重新收好，将盒子放回原处。除了那本书以外。她飞快地把它塞进自己的行李箱。

＊　　＊　　＊　　＊

要走的那天，她头一次起得比父亲还早。该回东海岸了。早在两天前，乔西的话费就用完了。她再也没收到他的音讯，十分怀念他的声音。她试着通过卢克联系乔西，可是没有成功。无奈之下，她只好通过语音信箱告诉他们她返程的时间。

在机场的人行道上，当一个警察催促萨姆把车挪开时，霍普向父亲发誓说她度过了一段非常愉快的时光。萨姆答应女儿，会想办法在圣诞节时去看望她。

"你不会怪我丢下你一个人不管吧？"

"阿梅莉亚很快就会回来了，我会替你向她问好的。"

"如果你愿意的话。"

"你找到要找的东西了吗？"

霍普一脸茫然。

"翻了我的东西，也要把它们放回原位嘛。"

"我只是偷了一件你的旧毛衣而已。当我想你的时候，就可以穿上它。这算是女儿独有的恋物癖吧。"

"那你做得对。照顾好自己，我会想你的。"

霍普钩住父亲的脖子，告诉他她爱他。萨姆叮嘱她到家后记得给他打电话。

"一言为定。"她高声答应着，走进候机大厅。

她朝自动扶梯走去，半路上又停了下来，倚着玻璃窗，看着父亲的身影钻进老汽车里。

＊　　＊　　＊　　＊

这天晚上，萨姆在床头柜上发现了一张旧的彩色蜡笔画。

他久久地凝视着画面，然后从书房拿来一个相框，取出相框里那张他正在领奖的相片，把彩色蜡笔画放了进去。

"你怎么就长大了呢？"他呢喃着，把相框放回原位。

7

霍普向圣狗、圣单峰驼、圣狮子、圣鲸鱼和圣莫蒂默（一朵和她的英语老师莫蒂默长得极其相似的云）祈祷，希望乔西会在机场等她。

她一直以来都有一个信念：当一朵云长得像某个人时，那么，这个人的灵魂就住在这朵云里。这个疯狂而美好的信念是在一个忧郁的夜晚产生的。当时，她在南卡罗来纳州的天空看见了一朵酷似人脸的云。她相信，那是母亲来安慰她了。

走出舷梯时，她想机舱的舷窗有可能拦住了她的祈祷，于是心里有点失落。当她走在过道里时，一双手臂突然紧紧地箍住她，把她抱了起来。她尖叫一声，引来两个巡警的目光。

"你来啦？"

"我没来。你看到的是我的全息影像①。"

"你的全息影像真好闻。"她把脸埋在乔西的颈窝里说。

"我有两个重大消息要告诉你。"在一个长长的吻之后，乔西

_____

① 一种利用光波再现物体三维图像的照相技术。

对霍普说。

"你怀孕啦？"

"有意思。"乔西回答。

霍普把乔西拉到行李运送带旁边。

"那你要说的重大消息是什么？"

"弗兰奇给了我们一间空间更大、设备更好的实验室。"

"为什么呢？"

"原因就在我要说的第二个消息！你走了之后，实验大有进展，神经元能够执行更复杂的程序了。不仅如此，我认为我们还完成了一项真正的壮举，因为我想出了一个天才般的创意。"

"如果维护谦虚的特警从这里经过，你会被判无期徒刑的，我的乔西。"

乔西发誓说自己绝对没有夸大其词。他迫不及待地想带她去中心，证明给她看。可霍普好像并不赞同这个做法。

"我又没说必须今晚就去。"乔西嘟囔。

"骗子。你明明是恨不得现在就去，等我先取回行李再说。"

"我明明是恨不得现在就跟你做爱！"乔西大喊。

行李运送带周围的人纷纷把目光从手机上移开，转而投向他们。

"我也是！"霍普用同样的分贝回答。

站在她旁边的女人干脆别过脸去，一脸惊愕……又或许是嫉妒。

乔西开着问卢克借来的汽车。一到公寓楼，他们就跑上楼梯，冲进房间。

霍普的温柔令他吃惊。又或者说，他惊讶于自己竟然也能如此柔情似水。这在以前是从未有过的。

他头枕着手臂，嘴角叼着一根大麻烟卷，把他的发现告诉了霍普。

"你该不会要在我的房间抽这玩意儿吧？"她转向他问。

"据我所知，这是我的房间。"

"我在的时候就不算，我的乔西。另外，在搬去属于我俩的公寓之前，我想跟你一起分担这里的房租。"

"房租的事情免谈。"乔西直接拒绝，"你真的想要我们租个公寓一起住？"

"凭我们的经济能力，租个套间也不错。"

乔西起身去看冰箱里有什么吃的。她听见他从厨房里说："我们去中心吧？"

＊　　＊　　＊　　＊

因为已经很晚了，中心大部分的实验室都黑着灯。穿过走廊时，霍普瞥了那个人形机器人一眼。它好像站在底座上睡着了。比起上次看到它时，机器人的乳胶脸显得更加逼真了。这让霍普不禁打了一个寒战。

"卢克呢？"走进他们的实验室后，霍普问。

"缇拉。"

"缇拉？"

"他现在正和这个女孩在一起。说不定还会和她待一整夜。"

"我们说的是同一个卢克吗？他们是怎么认识的？缇拉？这个名字很奇怪，你不觉得吗？"

"他自己会告诉你的。还有，我觉得这名字挺美的。"

"好像是一种鱼的名字。'您好，我买两袋缇拉！'"

"你该不会是嫉妒吧？"

"你是说我嫉妒卢克？别犯傻啦。"

"不，是嫉妒缇拉。在此之前，你是我们三人组中唯一的女孩。"

"胡说八道。"霍普嘴上反驳，其实心里知道乔西说得一点没错。外来者的介入令她十分不悦。

"好吧，是我胡说八道。你不想看看我们的重大成果吗？"

"他和这个女孩是认真的吗？我不过是离开了两周而已。"

"那我们呢，难道不是从第一个晚上起就是认真的？"

"好啦，我同意。我是有点嫉妒，而且我嫉妒的并不是卢克。"

"既然你都这么说了。"乔西不再多说，而是凑向电脑屏幕。霍普也把注意力转移到屏幕上。

屏幕上首先出现的是一组大脑切面图，霍普猜测是用 PET 扫描仪①拍摄的。图片上不同颜色的区间一直在活跃着。屏幕的一角，"行为"与"认知"两个词交替出现。

"这是谁的大脑？"霍普问。

"你觉得我的大脑怎么样？"

---

① 正电子发射计算机断层扫描仪。

"是你的？！"她继续说道，"我明白了。我不在的时候，你无聊得很。为了找点事做，就把自己的脑袋拿去扫描……以后我再也不会离开你这么久了。"

"我们没有权利拿人体做实验，所以总得有个人亲自出马吧！不过有一件事情你搞错了：我并没有做任何扫描。"

霍普迷惑不解地看着乔西。

"卢克在我头上固定了几百个电极。在接下来的几小时内，他讲述我们共同的过往，刺激我的记忆，并记录下我的脑电波活动。然后，我们将获得的数据编码输入电脑，于是就形成了你现在所看到的结果。"

"也就是说，这些都是你记忆的数码示意图？"

"没错，尽管还远远谈不上完善。我们录了好几个小时，最后只获得了几秒的转录结果。不过，有结果就已经很好了。我的记忆片段被存储在硬盘上，我们可以用图像的形式对它加以仿真。总有一天，我们可以将这些记忆片段完全解码，再现我曾经的所见所闻、所情所感。"

"请问，在这幅彩虹图中，我在哪里？"

"这里。"乔西指着一片区域说，"你瞧，这片区域躁动得很。"

霍普转向乔西，抱住他的脖子，亲吻了他。

"你们这两个坏蛋，居然趁我不在的时候做成了！"

"注意摄像头！"乔西瞥了一眼墙上那个红色的摄像头灯光，小声对霍普说。

霍普朝摄像头的方向竖起中指，更加狂热地亲吻起乔西来。

"这样的话，你觉得我躁动吗？"

＊　　＊　　＊　　＊

缇拉加入三人组之后，很快就引发了住房问题。尽管两间睡房之间隔着一个小客厅，但在一个总共只有三十八平方米的公寓里，还是很难找到私密空间。

照卢克的说法，乔西和霍普已经享受完属于他们的"鸳鸯夜"配额，现在该轮到他来享受自己那份了。从那时起，霍普每天上午都在翻看租房广告。她说服乔西跟她一起去看房，可总是无功而返。那些浮夸的广告后面总藏着令人失望的现实。

乔西增加了家教课时，以便支付租房的费用。与此同时，四人还在日程上做了调整：霍普在双数日留宿乔西的房间，缇拉在单数日留宿卢克的房间。尽管如此，四人之间还是难免摩擦。

对霍普来说，缇拉身上散发出一种几近艳俗的过度性感。不管是她的服装还是姿态，都有卖弄风骚的嫌疑。霍普纳闷像卢克那样优秀的男孩，到底是看上了缇拉的哪一点。而显而易见的答案更令霍普懊恼。

一天早上，霍普叫醒乔西。

"你可不可以跟卢克说，周末的时候你把房子留给他，他把车子留给你？"

"卢克！"乔西立刻喊道，"周末房间归你们俩，要不要？"

"要！"房间的另一头传来卢克的答复。

"好！那车子就归我们。"乔西又转向霍普，"问题解决了。

我们要去哪儿？"

"去开普梅。"

"去那儿做什么？"

"这两周我一直在找母亲以前用过的那款香水名，找得我都快疯了。"

"你有没有想过去问问你父亲？"

"绝对不行。这是个禁忌话题。"

"我们非得去开普梅才能找到吗？"

"我童年的记忆全都留在那里，我想与你一起分享。"

卢克还没完全醒来，霍普就听见了缇拉的呻吟声。霍普朝乔西投去一个十万火急的眼神。他们飞快收拾好行李出门，途经霍普家时，霍普上楼拿了几样东西，然后两人就上路了。

到达开普梅时，正值烈日当头的中午。他们一直把车开到大西洋岸边的一个沙丘旁。一望无际的海滩几乎空无一人。

霍普和乔西跳进大海里逐浪，又被浪花一次次地推向沙滩。

当白昼的热浪终于退去，取而代之的是傍晚的温柔。他们这才重新穿好衣服，霍普带着乔西去她从小长大的那个街区。

街道的路面偶尔被沙子覆盖，街道两旁都是小木屋。稍微质朴一点的小木屋用的是沥青屋顶，其余大多是木制屋顶。

小木屋的前面，是一片接一片的草坪，点缀着开满鲜花的灌木丛，在蓝天的衬托下，呈现出一片明快的颜色。

霍普在斯旺街和韦诺纳街的交会处停下，指着街边篱笆里的一幢小屋说："楼上那扇窗户，就是我以前的房间。"

"要不要去按门铃？这里的住户说不定会允许我们进去看看。"乔西提议。

"不，我更愿意让家保留记忆中的模样。"

"霍普，你的母亲是怎么死的？"

这个问题来得太突然。她先是沉默了一会儿，然后牵起乔西的手："跟我来。"

他们沿着密歇根大道往上走，来到一个湖边。湖的另一端就是开普梅的公共网球场。

"当时，一辆小卡车从这条路上开来，她没有注意到。"霍普在一个岔路口停下脚步。

她的语气淡然，就像一位正在向上级汇报车祸情况的警察。连她自己都对此感到惊讶，却依然以这种满不在乎的口吻继续说："冲击之下，汽车突然偏航，侧翻冲入这个淡水与海水相混的湖中，结束了这段疯狂的路程。"

"我很抱歉，霍普。"

"不必抱歉，这不是你的错。在我的生命中，你是不需要对我感到抱歉的男人。不过，你怎么从来不跟我提你的父母呢？"

"我很爱他们，但我跟他们没什么话说。"

"你十二岁那年，到底发生了什么？"

"你在说什么？"

"你唯一一次谈起自己的童年时，曾说想要一直做十二岁时的那个快乐少年。"

"……那是我十二岁生日的晚上。我父亲斜眼看着我，一副恨铁不成钢的表情。我问他怎么了，他说：'从什么时候起，我就再也看不到以前在你身上看到的那道光了呢？'当时，我恨不得永远不要长大。其实父亲尽力了，但我母亲还是不满意。我想她早就不爱他了。我也同样没能留住她。"

"我的父母曾经疯狂地爱着彼此。"霍普离开湖边，边走边说，"看到他们如此相爱，我对爱情的期许也提高了。可最后却因为一个不留神，把一切都毁了……"

"那是一场意外，不能怪她……"

"我是怪我自己。当时我正在上体育课，突然就开始流血。我慌了神，要老师把我母亲叫来接我回家……我们走吧，别待在这里。我是来找母亲的香水味的，不是死亡的味道。"

夜幕很快就降临了。马路上出奇地黑。他们借着手机灯光找到科迈罗，霍普向乔西指明去往开普梅小港的路。

吃完晚餐，他们在港口灯塔的光照下穿梭在小城中，选择了一家小旅馆。小旅馆仿佛是推开了两座沙丘才出现在路旁一样。

旅馆的房间很简陋，只有一张床和一个淋浴间。但这对他们来说已经足够了。

＊　　＊　　＊　　＊

这趟开普梅之旅，是两人关系的一个转折点。当晨光照射到旅馆房间的床上时，霍普看着熟睡中的乔西，心里有了一个确定的信念：这辈子，除了身边的这个他，她不想要其他任何男人。

同一天稍晚些时候，乔西也有了同样的确信。

霍普感到非常幸福。她在沙滩上跳舞、欢笑，好像全世界的秘密只有她一个人知道。

他们爱上了彼此。不仅如此，他们选择了彼此。

霍普踏着浪花向乔西走来，对他说："你知道吗，我的乔西，生命中的一些小时刻，其实一点也不小。"

＊　　＊　　＊　　＊

第二天，乔西很早就出门，去街区的食杂店买东西。当他抱着一大堆薯片、廉价蛋糕和一提啤酒回来时，霍普正盘腿坐在地上，膝头摆着一本书，手里握着手机。

"是卢克发来短信了吗？"

"不，我正在网上查东西。"

"什么东西？"

"我在查香水分子的改变方式，以及是否有溶剂可以重新激活香水分子。我以为自己能搞定，现在看来我好像高估了自己。"

乔西看了一眼霍普膝头的书，放下手中的物品。

"有这么复杂吗？你有没有试过把书页沾湿？"

霍普抬起头来，以为乔西是在跟她开玩笑。她盯着乔西，同时舔湿食指，压在书页的一角上。然后，她把鼻子凑了过去。

她深深地吸了一口气，眼中充满了柔情。她终于读懂了藏在书中的最美的故事，找到了那股熟悉的香味。有多少个夜晚，她就是沉浸在这股香味之中，枕着母亲的手心入眠。

她合上书，把它重新放进包里。

这次旅行的目的达到了。在海滩上最后一次漫步后，他们便驾车驶上了回程。

* * * *

回到公寓，他们仿佛一下子被硬生生地拉回现实。卢克穿着短裤迎接了他们，缇拉则穿着霍普的浴袍。

第二天，他们早早地就把阵地转移到一家星巴克里。霍普在互联网上搜索租房信息，乔西则在当地的报纸上找。

接下来的一个星期，他们一处接一处地看房。乔西决定扩大找房范围，最后他们看中了一套又宽敞又明亮的复式房，只是它所在的街区不怎么样。不过，以最后谈下来的价格来说，他们不能要求太多。

霍普给父亲打了个电话，把租房押金的事情搞定了。她还在电话中得知，圣诞节的时候，父亲要带阿梅莉亚出去旅游。

签完租房协议，他们第二天就搬了家。

* * * *

夏天刚结束，学校就开学了。乔西一下课就离开校园去给他那位一直不开窍的学生上课。上完课，他就骑着霍普送给他的单车 —— 那是周日他和霍普一起去跳蚤市场淘家具时买的 —— 赶往中心，卢克在那里等他。霍普也会尽早赶到实验室，三人把大部分的夜晚都花在实验和探讨上。

如此一来，缇拉很快便脱离了他们的团队。十月中旬，她抛弃了卢克，转而投入一名篮球队长的怀抱。卢克默默忍受着失恋的痛苦，把更多的时间放在了实验上。

十一月中旬，弗兰奇给了卢克一个助教的职位。教授的这份信任让卢克十分受用，他终于享受到一段特殊关系带给他的回报。

缇拉成了一段回忆，三人组又回到了最初的模样。

要不是工作负担太重，要不是乔西和她所面对的经济问题，要不是反复出现的偏头痛使她在看屏幕时不得不戴上眼镜（她觉得那副眼镜特别丑，所以她只在头痛得快要爆炸时才会戴上），要不是父亲总跟阿梅莉亚在一起而无暇顾及她，霍普的生活会更加美好，前景也会更加光明。

不过他们在中心的实验进展还算顺利，多亏了弗兰奇与校医院院长打招呼，他们现在可以使用医院的一台 CT 机。每周用两次，时间是在医院的仪器维护队前来对机器做维护的前一小时。

他们享受的这项特权必须对外界保密，因此在操作上有一套严密的程序：

每周四和周日，三人组会在晚上十点五十五分从停尸间进入校医院，穿过通往锅炉房的走廊，进入货梯，然后挤在那些装满换洗床单的小推车旁，升到一层。出了货梯，穿过一扇员工通行专用的门，就能到达医学成像中心。在这个点，成像中心已经不对外开放了。他们严格遵循这套程序，使用成像中心的尖端设备五十五分钟，最后悄无声息地离开。在这五十五分钟的时间里，卢克可以将乔西在接受同样刺激下的大脑的电脑成像图与 CT 成像图加以对比。

就这样过了一个月，霍普再也不许乔西继续以科研为由，每周两次把自己暴露在机器的辐射之中，况且卢克操纵这台机器也才刚刚上手。他们决定再找一个实验志愿者，但不知道要找谁。

初冬，霍普决定时不时地利用中心的设备，做一些三人项目以外的研究。

她一有机会就偷偷离开乔西和卢克，找一间没人的实验室开始自己的研究。

一天晚上，她在候客间休息时遇到了两名女同学。她们一个是德国人，一个是日本人，正在研究脑细胞克隆项目。三人之间很快就产生了好感。后来，她们只要想喝咖啡了，就会聚到一起。

相处久了，霍普向她们提了好多问题，并发现自己所偏好的研究领域 —— 神经系统退行性疾病研究 —— 与她们的项目具有互补性。

为了激发她们的兴趣，霍普提出：未来人们可以克隆出健康细胞，将它们植入人体，从而治疗大脑退行性疾病。作为佐证，她借用了乔西和卢克已经取得的实验成果。两个女生很快就明白霍普能为她们带来什么。

就这样，霍普越来越经常地抛下两个男生跟新结交的朋友们待在一起。

一开始卢克和乔西对此并没有察觉 —— 这对霍普来说倒是

件好事，但霍普转换团队的事没有逃过弗兰奇的眼睛。起先，弗兰奇显得并不在意。可快到圣诞节时，他把霍普叫到自己的办公室，说既然她找到了自己真正感兴趣的研究方向，就应该和其他人一样，按中心的规矩来 —— 如果她还想继续享受中心的优厚条件的话。比如周二的例会她不能随意缺席，要按时提交实验进展报告以惠泽他人，等等。否则，她就别想再踏入中心半步。

霍普说自己需要时间想想。弗兰奇要求她必须在年底前做出决定。

她决定和乔西谈谈这件事，却生气地发现乔西听得心不在焉。

那天晚上，霍普在木箱做成的茶几上铺好一块漂亮的白桌布 —— 也是她周日从跳蚤市场上买来的，再摆上一套风格诡异的餐具，因为这套餐具中没有哪两个盘子是配套的。她又给乔西做了他最爱吃的菜，也是她唯一一道勉强拿得出手的菜。

不过，吃晚饭的时候，每当她想提及项目的事情，总会被乔西打断。

"这一周卢克取得了一项了不起的进展。"他一边兴奋地说，一边示意霍普别给他添饭了。

"我做的菜，你就吃这么一点？"

"好好听我说，霍普。我们差不多已经绘制了我三分之一的大脑图谱，存储了我大量的记忆，有二十多个 T。"

"那你呢？你有没有好好听我说，乔西？"

"对，菜是很好吃，但我真的吃不下了。"

"我们还没有结婚呢！"

"你想结婚吗？"

"不，我不想……因为你已经开始把我当用人看了！"

"是我说错什么了吗？"

"不是因为你说错了什么，而是因为我什么都没法说！你只顾谈论你自己、卢克，还有你们那该死的实验，对我却不闻不问。这一个月以来，我对你来说好像根本就不存在。你有没有意识到，我晚上没跟你们一起做实验，而是去了另一间实验室？你有没有意识到，除了二人世界，我还有属于自己的生活？"

"你是不是遇到麻烦了？"乔西被霍普突如其来的怒火吓到。

"除了快要把我逼疯的偏头痛，还有我们拿不出十美元来买圣诞礼物的事实……你知道圣诞节就在后天吧？还是你连这个也忘了？还有，你一直跟卢克在一起，直到深夜才回来，累得都忘了要抱抱我……"

"你父亲不来跟我们一起过圣诞节了吗？"

"他前天就带着阿梅莉亚到火奴鲁鲁度假去了。我跟你说过的，可这个你也没有听见。"

乔西突然站起来。他把身体挺得笔直，像一个木头士兵，脸上挂着一个大大的笑容："说到圣诞节，我问你，你还相信圣诞老人吗？别这样看着我，我可不想给你提示。"

"有时你真的很傻，我的乔西。"

"好，那我就理解为你不相信了。真可惜。但至少你对圣诞老人的幻灭，不是我将要做的事情引起的。这样一来，你就不会怪罪于我了。"

说完，他走到衣柜旁边（那是一个带隔板的金属小箱子，由乔西花了整整一个周六的下午辛苦组装而成），把手伸进一摞衣服下面，摸出一个系着缎带的小盒子。

"圣诞快乐！"他骄傲地将盒子递给霍普。

她哑口无言，只好解开缎带，打开盒盖。盒子里装着一副眼镜架。霍普记得很清楚，这就是她在古玩店的橱窗里看到的那副。古玩店就在举行周末集市的码头附近。当时她还赞叹说，这副眼镜架是用货真价实的树脂做的，所以十分轻巧。

"你疯了。"她一边戴上眼镜一边说，"这副眼镜贵得要命。"

"明天我们就去找验光师。告别偏头痛，重新找回我心爱的女人，那个一直都开心的女人。"

"那我呢，能不能重新找回我的乔西？我失去他已经好几个星期了。"

"现在你有了一副好眼镜，找起来就会更加容易了。"

霍普双臂环绕着乔西的脖子，亲吻了他。

"我没有给你准备礼物。"

"这根本不重要。对不起，最近这段时间很少陪在你身边。我想要成功，我想要给你一种与现在不同的生活。我要给你买一套公寓，天冷的时候不再需要穿两件毛衣；只要我们愿意，随时都可以下馆子；想去哪儿旅行就去哪儿旅行，不必在吃顿好的和省钱加油之间做出选择。我像疯了一样工作，都是为了这个。"

"可是，我的乔西，这些我都不想要。呃……应该说我想要，但不是现在。我现在最想要的，是与你面对面地吃一顿饭，哪怕是坐在地上吃，哪怕得披上三件毛衣才不觉得冷。我最美的旅途，是你。"

她的双臂重重地挂在乔西的脖子上，乔西明白她一定是非常非常累了。他抱起她，朝他们的床边走去。

"你工作太拼命了，霍普，所以你才会有那可恶的偏头痛。我要是医生，就会给你开个药方：好好休息一晚。"

他轻轻地把她放到床上，然后在她身边躺下。

"对了，你刚刚想跟我说什么？"

"一件让我睡不着觉的事情。"她闭上眼睛说，"我必须做出一个选择，但我一直举棋不定。我需要你的意见。"

"什么选择？"

"今晚，我想先听从我医生的建议，哪怕他是个冒牌的。明天我们再说吧。"

她长长地打了一个哈欠，转过身去，很快就睡着了。

乔西守候着熟睡中的霍普。睡梦中，霍普皱起眉头，也许是做了噩梦。最近一段时间，她经常做噩梦，有几次甚至在半夜把乔西吵醒。他抚摸着她的额头，有他在，她总能平静下来。明天，她就会忘记这场噩梦。明天，就是平安夜了。

* * * *

夜里，暴风雨骤然而至。狂风吹打着公寓的玻璃，室内的温度越来越低。当乔西冷得紧靠她的身体时，霍普发现自己的心愿实现了。

早上起床，她快步走到窗边。大得像棉絮一般的雪花，在空中飘扬着，旋转着，给大地铺上了一层厚厚的"棉被"。放眼望去，城市白茫茫的一片。没有什么比下着雪的圣诞节更能让霍普开心的了。

天公如此作美，一定不能辜负了这番美意。霍普打算好好庆祝一下今晚的节日。

"我们所需要的，"她说，"是一顿真正的圣诞大餐。"

"以及一台取暖器。"乔西说着，又往身上套了一件毛衣。

"没错！"

他掏空了自己的牛仔裤口袋，开始数那些皱巴巴的钱。

"二十五美元。"他说，"我所有的钱都在这里了。我的学生度假去了……"

"他的女儿被冻得要死，他却带着阿梅莉亚去了火奴鲁鲁！"霍普嘟囔。

"我们这儿天冷可不能怪你父亲。"

"这是个视角问题。"说着，她走到一个生产于二十世纪四十年代带有簧片的旧柜子旁边，拉开抽屉。那是他们买得最称心的一件家具。

"你找什么？"

"这个！"霍普举着一张信用卡，骄傲地说，"把卡交给我的时候，他说'只能在紧急情况下使用'。他女儿挨冻就是一个紧急情况！"

"我们不能这么做，霍普。"

*　　*　　*　　*

他们首先租了一辆小货车，然后朝郊区的一个大型商贸城开去。霍普买了两个油汀取暖器，又去了趟眼镜店。她的眼睛被测出有轻度散光，于是老板又给她推荐了一对矫正镜片，正好可以装在乔西送给她的镜架上。随后，霍普给乔西买了一件长风衣和一条羊毛围巾。

他们还采购了当晚和下周的食材，几乎把一家熟食店洗劫一空。

"我们也给卢克买件礼物吧？"经过一家书店时，她问。

"你做得是不是有点过头了？"乔西回答。他已经放弃控制霍普的购物欲了。

"在豪华酒店住八个晚上、往返机票、沙滩上的鸡尾酒，再加上餐厅……不，我觉得我们买的还远远不够。"

"我不管你肯不肯，反正我一有钱，就会把你今天疯狂购物的开销全部还给他。"

"以我们的收入水平，这一天还早着呢！现在，我只能先说一声'圣诞快乐，父亲'。我们回家吧？"

＊　　＊　　＊　　＊

他们整个下午都在为霍普梦想中的平安夜做准备。她邀请了在中心认识的那两个朋友。乔西叫上了卢克。

那是一个美好的平安夜。午夜前，又下了一场大雪，狂风也比先前更加猛烈。从玻璃窗望去，甚至看不清他们停在楼下的汽车。霍普拿出好几床被子，请客人们留宿在她家。

8

十二月二十五日上午，一件微不足道的小事，让乔西陷入一场决定他未来的深思。

为了把卢克的汽车从积雪的包围中解救出来，几个好友努力了将近一小时。昨天，大雪纷纷扬扬地下了一整晚；清晨，铲雪车经过时，又把路面上的积雪全部推到马路两边，使清理工作难上加难。

乔西和卢克一刻不停地铲雪。霍普和她的两个朋友拿着临时找来的工具，清除车轮周围的积雪。

突然，乔西在一块薄冰上滑倒，摔了一跤。在卢克的爆笑声中，他用手套擦了擦脸。就在这时，雪花的气息，霍普的笑声，卢克催促他干活的声音，唤醒了沉睡在他脑海中的一段遥远回忆。

他十一岁那年的冬天，父亲带他去了康涅狄格州。自从他的母亲出门购物一去不返后，这是他们父子俩第一次去度假。

他的父亲租了一间简朴而舒适的房子，在索格塔克河口附近。

"灰溪镇。"乔西自言自语，"父亲租的房子就在灰溪镇，昆廷路的尽头。"

一帧帧画面不断浮现在他眼前。

他仿佛又看见了房子入口处挂着的纱帘、一楼的单间和小厨房，以及电视机前两张被磨得锃亮的皮椅。楼上是两间小睡房和一个淋浴间。房子里弥漫着一股旧木头和地蜡的气息。屋顶的挑檐上，缠绕着一圈装饰用的彩灯。乔西特别喜欢那些淡淡的灯光，它们仿佛在慢慢啃噬他房间里的黑暗和寂寞。

晚上，他会和父亲一起步行到一家杂货店。老板娘埃尔薇拉会把好几个比萨统统塞进一个大烤箱里。乔西就这样看着比萨的面饼在他眼前变成金黄色。

一天夜里，下了一场大雪。第二天早上，他帮着父亲清理汽车周围的积雪。

一开始，这项工作就像一场游戏。但很快，游戏就变成了噩梦。父亲因为他挖得不够卖力而嘲笑他。父亲越是笑，他就越是觉得自己没用、丢人。当父亲从他的手中夺过铲子，想要教他该怎么做时，却意外滑倒，把自己弄伤了。

"现在你知道你母亲为什么不爱我了吧？因为我什么都做不好。"说完，父亲为刚刚冲他发脾气而道歉。

就是在那个早上，乔西终于明白，母亲再也不会回来了。

"我怎么就把这段往事给忘了呢？"他在心里自问。

他开始琢磨是哪些因素共同促使他想起了这段回忆：他的滑倒、雪的气味、卢克的嘲笑。这三个因素好比三个数字，共同组成了打开"保险箱"的密码。

霍普说得没错。生命中的小点滴，其实一点都不小。

他立刻想到近几个月以来的实验。迄今为止，他存储在朗悦中心服务器上的所有记忆，都属于短期记忆。存储记忆时，卢克有时会向他提起少年时光，但他们从未想过要走得更远。

要走得更远的话，就必须进入埋藏在潜意识里的深层记忆。可是，如何才能激发这些深层记忆呢？

"你没事吧，乔西？"

霍普的声音显得很遥远。他深吸了一口气，朝她笑了笑。

"嗯，我没事。"

"摔疼了吗？"卢克一边帮他站起来，一边问。

趁卢克拉他一把的时候，乔西悄声告诉卢克，今晚在中心见。

* * * *

下午，乔西在客厅的茶几上留了一张字条，便轻手轻脚地从家里走了出来，生怕吵醒了熟睡的霍普。

他跨上单车，费了九牛二虎之力才骑到街口。由于路面结冰，他只要稍微一使劲，车轮就左右摇晃，十分危险。在十字路口转弯时，车轮狠狠地打了一下滑，他赶紧稳住车把，把路边一个遛狗的人吓得不轻。又骑出三条街，单车才稳当了一点。刺骨寒风吹痛了他的面颊，可是什么也阻止不了他。他换了一个挡，加快骑行速度，一种自在感从心底油然而生。

当一辆公共汽车驶入车站时，他也正好赶到，顺势把单车往路灯上一锁，就跳上了车。

卢克答应去公交站接他。公交站离中心大概还有十分钟的车程。

卢克就坐在科迈罗里等乔西。

"我们非得在圣诞节这天干活？"

"你有没有想过入室盗窃？"

"没有，我不记得自己有过这种想法。"卢克回答。

"我有。当我还是个孩子的时候，每次父亲边翻账单边抱怨，告诉我钱怕是挨不到月底时，我都会有这种想法。"

"别告诉我你……"

"不，我从来没有把这种想法付诸实践过。不然我也不会有这么多因为没钱而带来的问题。"

"你叫我来到底要干吗？"

"你看，我从来没有想过要持械抢劫。我不喜欢暴力。我向往的是那种老式抢劫法，就像我父亲在电视里常看的那种。劫匪从下水道或通风管道进入存放保险柜的房间，就在银行最隐蔽的地方。那里才有真正的财宝，可以一次性改变劫匪的生活。"

"你想说的是什么？"

"好几个月以来，我们不过是小偷小摸而已。我想，现在我找到了方法，可以干一票大的。"

"你是不是又开始抽烟了？"

"自从我跟霍普在一起后，我连一根烟头都没碰过！哦，不，还是碰过一次的，那次是为了让她尝尝抽烟的滋味。结果她整晚都没离开马桶，而我就一直扶着她。不过我来这儿不是要跟你说这些的。"

"这我就放心了。"

"听着，藏在遥远记忆里的信息，并不是随时都可以提取的。好比银行柜员面带遗憾地对你说，保险箱设有程序，只在特定的时间才能被打开。"

"你可不可以忘了你的银行、劫匪和柜员，谈点与我们有关的事情？"

"好。不过你很快就会发现，我的银行柜员能帮上我们的忙。要使我们的遥远记忆重新浮出水面，需要一定的努力。我们掌握的背景线索越多，就越容易唤醒记忆。记忆流程得益于三个元素：编码、储存和提取。编码受到注意力的影响。可如果我们储存了一段记忆，之后又忘了它的存在，那又有什么用呢？所以，我们的大脑用尽各种方式，就是想让记忆变得更持久一些，或者是给它记下的东西做个标记。举个例子：你向来都记不住和你打过交道的人的名字，那你还记得前女朋友叫什么吗？"

"你这个问题太狡猾了，你以为我真的已经忘记了塔利亚？"

"是缇拉！不是塔利亚！笨蛋。她才抛弃你几周啊？"

"我只是舌头打滑，说岔了。还有，你别搞错了，我们是协商分手的，不是她抛弃我。"

"我才不信呢。不过这并不是问题所在。二十年后，你还会记得她的名字吗？"

"我不知道，乔西。你把我搞烦了，你老提缇拉干吗？"

"对于她的智商，我一直持保留意见。她绝对不是智慧的化身。不过她的胸部确实很美。我和霍普私下叫她贝蒂。"

"为什么？"

"因为贝蒂娃娃①呀！"

"真没想到你们的水准这么低。"

"是的，我提到她时，不该用未完成过去时。因为对其他人来说，她的胸部并不只属于过往。我知道有个打篮球的……"

"你是不是想下去走路？"卢克气愤地踩了一脚刹车。

"继续开。"乔西命令道，"你会理解的。我是故意激怒你，创造某种情境，在你脑中输入一系列与缇拉有关的编码。我把她的名字和她的胸部挂钩，又提到了现在跟她热恋的一个篮球运动员，并且还嘲笑了她。下次，当你去看一场篮球赛，或是在电视里看到贝蒂娃娃的动画片，或是有人嘲笑你喜欢的女人的体形时，你就会联想到我们的对话。我敢保证，那时你一定会记得，她叫缇拉。"

"你的推理方式还真是令人惊讶。"

"等我给出结论后你再说这句话。情境既是让我们牢牢记住某件事情的信息库，也是一个密码、一把钥匙，能让我们在日后重新开启这段记忆。如果没有这些情境线索，我们就不可能记住任何重要的事情。但是，一段记忆的形成，必须是陈述性的。我们要站在旁观者的角度，给自己陈述一段故事。就这样，一个故事接一个故事，我们的记忆就会刻画我们的个性。"

"你到底想说什么？该死的！"

"尽管海马体在我们的脑子里起到了档案管理员的作用，"乔

---

① 美国的卡通明星。

西自顾自地继续说，"但储存信息的并不是它。因为大脑里并不是只有一个储藏间。我们的不同记忆分布在大脑的不同角落，以好几百万个电子脉冲的形式到处游走。只有当一系列电子脉冲在某个特定的时刻精准地再现某个特定的组合时，一段回忆才会重新浮出水面。说白了，海马体只不过是扳道工而已。好几个星期以来，我们整晚整晚地泡在中心存储记忆片段，却一直都没有切中要害。"

"你是不是吸食了烈性毒品？这样事情就好解释了。要不就是我没有切中要害。"

"两者都不是。我只是有一个比你更灵光的脑子。"

"以及一份与之相匹配的谦虚。"

"你瞧，这正是我所说的！你刚刚这句话让我想起了霍普，尽管我们根本没在谈论她。"

"行了。你倒是跟我说说，我们今晚来中心是干吗的？"

"我们是来让扳道工发狂的，我的老伙计。我们要不断刺激它，逼它吐露它所蕴含的所有编码。"

"你要对大脑进行干扰？"

"就像你干扰缇拉的胸部一样，说不定程度会更强一些。"乔西边开玩笑边下了车。

卢克没办法，只好跟着他。进到实验室，乔西才跟卢克解释了他的计划。

计划的第一步，是开发一种新型头盔。这与他们目前用来捕捉脑神经冲动的那顶头盔大有不同。新型头盔不但配有电极，本身更是由神经元组织构成的。

"我们不再在硅板上而是改在脑脊液里培植神经元。我们要把颅内所有的内容统统复制到颅外来。"乔西完全沉浸在自己的设想之中，"首先，我们穿刺提取老鼠的脑脊液；然后把脑脊液涂抹在一些薄膜上。"

"什么样的薄膜？"卢克问。他渐渐开始明白乔西想说的是什么。

"脑脊膜！我们可以培植脑脊膜组织细胞，直到它们形成膜状。再把神经元放到脑脊膜上，让它们联结成网。当网状物密度足够大时，我们就会得到一个沟通于电脑与人脑之间的完美界面，形成一种点对点的链接。这就相当于有好几百万个生物微电极，共同确保我的大脑皮质与中心的服务器之间的交流。就相当于把你爷爷用的'猫'换成光纤。"

"你知道要完成这样一个艰巨任务，得花多长时间吗？如果我们有一天真能完成的话。"

"两年前，你觉得这个可能吗？"乔西激动地指着硅板上那些在光线中闪烁的小神经元。卢克一直以它们为傲。

"你所说的只能证明你有多疯狂。好吧，我们暂且认为你说得有道理。就当是玩脑力游戏咯！然后呢？"

"然后，我们将头盔打造成与头颅相吻合的形状。目前来说，就是与我的头颅相吻合。我戴上这顶头盔后，你要不断对我的大脑进行高强度刺激。我会佩戴虚拟实境眼镜，你就为我加速播放各种影像，要好几千张，可以从图库里找。同时，你还要给我听各种声音，我会戴个耳机的。什么风声、雨声、草地或卵石上的脚步声、关门声、铰链的吱呀声、树枝的断裂声、橡皮在纸上的摩擦声，等等，越多越好。总之，就是那些人们在生活中常常听到却很少留意的声音，它们也是参与记忆的有效编码。"

"我们去哪儿找这些声音呢？"

"电影音效师用音效库已经好多年了。音效库里的素材无穷无尽，上网就找得到。"

"你有没有意识到，这样做有可能会把你的大脑烤煳？"

"那倒不至于，虽然我计划要做的还真有点这个意思。当千千万万种刺激以疯狂的速度落到大脑扳道工的身上时，但愿它能因此而乱了手脚。"

"你想让大脑的海马回路脱轨？你完全疯了，乔西。"

"不是脱轨，而是逼它在同一时间打开所有通路。"

"然后呢？"

"然后，这将成为科学界最大的一场'抢劫案'。我们终于能深入记忆的龙潭虎穴，在离开之前把它所有的存储都复制下来。你就是邦妮，我就是克莱德。①"

卢克叹了口气，他被乔西不着边际的论调搞得都想回家了。但他听到背后有人鼓掌，于是转过身来。

弗兰奇刚刚走进他们的实验室。

"不要以为我在监视你们。我只是正好在旁边的房间工作，听到有声音，想看看谁会在这样一个夜晚来中心。"

---

① 美国二十世纪三十年代名震一时的雌雄大盗。邦妮和克莱德两人在一场劫案中相识相爱，此后结伴浪迹天涯，以打劫为生。

"一个疯子。"卢克回答，"以及听他全程讲完的另一个疯子。"

"啊，我可不这么看，年轻人。尽管我刚刚听到的十分疯狂，但正是为了激发这种疯狂，我们才愿意为你们掏学费。你的推理既充满智慧，又像天方夜谭，所以才更有可能成为天才之想。我们不是常说吗，'没有什么比不可能发生的事情会更快发生'。"

"谢谢您。"乔西说，毫不掩饰他终于被理解的满足感。

"至于你提到的那顶头盔，中心也许有让你们节省时间的办法。我们的研究团队之一刚刚发明了一种材料，一定可以大大帮到你们。我会尽快介绍你们认识。跨学科合作也是我们中心所推崇的理念之一，不是吗？"

＊　　＊　　＊　　＊

"别摆出这副表情，我们又猜不到弗兰奇就在附近。"

"我可不觉得他是偶然出现在这里的。"乔西反驳。

"你想说什么？"

"我想说的，跟他所说的恰恰相反 —— 我们就是被监视了。"

"你觉得实验室里装了窃听器？"

"这不是不可能。"

"你去问他吧。"卢克一边说，一边把车开下高速公路。

他把乔西送到复式房楼下，答应会好好考虑今晚所谈的事情。两人约好明天在中心见面。

"你觉得，我把缇拉拱手让人，是不是挺傻的？"当乔西打开车门时，卢克突然问。

"这不是你要想的问题，至少不应该这样想。"

"那应该怎么想？"

"你应该想想，你是不是真的爱她。"

"跟她在一起时我感觉很好。我承认，她离开后，我还真有点寂寞。"

"对此我很抱歉，卢克。"

"这不是你的错，你不必抱歉。是我老待在中心，结果跟她搞黄了。"

"让我感到抱歉的不是这个。我想你之所以放手让缇拉离开，是因为你所爱的人并不是她。"

还没等卢克做出回答，乔西已经下了车，走进楼里。

* * * *

霍普正盘腿席地而坐，膝头摆着一本书。她沉浸在阅读之中，根本没有听到乔西回来的声音。他正好趁此机会好好打量她。如果要他画一幅霍普的肖像画，他一定会把她画成现在这个样子。霍普总爱坐在地上复习功课，左手手指绞着一缕头发，嘴里叼着一支笔，就像叼着一支烟。

"我以为你再也不会回来了。"她头也不抬地说。

乔西从背后环抱并亲吻了她，然后在她对面坐下。

霍普狡黠地看了他一眼："又有什么新进展吗？"

"你为什么会这么问？"

"你偷偷摸摸地出门，三小时后才回家，而且我听见楼下有卢克汽车的声音。你的表情看上去就像个刚刚被应允去迪士尼乐园玩一个星期的孩子。再说，你和卢克总能趁我不在的时候搞出点新进展来。在多方印证之下，你是选择跟我讲讲呢，还是选择去卢克家睡？"

乔西知道把事情向霍普和盘托出意味着什么，而霍普的反应跟他的预期完全一致。她先是祝贺了他，并着重强调，他的设想从理论上来说非常出色，只有天才的头脑才能诞生出如此绝妙的创意。霍普表示，对于乔西的才华，她佩服得五体投地……不，准确地说，是对乔西的部分才华佩服得五体投地。她进一步解释说："因为想法归想法。只有精神不正常的人，才会把这个想法付诸实践。乔西，你是不是疯了？你知道这样做的风险吗？如果你在实验过程中把脑子给烧坏了怎么办？"

乔西努力说服她：他得花好几个月的时间才能制造出这顶头盔，而且他已经想到了几条安全措施；对大脑的刺激过程会循序渐进，一开始，每场只有几分钟甚至几秒，两场刺激之间会留出必要的间隔，用来评估实验是否有副作用；一旦脑电监护仪显示任何异常，实验就会终止。

"我唯一希望的，就是你永远也造不出那顶该死的头盔。"霍普抱怨了一句，继续去看她的书了。

于是，乔西特意没有再说弗兰奇会帮助他们的事。

* * * *

第二天回到中心，卢克开始思考制作头盔的步骤，乔西开始查找图库和声效库。他已经在笔记本电脑上下载了不少资料。

弗兰奇来到实验室，请他们跟他走一趟。他带着乔西和卢克穿过中心，来到他们从没进去过的一扇门前。

原来门的背后别有洞天。这里的空间更为宽敞，设备更为先进，就位于中心所在建筑楼的侧翼。

"你们很快就会搬来这里。"弗兰奇宣布，"请把这视为一种提拔，因为只有在我们看来极为重要的项目，其研究者才能入驻这片区域。理所当然，这片区域的安保工作更加严格。这里的信息从不外流。"

"您所说的'极为重要'是指？"乔西问。

弗兰奇停下脚步，转向他。

"你喜欢看书吗？"

"喜欢，当我有时间的时候。"

"你们这一代人的通病，就是没有时间去看一部优秀的小说。其实，文学作品往往能预测科学的未来。有时我觉得，小说家比科学家更善于发挥想象力。要不就是科学家读的书还不够，想象力没有得到激发。总之，事情就是这样的。要知道，五十多年前，一个叫凯鲁亚克的年轻人写了一本书，受到当时整整一代人的追捧。书名叫《在路上》，你们读过吗？"

"没有。"乔西坦言。

"你应该去读一读，凯鲁亚克刻画了一个崇尚速度与自由的世界。书中有几个跟你们年纪相仿的年轻人，他们穿越美国，用全部的激情拥抱生活，爱是他们存在的唯一理由。这本书曾是我少年时代的枕边书。我知道，你们一定在想，我看上去不像是'垮掉的一代'的狂热追随者。你们可别被我的外表给蒙骗了……几年前，另一个大作家也写了一本名叫《路》的书。这位大作家的名字是科马克·麦卡锡。"

"我看过由这部小说改编的电影。"乔西说。他终于能松一口气，不会显得那么无知了。

"电影远比不上原著精彩。不过这些暂且不谈。说起'路'，麦卡锡笔下的是一条末日公路。他的小说人物活在一个遍地灰烬的世界里，他们互相残杀，唯一出逃的工具是一辆来自倒闭了的超市的购物推车。你们不明白我到底想说什么，对吧？我想说的是，在五十多年的时间内，人们对未来所抱有的希望已经幻灭了。描述世界末日、民主终结和人类毁灭的电影和小说比比皆是。反正不是狂妄者发起的战争，就是病毒或机器人来干掉我们。而在这里，我们对未来持另一种看法，并为了实现它而努力。所以，请你们把这片区域当作通往未来和希望的通道。"

说完，弗兰奇继续向前走去。卢克和乔西交换了一个好奇的眼神。

他们来到一间实验室。弗兰奇把他俩介绍给实验室里的六位科研人员。卢克很快就察觉到，弗兰奇和这些科研人员事先通过气。

其中一位科研人员向他们介绍了团队的项目。

"我们的项目名称叫作'神经链接'。"他介绍道，"它的目的在于在微电极和大脑皮质之间建立一个高性能的界面，从而对人脑进行一些深层次的脑电波测量。我们的电极具备生化成分，因此与神经元信号形成了一种到目前为止精准度最高的互动。近几个月以来，'神经链接'的设想已经在猴脑皮质实验中得到了验证。我们开发的性能超出预期的软电极，已经形成了一个真正意义上的脑机界面。我们将其称为 ICO[①]。"

"也就是说，你们已经完成了猴脑的电子克隆？"乔西惊讶地问。

研究员没有马上回答乔西的问题，而是先看了弗兰奇一眼，等弗兰奇点头了，他才回答道："没错。我们的电脑可以模拟猴子的大脑。你们眼前的这个屏幕，也就相当于一个充满智慧的电子灵长类动物。"

"我相信你们的合作一定会非常愉快。"弗兰奇比任何时候都显得高兴，"给我一两周时间办理授权手续，之后你们便可以正式就神经链接项目展开合作。"

双方为即将到来的合作而握手。卢克已经想到这将给他们带来的若干好处，首先就是会为他们大大地节省时间。他的心头腾起一阵愉悦的兴奋感，夹杂着几许嫉妒的苦涩。

乔西首先想到的是霍普。他觉得，还是暂时不要让她知道这个新情况为妙。下次她来中心时，他得想办法瞒过她。在回去的路上，他把这一点跟卢克说了。卢克问他原因，乔西说，是因为霍普担心这种实验会对他的神经健康产生影响。卢克对此好像并

---

① Interface Cerveau-Ordinateur。英文为 BCI，即 Brain-Computer Interface。

不担心，答应守口如瓶。

＊　　＊　　＊　　＊

霍普接到了父亲的电话，被问到是不是把他留给她的信用卡弄丢了。

"是我配了一副镜片。"霍普狼狈地说。

"你配镜片配到服装店和家电卖场去了？"

"火奴鲁鲁热吗？"她问。

"请问和这事有关系吗？"

"我这里快冻死人啦！我们需要大衣和取暖器。"

"你可以跟我讲啊。"

"我不想打扰你和阿梅莉亚的私密时光。"

"别辜负我对你的信任，明白吗？"

"明白。"霍普嘀咕。

"我们这个周末就回去，到家了我就给你电话。其他的都还好吧？"

"还好啊，怎么啦？"

"因为你的声音听上去不太对劲。"

"我只是有点累。"

"那就好好休息！"

萨姆挂断了电话。霍普把话筒贴在耳朵上发呆。

想到那些花父亲的钱买下的东西，她突然感到无比自责。她恨不得立刻冲出家门，找到乔西，依偎在他的臂弯里。父亲说得没错，她确实感觉不太对劲。她想念乔西。冬天才刚刚开始，她就已经受不了了。她那种乐享生活的劲头去哪儿了？不能再这样下去了。她跑去翻找那位日本同学的电话号码。电话打通了。巧的是她还在学校，而且她有车。和子答应半小时后到霍普家楼下接她，两人一起去中心。

＊　　＊　　＊　　＊

和子去了自己的实验室。霍普朝乔西的实验室快步走去，却只看见了卢克。

"乔西去哪儿了？"她问。

"去弗兰奇那儿了吧，我想。"卢克局促不安地说。

霍普坐在桌子的一角上。

"我们俩好长时间没说过话了。"

"这段时间你不太搭理我们，再说你也不太喜欢'贝蒂娃娃'。"

"乔西的嘴真碎。我们起这个外号并没有恶意，不过你得承认……"

"你来有事吗，霍普？"

"我来找乔西呀，可他不在。"

"等他一回来，我就叫他去找你。你呢，打算继续跟新朋友一起干，还是打算归队呀？"

"如果你们还愿意接受我的话……我想念乔西，也很想你。"

"又不是我们赶你走的。不过，既然你这么说，我能请你帮个忙吗？"

"帮什么忙？"

"除了乔西和我自己的脑电图，我还需要别的脑电图来做对比。你愿意把脑子借给我用用吗？最多十分钟。"

霍普接受了卢克的请求，自愿充当实验品。卢克让她坐在一把椅子上，给她戴上头盔。头盔上布满了电极，通过许多导线与一台电脑主机相连。

"你以前做过脑电图吗？"卢克一边帮她系好下巴下面的扣带，一边问。

"没有。这是第一次做。"

"你只需要听我的指令，睁眼、闭眼、抬手臂就行。想一想那些让你觉得安心的事物，再想一想那些你讨厌的事物，以此来刺激你的大脑，我正好把脑电波的反应记录下来。就这些。"

"没问题。"霍普回答。

她做好准备，在卢克的要求下睁开、闭上双眼，回想和父亲在一起的幸福时光、她与乔西的相遇、他们的第一个吻，又从脑子里赶走"卢克到底能从电脑记录的脑电波曲线中解读出什么来"这个问题。卢克俯身盯着电脑上的曲线，命令霍普举起左臂。当霍普按照要求举起左臂后，卢克又把这道命令重复了两遍。

"搞什么鬼！我已经举起来了呀！"当卢克再次高声下令时，霍普忍不住抱怨。

卢克转身看着霍普，发现她确实高举着左臂。他皱起眉头，把目光再次投向电脑上的曲线。

"你可以把手臂放下来了。"

他叹了口气，把转椅滑到霍普身边，扶了扶她的头盔，又紧了紧扣带。

"喂！你想勒死我啊！"

"对不起。"卢克说着，把扣带稍微放松了些。

他重新回到电脑旁边，请霍普把刚才的动作再做一遍。

"有什么问题吗？"霍普明显察觉出卢克的紧张。

"是机器出毛病了。好像有一片区域的电极都没了反应。"

"是我强有力的大脑把它们统统击溃了。"霍普开玩笑。

"别乌鸦嘴。年底之前我都没有可替换的头盔，整整一个星期就会泡汤。妈的！"卢克咒骂道。

"你的意思是乔西一连好几个晚上都会有空？上帝保佑这顶破头盔！"她边说边取下头盔来。

她捋了捋头发，从椅子上站起来，又亲了亲卢克。

"我可以走了吗？"她的话语中有一股掩饰不住的快乐。

"唉，你走吧。"卢克嘟囔，"还是要谢谢你。"

"明天来我家吃晚饭。我给你做焦糖排骨，以示道歉。"

"你为什么要道歉？"

"因为我那拥有超强智力的大脑击毁了你的实验工具。"

"明晚我们该去医院用 CT 机了，但愿它可别出毛病。"

"你要我也去吗？给我一个机会，让我把它也摆平了！这会令我无比开心的。"

"明天见。"卢克生硬地说。

＊　　＊　　＊　　＊

一刻钟后，乔西赶到实验室。卢克正专心致志地检查头盔的电极，却没发现任何毛病。

"霍普不在这儿？"乔西焦急地问。

"在，就藏在冰柜里。"

乔西愣愣地看着卢克。

"你分明看到她不在这儿，说不定她正和那两个好朋友在一起呢。"

"哪天看到你脾气变好了，我才该着急了。你又遇到什么问题了吗？"

"没有，我只是希望这些用于实验的仪器能够可靠一些。你坐到那把椅子上去，我要确认一些事情。"

卢克给乔西戴上头盔，让他做了和霍普一样的实验。当乔西举起左臂时，刚刚那些没反应的电极又都恢复了正常。卢克死死地盯着屏幕上的曲线，想知道刚刚问题出在哪儿。既然一切归于正常，他便继续操作实验。

好几个钟头过去了，乔西感到疲惫。

"今晚我们已经做得够多的了。"他摘下头盔，"我去找霍普，你送我们回家吧？"

卢克点击保存键，然后关闭电脑。

"你们去停车场找我。别磨蹭。"

"我尽量。"乔西走出实验室。

"乔西，我想请你帮个忙。明天想办法叫霍普一起去 CT 室。"

"可以啊。怎么了？"

"她刚刚来这儿找过你，我正好请她录了一段脑电图。明天想再给她扫描一张，好做比较。"

"你刚才怎么没跟我说？"

"我这不跟你说了吗？而且我给你们相遇的那天做了一段美妙的记录。"

"是吗？给我看看？"

"下次吧。我都关机了，只想快点回家。不过你放心，电子记录显示，被测者回忆起这段往事时情绪十分激动，屏幕上的曲线歪歪扭扭地动个不停！好了，快走吧。"

＊　　＊　　＊　　＊

"要不我们去塞勒姆跨年？"霍普钻进被窝，向乔西提议。

"我也想去。可我不好意思在跨年夜抛下卢克一个人，还把他的汽车借走。"

"你说得有道理，我的乔西。这样做确实有点不妥。"

"你什么时候开始管我叫'我的乔西'？"

"从我明白我完全属于你的那一天开始。我得想个办法，让你也完全属于我。"

霍普推开被子，露出一丝不挂的胴体。

"你呢，你真的属于我吗？"她跨坐在他身上问。

很快，她就有了答案。

＊　　＊　　＊　　＊

自从乔西搬走以后，卢克就把乔西的房间改成了书房。他原本是打算搬进去住的。可霍普也在这间房里住过，有时他仿佛还能感觉到她的存在。在这样的氛围中工作，他没问题，但在这样的氛围中入眠，他做不到。

他从外套口袋里掏出那些偷偷从中心带出来的资料，坐在书桌边认真研究起来。那些曲线非常奇怪，他越看越觉得问题不是出在电极上。这一异常现象让他坐立不安，只想尽快证明自己的猜测是不成立的。

＊　　＊　　＊　　＊

霍普在清晨的第一缕阳光中苏醒过来。晨光透过复式房大大的玻璃窗，投射在清亮的木地板上，把他们的小家照得明晃晃的。乔西还在熟睡之中。她摆出顽皮的笑脸，在乔西脸上掐了一把。他哼哼着，把脸埋进枕头里。霍普抽走枕头，在乔西耳边轻声说："给我做煎饼吃。"

"霍普，别闹了。"他咕哝。

"还要加枫糖浆。"

"不行。"

"今天可是我们的纪念日。"

乔西转过身来，用怀疑的目光看着她。

"什么纪念日？"

"初夜纪念日。"

"真的吗？"

"你这么问有点无礼。可我喜欢。"

"算了吧你，我们的第一次是在十一月十日！"

"好了，既然你已经完全清醒了，就去给我做煎饼吧？"

"你真是一个不可思议的女人。"乔西边说边起了床。

他套上牛仔裤，走到厨房的料理台边。

"你什么时候带我去见你的父亲？"霍普凑到他身边问。

"有谁能破解女人的思维逻辑吗？"乔西叹了口气。

"什么意思？"

"你是怎么从煎饼联想到我父亲的？"

"我的父亲经常给我做煎饼。他点煤气灶的动作和你一模一样：把手一缩，好像煤气灶要爆炸似的。"

"你这逻辑果然无懈可击。"

"怎么样，去不去见你父亲？"

"我和他已经很久没见过面了。"

"为什么？"

"因为我们闹翻了。霍普，我现在不想谈论他，就像不想做煎饼一样。"

"你们为什么闹翻了？"

"陈年旧事，说来话长。"

"我要你跟他和好。"

"不可能。再说这与你有什么关系？"

"如果有一天我们有了孩子，我希望他们能爱自己的爷爷。"

乔西转过身来，看着霍普，一脸奇怪的表情。

"看把你吓的，好像我刚刚宣布的是世界末日一样。我说的是'如果有一天'，不是'现在'。"

"我们能不能先喝杯咖啡，再谈世界末日和我的父亲？"说着，乔西往咖啡机里倒满水。

"除非你先答应我，会带我去见他。你听到了吗，乔西？"

"清清楚楚，明明白白。"

"这是什么说法？"

"我父亲的说法。你成功地让他'人未至，声先到'。每次他教训我，最后总要说一句：'我希望你听得清清楚楚、明明白白！'"

霍普踮起脚，从橱柜里取出两只马克杯。

"昨晚我做了一个噩梦。"她说。

"自从我们搬家以来，你经常做噩梦。也许这套房子你还没住惯，要不就是楼下的路灯太亮了，照得你睡不安稳。我会想办法把窗户弄一下，让它变得更遮光一些。"

"你不问问我梦见的是什么吗？"

"我大概知道。你说梦话了。"

"我都说了些什么？"

"你说我是这个世界上最有耐心的男人。"乔西把两块煎饼盛在盘子里，递给霍普。

"我梦见我们俩在海边散步，我突然转身朝大海走去。你没管我。海水很快就把我淹没了。当我沉在水中时，我担心的不是死，而是失去你。"

乔西把她抱在怀里。

"你比谁都会游泳，我又跑得比你快，所以那只是一场梦而已，不然我会在你失去平衡之前就拉住你。"

"最近我感觉不太对劲。"

"为什么？"

"我觉得我不再是我自己。"

"我们最近工作太多了。你可能缺乏某种微量元素，像镁啊铁啊什么的。如果你愿意，我们可以一起去看医生。"

"别说傻话，我父亲就是医生。"

"那就去问问他。说不定他能给你开点药，让你晚上睡得安稳些。"

"那可不行！涉及我的健康问题时，我父亲毫无理智可言。我可能是这个世界上接种破伤风疫苗次数最多的人！随便一个小割伤，我就得去打疫苗！"

"那就去校医院验个血，看看是什么问题。"

"那也不行。我怕打针。"

"好……我想办法问卢克借车，咱们去海边转两天。你好好休息一下，回来就不会觉得不对劲了。"

"我身上到底哪点吸引了你……除了我的胸部以外？"

"你怎么突然这么问？"

"我真应该给我的乳房画上眉毛，这样你会时不时地以为自己在看着我的眼睛说话。"

"什么呀，霍普。我看着你的胸部，是因为你没穿衣服。"

"我的脸也没穿衣服呀！"

"你一丝不挂的，我怎么能不分神？"

"等等，你还没有回答我的问题呢。像你这样的男生，到底为什么会喜欢像我这样的女生？"

乔西抓起挂在厨房里的围裙，扔给霍普。

"有时，你没法解释自己对另一个人的感觉。"他说，"但你知道，这个人会带你去到你从没去过的地方。"

"那你在认识我之前，有哪些从没去过的地方，乔西·开普勒？"

"这是我第一次听你叫我的全名。"

"也许是因为这是你第一次对我说如此动人的情话。"

"跟你在一起，我走入了生命中最美丽的境界。为了证明这并不是一句谎言，我要告诉你：你拥有我所见过的最美丽的乳房。请你行行好，千万别给它们画上眉毛……"

* * * *

乔西给卢克打电话，说要到晚上才能跟他会面，就在校医院停尸间的门口。

等他挂上电话，霍普这才露出笑脸。两人面对面地坐着，吃完了早餐。

上午稍晚些时候，他们搭乘一辆公交车来到河边，沿着河堤跑了一小时，好充分享受难得一见的阳光。傍晚，看完电影《绝美之城》出来 —— 霍普成功地把乔西拖进了文艺片影厅 —— 两人坐在一家蛋糕店里，边吃蛋糕边聊观影感受。霍普肯定地说，她看到乔西在影片最后湿了眼眶。可乔西坚决不承认。

"你为什么不承认自己被感动了呢？"

"我没说自己不感动，可远没有到哭的程度。"

"男人也有权利流泪，我的乔西。我要你答应我一件事。"

"在你没告诉我是什么事时，我不会答应。"

"那你就错了。因为爱就是从不怀疑对方。"

乔西盯着盘子里剩下的最后一口蛋糕，点了点头，然后把蛋糕塞进嘴里。

"春天一到，就该轮到我去认识你的父亲了。我们一起去看他。"

乔西呛了一大口，把满嘴的蛋糕都吐了出来。

＊　　＊　　＊　　＊

他们比约定的时间晚到了。卢克已经在停尸间前等得不耐烦了。三人摸进走廊，急匆匆地往成像中心赶。

卢克站到 CT 机的操控台旁边，将移动 U 盘插入接口，把他在中心录制好的数据转存到 CT 机系统中。与此同时，乔西已经在检测舱内躺好。检测开始。二十分钟后，卢克停止操作，转向霍普。从一开始她就沉浸在课本中，对检测心不在焉。

"轮到你了。"卢克拿走她手中的课本。

148

"你要我躺到那个圆筒里去？这辈子都别想！我有幽闭恐惧症。"

"检测舱的两端都是开的，没什么好怕的。"

"电梯也没什么好怕的呀！可我从来都只走楼梯。"

"我需要你的帮助，霍普。"卢克坚持说，"最近几个星期，你基本上都没怎么参与我们的项目。现在，请你努一把力。"

"你为什么非得要我帮忙呢？"

"上次我已经跟你解释过了，这是为了比较数据。光有我和乔西两个大脑的记录还不够。来吧，乔西会陪在你身边。如果你真的受不了，我会立刻停止操作。"

霍普犹豫了一下。她心里清楚，自己最近确实没怎么管这两位伙伴，而是更多地投入她与和子的项目，尤其是在那位德国朋友被中心开除以后。卢克已经站到隔离玻璃的另一头，指了指检测舱。乔西的笑脸打消了她最后一丝疑虑。她摘下眼镜，放在操控台上，然后又摸了摸口袋，确保里面没有金属物件。

卢克请她先去小房间里把衣服脱了，换上挂在衣钩上的大褂。霍普耸耸肩，照做了。

乔西帮她在扫描床上躺好，调整好贴在她头颅两侧的泡沫塑料垫片，并答应会守在她身边。扫描床开始移动，将霍普送入检测舱。

一台圆形的扫描架开始在她头部上方转动。霍普选择闭上双眼。

卢克的双眼却紧盯着操控台的屏幕。当第一组剖面图出现在他眼前时，他倒吸了一口凉气，紧咬嘴唇，继续手中的操作。

二十分钟后，他看了一下手表。该走了。他把扫描数据下载到移动 U 盘上，将扫描床移出检测舱，并按下话筒按钮，告诉霍普她可以去换衣服了。

"拿到扫描图了吧？"乔西也走进操控间。

"是的。快点，我们要赶在维修队到来之前离开。我来关机，一会儿在走廊里见。"

他们走出医院，坐上卢克的科迈罗。乔西坐在副驾上，霍普坐后排。

"怎么样？"霍普凑向前方问，"这次总没有问题吧？"

"嗯。"卢克简要地回答。

"你们在说什么？"乔西问。

"没什么。"卢克回答。

"什么叫'没什么'？"霍普转向乔西，继续说，"上次，你的这位好朋友叫我给他当实验品，把头盔戴在我头上，要给我做脑电图。结果我强大的头脑竟然把他的头盔都震破了。我神气极了，他却十分恼火。"

"这件事你怎么没跟我说？"乔西问卢克。

"我说了，只是你没有注意听而已。没什么大问题，头盔电极有点接触不良而已。你后来不是也来了嘛，那时我已经修好了。"

乔西转过身来，阴沉沉地看了卢克一眼。卢克却只管看路。

三人在复式房楼下分手。卢克很快就重新发动汽车。乔西目送科迈罗消失在无人街道的尽头。

"有什么不对劲吗？"霍普问他。

"没有。我们上楼吧，已经很晚了。"

*　　*　　*　　*

一回到家，卢克就坐在电脑跟前。他将移动 U 盘插入主机接口，把霍普的脑部扫描图全部下载到电脑里。然后，他又重新站起来，从书柜里找来一本书，将书中的脑部扫描图与电脑屏幕上所显示的相比对。这一夜的大部分时间，他都在做这项工作。凌晨三点时，他给乔西发了一条短信。

9

河畔几乎空无一人。没人愿意在刺骨的寒风中晨跑，只有几只狗和它们勇敢的主人在凛冽的清晨散步。

卢克穿着一件风衣，坐在柳树下的石凳上。乔西迈着碎步走了过来，坐在他身边。

"什么事情这么急？你后来该不会是回实验室了吧？"

卢克把一个信封放在乔西的腿上。

"你先别打开。"他说，"关于霍普做脑电图的事，我撒了谎。头盔并没有出故障。"

"你怎么知道？"

"因为给你做的时候，一切正常。"

"我还以为是你修理了一下，把电极拧紧了。"

"乔西，电极是焊在头盔上的，不是拧上去的！这一点你应该很清楚。"

"行，是焊上去的，那又怎么样？"

"为什么给你做就行，给霍普做就不行？我有了一个怀疑。"

"什么怀疑？"乔西看着卢克。

"在事情没有搞清楚时，我不想跟你说。这也是昨晚我坚持让霍普做 CT 扫描的原因。"

"你想搞清楚什么事情？你到底要跟我说什么，卢克？妈的，你倒是把话说明白啊！"

"我不知道该怎么跟你说，伙计。昨晚我一夜都没合眼，还是想不出这种事情要如何说出口。CT 扫描的图片不太好。"

"不太好？什么意思？"

"应该说完全不好。我不是医生，但我见过很多脑部剖面图，肿瘤我还是认得出的。"

"你说什么？"

"乔西，你得说服霍普，尽快再做一次检查。昨天有可能是我搞错了，为了做比较，我看了太多扫描图，难免看走眼。我真的非常希望是自己搞错了。我很担心。"

乔西觉得喘不过气来，把头深深埋进手心。

"你觉得，你弄错的可能性有多大？"

"现在不是做这些无意义的猜测的时候。先带霍普去咨询一下专家，做个核磁共振。注意别吓到她。"

"那个肿瘤……有多大？"

"大概一点五厘米。"

"不过，也有可能是良性的吧？"

"是的。祈求上帝保佑。"

"如果你觉得它是恶性的，也一定要跟我说。"

"我说了，这一点只有等做了专门的检查后才知道。我感到很抱歉……你想象不到的抱歉。"

乔西站起身来，在卢克跟前来回踱步。

"等等，千万不能慌了神。首先，这有可能是你操纵机器不当引起的；其次，没有证据说明这个肿瘤就是恶性的。就算是，我们也可以通过手术来摘除它，然后一切都会恢复正常。"

"你得跟霍普谈谈，不能再耽误时间了。如果你开不了口，我可以替你说。"

"不，应该由我来告诉她。这真像是一场噩梦。"

"是你自己说的，千万不能慌了神。先把事情搞清楚再说。有什么需要帮忙的，你可以随时找我。"

"怎样才能把事情告诉她又不吓到她呢？要不，我们先把CT图拿给弗兰奇看一下？"

"我觉得霍普不会同意的。没有她的许可，你不能把这件事对外人说。唯一有权做出决定的人是她，不是我们。如果她愿意，我们倒是可以找弗兰奇帮忙，他可以为我们介绍最好的专家。"

卢克站起身来，紧紧地抱了一下乔西："别忘了，我一直都在。"

看着卢克双手背在身后渐渐远去的身影，乔西觉得他的这个朋友一夜间苍老了许多。

乔西不知道该去哪里，只好漫无目的地在街头游荡。他不知道自己走了多远，也忘记了自己有多累。他穿过这座惊慌失措的城市，不知道该如何向霍普掩盖真相。然后，他又觉得一定是卢克弄错了，他的猜测并不成立，就连一点可能性都没有。这样的事情不可能发生在霍普身上。这个地球上有太多道德败坏、一无是处、伤天害理的人，可是霍普 …… 霍普以后会发明治愈阿尔茨海默病的良方，所以得不治之症的人不可能是她！她有使命在身，轮不到一个该死的肿瘤来阻止她去挽救千千万万的人。如果死神硬要夺走一个灵魂，那就应该去找别人，而不是来侵扰如此美丽、如此爱笑的霍普。

走到一个十字路口时，乔西在想为什么他会想到灵魂。因为，在与卢克的这场谈话之前，他从不相信上帝，也不相信灵魂。从他十二岁生日起，他就再也不相信这类东西了。可是现在 …… 现在他根本不知道该想些什么。如果他放下防备，如果他选择相信上帝，那上帝会不会眷顾霍普呢？

回到家门口的那条街道时，他再也控制不住自己，任凭眼泪恣意地在脸上纵横。他掉转方向，擦干眼泪，拐进一家酒馆。他不允许自己泄气，受苦的人不是他。就算觉得难受，他也只能默默地扛着。他要坚强，要表现得像往常一样。像往常一样，对，这就是他该为霍普做的事情。完全像往常一样。扯淡的"往常"。他诅咒了一句，把杯中的纯威士忌一饮而尽。

他走出酒馆，找到一家杂货店，买了一包口香糖。要是让霍普闻到他身上有酒味，她一定会追问不休 …… 他得像往常一样。

他在花店的橱窗前站住，随即打消了买一束花的念头。霍普会怀疑的 …… 他得像往常一样。

四天过去了，他始终没有勇气跟霍普谈谈并建议她去看神经科医生。这四天里，他和卢克无数次用眼神交流，那是转瞬即逝而又沉重无比的对视。卢克希望能从乔西的眼神里捕捉到一丝"一切如初"的信息。可是，一切都不同了。这四天里，乔西觉得自己像是一个学拆弹的门徒，被委任了一项拆除炸弹的重任。这颗炸弹埋在他心爱的女人的脑子里，嘀嗒嘀嗒的倒计时声却回荡在他自己的脑中。每次霍普向他诉苦说头疼，他就会心头发紧，嘴唇发干，手心冒汗。

周五，霍普要他带她去下馆子。她想吃意大利餐，还说同样是一碗意大利面，在餐厅吃却比在家里吃更令人开心。他二话不说，穿好衬衫和西装外套，叫了一辆的士，很快把她带到城里最高档的一家意式餐厅。去他的"像往常一样"！

"请问待会儿我们拿什么买单？"等服务员左一声"女士"右一声"先生"地服侍他们入座后，霍普悄声问乔西。

"近几个星期我存了一点小钱。"他边看菜单边说。

"什么小钱？"

"你放心好了，我们不会留在这里洗碗的。"

"如果说我们是为了庆祝什么才来这种餐厅的话，你应该早点告诉我。我好从实验室里带只虫子来，吃完饭就偷偷放进盘子里。电影里就是这样做的，顾客会鬼哭狼嚎地冲出餐厅，不用付钱。"

"我想这类餐厅才不会相信这套老把戏。"

霍普要了一份蛤蜊意面，乔西对服务员说他也要一份。他们没有看服务员递过来的酒水单，毫不尴尬地说他们喝白水就好。

霍普一言不发地品尝着佳肴。乔西时不时地抬起头来，看着她。

吃完了，霍普用餐巾轻轻地擦了擦嘴唇，把餐巾放到桌子上，然后看着乔西的眼睛。

"那天晚上，卢克要我配合他做 CT 扫描，是不是我的 CT 扫描图有什么问题？"

她用平静的语气提出这个问题，乔西竟然无言以对。

"在回来的路上，你们俩的脸都拉得有十米长。"她继续说，"从那以后，你们每看对方一眼，都会把头埋得深深的。所以，这让我推断：要不就是你另有新欢了，要不就是……"

"事情还没个准呢。"乔西打断她的话，"只是你的脑部扫描图上有个小阴影而已。卢克又不是放射科的医生，完全有可能操作失误。但出于谨慎，我们最好还是去做个核磁共振，让真正的医生来判断。"

"所以说，你还是有点担心？"

"没有。我说了，是出于谨慎。"

"别对我撒谎，乔西·开普勒。"霍普握住他的一只手说，"因为如果你欺骗我的话，哪怕只有一次，我都不会原谅你。我现在比任何时候都需要确定，在这个世界上我最爱的人不会对我说谎。"

乔西想为自己辩解，他搜索着恰当的用词，可霍普没给他开口的时间。

"昨天，我的头疼得比以往都厉害，视线也有点模糊。这种状态持续了有一刻钟，让我不得不把最近发生的一些细节连起来想。你小时候玩过连线画吗？我特别喜欢玩。只要用铅笔把一些点连起来，你就能看出一幅图。这个游戏让我都玩疯了！要知道，那时我的脑子里还没长肿瘤。"

说出这句话时，她的语气特别轻松，显得毫不在乎。

"我联想到卢克不自然的神态，联想到你假装一切都好的样子。甚至连我做的菜你都说好吃，这才是最引起我不安的。因为说老实话，这世界上没人做饭比我更糟糕。于是我给父亲打了一个电话，告诉他我身体不适，感觉不太对劲。他想尽一切办法，非得要我当天就去做核磁共振。在涉及我的问题上，我父亲总是疑神疑鬼的。"

"为什么你都没跟我说？"

"我也想问你同样的问题。"

"因为我很害怕，霍普。"

"那我原谅你。因为我终于知道了什么叫'害怕'，它让我们什么事都做得出来。"

"核磁共振的结果如何？"乔西不安地问。

"胶质母细胞瘤。据说是一种顽皮的恶性肿瘤，还蛮会欺负人的。"

"别这样，霍普。我求你了。"

"唯一的好消息是，"她继续用嘲讽的语气说，"它还很小，可以进行手术干预。"

"那我们就去做手术。一切都会恢复正常的，我向你保证。"

霍普苦笑了一下。她越过餐桌，在乔西的嘴唇上印下一记吻。

"我相信你，因为爱就是从不怀疑对方。"

回到家后，霍普好好地洗了一个澡。她爬上床，依偎着乔西，两人共浴爱河。然后，在一片只听得见呼吸声的静谧之中，他们手牵手地睡着了。

＊　　＊　　＊　　＊

第二天醒来时，乔西问霍普，是否可以把她这个病例告诉弗兰奇。弗兰奇一定认识这座城市里最好的神经外科医生。霍普提醒乔西说她不是一个"病例"，但仍然表示同意。接下来就是如何面对她父亲的问题。乔西认为得把事情告诉他才行，可霍普极力反对。

"我已经跟他引荐的那个医生说了，绝不能向我父亲透露半点消息。要是让我父亲知道了，他会病得比我还严重！我可不想还要去应付他。"

"他是医生，又是你父亲。你不能让他蒙在鼓里。"

"他准会赶最早的一趟航班过来，而且肯定会带上阿梅莉亚。我需要安静。我需要关注自己 …… 也或者我什么都不需要。首先，你得答应我，别再摆出这副苦瓜脸。是你自己跟我说的，只要做一个小手术，生活就会回到正常的轨道上去。这是我所期盼的，乔西。我希望我们能继续做计划、继续搞研究、继续欢笑、继续出游、继续做爱，甚至继续吵架，就跟正常的情侣那样。"

"可我们从没吵过架呀！"

"现在吵还来得及。只要你愿意，我可以找到很多借口。"

* * * *

他们下了课就去找弗兰奇。看见他们三个人都站在他办公室门口，弗兰奇有点吃惊。他没有太多时间，可三人都神色凝重，于是他决定接见他们。没等乔西把事情的来龙去脉说完，弗兰奇就已经迫不及待地拿起核磁共振的结果读了起来。

刚把文件放下，他就拿起话筒，给一位专家的秘书打了电话。这位专家是他的一个朋友，他要求对方立刻给他回话。

"我们会帮你们渡过这个难关的。"送他们三人走出办公室时，他这样说，"一有消息我就跟你们联系，尽快安排手术。术后可能还要稍微做一下放疗和化疗，对此我并不担心。你们也放轻松些，别太着急。你们应该谢谢卢克，肿瘤还在早期阶段就被发现了，一切都会好起来的。"

弗兰奇把 CT 扫描图保留下来，说他会直接拿给对方，这样更省时间。

说完这些抚慰人心的话，弗兰奇关上办公室门，重新坐回皮椅上。他打开信封，把霍普的脑部扫描图拿出来，重新又看了一遍，面色十分凝重。

* * * *

刚过中午，霍普就收到了弗兰奇的电话。他为她预约了校医院的伯杰教授，面诊时间在明天上午。他要她不用担心缺课的事情，他会把课件都交给卢克的。

这天晚上，他们尽量过得跟往常一样。霍普坚持要下厨，可她做出来的东西简直难以下咽。乔西对此毫不掩饰，他把那盘美其名曰"脆皮通心粉"而实际上像是"拔丝意面团"的菜全都倒进垃圾桶里。他自己动手做了一盘沙拉，煮了几个白水蛋。两人一边看霍普老早之前存在手提电脑里的《老友记》，一边吃完了晚餐。

*　　*　　*　　*

上午，他们像往常一样换好衣服，像往常一样搭乘去往校区的公交车，像往常一样朝阶梯教室所在的那栋教学楼走去，却在一个岔路口转弯，走上通往校医院的小路。就是在这个岔路口上，他们与"往常"挥别。

他们坐在校医院一条光线暗淡的走廊里，等了一个钟头。伯杰医生的秘书会时不时地从办公室探出头来，安慰他们说马上就要轮到他们了。霍普坐在一把塑料椅子上，翻看一本旧娱乐杂志。她很吃惊，杂志里的明星她居然一个都不认识，但他们的一举一动显然都是新闻焦点，而且这些新闻一条比一条劲爆。乔西则不停地在走廊里踱步，直到霍普命令他在她身边坐下为止。

"我们真的与世隔绝地生活了这么久？"她一边继续翻看杂志，一边对乔西说，"这些人我压根儿都不认识，也不知道他们为什么会出现在这本杂志上。你说他们中间是不是有人发现了艾滋病疫苗？"

乔西认真地看了看杂志画面。

"我觉得，第四页上的那个男的睡了第六页上的那个女的，然后这个女的又睡了第八页上那个女的，最后在第九页上出柜。"

"符合现实！瞧，这姑娘占了整整一页，就因为她做了隆胸手术。等我做完手术，至少也得占个跨页吧？"

"你的胸部简直可以做封面图。"

"我喜欢你总是如此为我的智慧而着迷。从某种意义上说，这让我觉得安心。"

医生助理打断了他们的对话。伯杰教授可以接见他们了。

这场见面时间持续了不到一刻钟。伯杰教授说他上午已经与其他同事进行过会诊，商议针对霍普的最佳治疗方案。大家已经达成了一致意见。

考虑到肿瘤的位置，手术会在局部麻醉的状况下进行。霍普只有在开颅和颅骨复位过程中才会完全睡去。手术的其他时段，她会一直醒着，并在肿瘤切除过程中对医生的指令做出回应。这是一种非常老旧的手术法，随着麻醉术的发展，已经很少采用了。不过，对于脑部手术而言，它还是有很多可取之处。

"世界上没有两颗完全相同的大脑，大脑的可塑性非常强。"伯杰用十分简洁的话语解释，"目前的医学无法提供一个通用的脑部绘图，用来指明大脑各个部分的功能。所以，在切除任何脑组织之前，我们都会用电流对它加以刺激，同时向你提问，要你做一些动作，回忆一些事情，与我们交谈，或者进行简单的心算。如果电流的刺激使你无法正常作答，我们会立刻将此区域标记为不可碰触的禁区。我知道，在手术过程中醒着听起来挺可怕的，但你不会感到难受。这种手术方式能大大降低手术后遗症的风险。从现有数据来看，手术后遗症的发病率低于1％。既然你是我的好朋友弗兰奇介绍来的，我就一定会想办法在本周六上午安排手术。拖下去没有任何好处。你们头天晚上来住院，做一些必要的前期检查。做完手术，你的头疼就会成为一场不愉快的回忆。我要说的就是这些。"

说完，伯杰挤出一个笑脸，送别了病人。他对自己的措辞很满意。

两人迷茫地走出医院。霍普不是很喜欢刚刚认识的这位医生。

卢克邀请他们过去吃饭。再次踏入那间公寓时，霍普突然有一种怀旧的感觉。

现在的复式房给了她和乔西更多的空间和私密性，但有时她仍然会怀念三人在这间公寓里一起度过的夜晚。她喜欢做乔西和卢克竞相争夺的友谊的焦点，喜欢三人之间有时甚至是彻夜的畅谈。她怀念以前那段无忧无虑的时光，而不是像现在这样，要让伯杰这样的自大狂去把她的颅骨揭开。

卢克叫了比萨外卖，从冰箱里取出三瓶啤酒，又打开手提电脑。

"在做出决定之前，我们先查查这位医生的底细。"他尽量用一种令人安心的语气说。

乔西后悔自己没有先想到这一点，更自责居然觉得有点应付不了现在的局面。他担心霍普也意识到了这一点。他来到电脑跟前，请求卢克让他来。霍普笑了。有时，她觉得自己比乔西更了解他自己。她坐到乔西身边，把手臂环绕在他的腰间。

"要不我们一起查吧。"她说，"再怎么说，他要动刀的是我的脑袋。"

午夜将至，卢克从柜子里取出两个枕头、一床被子，放在沙发上。乔西和霍普今晚就睡在这里，像美好的旧时光一样。其实，那段时光也没有那么"旧"。

＊　　＊　　＊　　＊

第二天，一回到家，霍普就好好冲了个澡。卢克的沙发睡得她腰酸背痛。在找干净的衣服时，她突然好想整理房间。

她从整理自己的衣物开始，然后又整理乔西的衣物。那些她认为穿不出去的衣服都被扔进一个袋子里。她在一摞 T 恤衫的下面发现了他与某位前女友的通信，于是小心翼翼地把它收拾好，确保它安全地待在厨房的垃圾桶里。与此同时，她瞥见了橱柜，立刻开始清理起来。收拾了一会儿橱柜，她又跑去楼下的杂货店，很快买回一个水桶、一把海绵刷和一瓶地板蜡。

门铃响起时，她正戴着一副长及胳膊肘的橡胶手套，跪在地上清洗木地板。她想，一定是乔西忘记带钥匙，回来拿了。

她决定让他在门外等一等，等地板干了再说。可是当门铃第三遍响起时，她不得不跑去开门，看到的却是站在门口的父亲，他手里提着一个小行李箱。

萨姆走进屋，把行李放到地上后，意味深长地看了女儿一眼，然后把她揽进怀中。

"告诉我，你之所以来，是因为阿梅莉亚抛弃你了。"霍普开心地喊道。

"不。我们之所以来，是因为你父亲着急得要死。"阿梅莉亚边说边跟了进来，"不过别担心，我不会待太久。我之所以陪着他，是因为他收拾行李时，手抖得连行李箱都关不上。我担心他在去机场的路上出事。领登机牌的时候，我又担心他在飞机上出事，担心他在飞机上上厕所的时候开错门。于是我也买了一张机票，跟他一起上了飞机。说到底，其实是因为我也急得要死。"

阿梅莉亚一口气把这些话说完，连停都没停顿一下。她的脸因此而涨得通红，让霍普直想笑，更何况她的话让霍普联想到父亲可能会尿在座舱里……尤其让霍普感到贴心的是，阿梅莉亚如此在乎她，对她的担心程度甚至超过了霍普自己。

"你是怎么知道的？"霍普问。

"这重要吗？"萨姆说，"你不打算问问我的意见就要去做手术吗？霍普，我可是你的父亲，而且是医生！"

"你是儿科医生，父亲。我得的又不是咽峡炎。"

萨姆生气地瞪了女儿一眼。

"没错，我是儿科医生，但也是全科医生！全科医生不像外科医生那样不可一世，不像他们一样只看得见病人身上要切除的肉！"

"萨姆，别激动！"阿梅莉亚安慰道，"现在不是表演你那永远都能把事情搞复杂的拿手好戏的时候。"

阿梅莉亚的这句话把霍普逗乐了。看来阿梅莉亚比她所想象的更了解她的父亲。

"你们会一直待到手术前吗？"

答案好像不言自明，以至于萨姆都懒得回答她。

"你感觉怎么样？"阿梅莉亚担忧地问。

"还行。不过，如果我父亲不那么紧张的话，我会感觉更好一些。要是他一直这副表情，我会以为自己真的就要死了。"

"你不会有事的！"萨姆激动地说，"我是医生。如果我说你不会有事，你就不会有事！"

霍普走到父亲身旁，把他的两只手握在自己的手心里。

"父亲，否认病情是脑部肿瘤患者的常见症状之一。但这个症状一般出现在患者身上，而不是出现在患者的父亲身上。"

这时，门锁响了一声。乔西气喘吁吁地闯进来，发现萨姆和阿梅莉亚也在，立刻就怔住了。

"没错，今天有个大惊喜！"霍普翻了个白眼嘀咕了一句。

"你这个家伙，我有两句话要跟你说。"萨姆大声说，"出了这种事，做女儿的不跟父亲联系，确实是太过轻率。可如果连你也不跟我通个气，那就是不可饶恕。"

"你好，先生。"乔西脱下大衣，生硬地说。

"你们都给我冷静下来！这对我来说比任何事情都重要！"霍普以命令的口吻说道。然后她转向阿梅莉亚，问："今晚你们有地方睡吗？"

阿梅莉亚已经在校医院附近的一家宾馆预订了房间。她好不容易才说服萨姆离开，好让他的女儿休息一下，再说她自己也被长途旅行折腾得够呛。她还求得霍普的同意，让萨姆在手术前一天陪同霍普前往医院。

走之前，萨姆和阿梅莉亚分别拥抱了霍普。父亲的拥抱多少有点扭捏，阿梅莉亚的拥抱却十分自然。她还朝霍普眨了眨眼睛，示意她一定会安抚好萨姆的情绪。

乔西为他们叫了一辆的士，并礼貌地护送他们下楼。

然后，三人在一片沉默中等待的士的到来。

阿梅莉亚先钻进汽车。萨姆朝乔西伸出手，感谢他打电话通知自己，还说自己刚刚在楼上表演的小戏码，已经完全为乔西洗脱了嫌疑。

乔西送别了两人，这才重新上楼去。

她已经在卧室等候他。他一钻进被窝，她便关了灯。楼下路灯发出的橙色微光很快照进了整个房间。

"看来，医生之间的团队意识，胜过他们对病人隐私的保护意识。难怪父亲一定要把我推荐给他认识的同行。他一定是使尽浑身解数，硬逼着人家说出了我的病情。"

"是我通知他来的，霍普。你可以恨我，但我们不能把他撇在一边。你不是跟我说过，以后我们会有一个儿子吗？要是儿子生病了，难道你不会坚持要守在他身边？"

"谁告诉你会是儿子？"

"没人告诉我。但我敢肯定，我们会有一个儿子的。"

"这真是莫大的性别歧视啊。先等等看我要不要做化疗，再考虑'世界末日'的事情吧。不过，我还是原谅你。"

"我没有性别歧视啊。"

"我说的是你打电话给我父亲的事，我原谅你了。"说完，霍普转过身去。

* * * *

三天后，霍普接受了手术。她进手术室的时间是上午八点四十五分。在此之前，萨姆和乔西得到医院允许，在非探视时间内去霍普的病房里拥抱了她。随后，护士就来把她接走了。

走廊里的灯一个接一个出现在她的身体上方。她数了一下，一共有三十七盏。她想，如果手术之后醒来她还记得这个数字，就说明手术没有留下后遗症。

当她被安置在手术台上时，她觉得房间里特别冷。

麻醉师提醒她，他只会让她沉睡一小段时间，当她再次睁开眼睛时，要保持镇定，不要想别的事情，一心服从医生的指令，回答医生提出的问题。如果她说不出话来，就用眨眼睛的方式表示"是"或者"不是"。眨一次，"是"；眨两次，"不是"。他安抚她说，主刀的医生是他所认识的医生当中最杰出的一位，一切都会顺利的。

可惜霍普没听到这句安抚。麻醉师说这句话的时候，已经给她打了异丙酚。她很快就失去了知觉。

五个小时后，霍普才被推出手术室。尽管手术过程中的大部分时间她都处于清醒状态，可她对手术的记忆十分模糊。其中很大一部分原因可能就在于第二次全麻，当时医生正给她缝合颅骨。霍普觉得手术并没有持续这么长时间，而在医院大厅里等待她的家人们却觉得过了两个五小时那么久。

伯杰医生没有骗人，偏头痛果然消失了。虽然她感到筋疲力尽，但对自己的整体状态还算满意。

乔西走进病房时，霍普头上还缠着白纱布。

"三十七！"见到他，她便兴奋地大喊。这令乔西多少有点不安。"我就是想告诉你，我没事。以后再跟你解释。"

乔西握住霍普的手，建议她休息一会儿。霍普很快就睡着了。他把窗边的一把椅子拉到病床边坐下。

他守了整整一天，只离开过椅子两次。第一次是为了把座位让给萨姆，第二次是卢克来看望霍普时。

他拒绝了萨姆和阿梅莉亚的晚餐邀请，选择和卢克待在一起。两人一起吃中餐外卖时，乔西向卢克转述了外科医生的话。

肿瘤的一半已经被切除了。如果要切除另一半的话，很有可能会给霍普带来严重的后遗症。接下来，伯杰教授把希望都寄托在放疗和化疗上。当时听到外科医生这番话后，萨姆脸上沉重的表情让乔西明白，以后的日子再也不会像往常一样了。

他问卢克，自己可不可以就睡在他家的沙发上。他无法独自一人回到空荡荡的房子。

*　　*　　*　　*

霍普在医院住了两个星期，她只许乔西在下午来探望她。她执意要乔西上午去上课，晚上和卢克一起去中心继续实验。她还恳求阿梅莉亚把萨姆带回加利福尼亚州去。那些患咽峡炎、长水痘、闹肠胃炎的小病号还在等他呢。一个好的儿科医生就应该守在患儿的病床前。而她已经不是患儿了。

萨姆最后不得不服从了女儿的安排。再说，如果他继续待下去的话，那他梦寐以求的职位就要泡汤了。

*　　*　　*　　*

出院那天，她坚持要乔西带她去逛街。她迫切地想要去一个充满生活气息的地方，而没有什么地方比一个店铺鳞次栉比的商场更能满足她的这个需求。

她先是要他送她一顶帽子。当她把帽子扣在自己的绷带上时，乔西发现霍普真是美极了。她的幽默感与她那苍白的脸色互为反衬，令她显得尤为光彩照人。

这真是愉快的一天，只是这种店铺间的穿梭把她给累坏了。不到傍晚，乔西就决定带她回家。霍普执意要去吃一支冰激凌再走，说什么都得吃。

"我们得给它取个名字。"

"给谁？"

"给我的肿瘤。你很难想象要如何去与胶质母细胞瘤做抗争，但如果是去跟某个'玛尔塔'打一架，或者去教训某个叫'汤姆'的，事情就会显得好办多了。"

"你是不是不喜欢叫'汤姆'的人？"

"尤其不喜欢。不过，选个别的名字也行。"

"汤姆是谁？"乔西追问。

"你觉得管它叫'巴泰勒米留'怎么样？"

"还行。为什么要叫这个名字呢？"

"不为什么。其实，是因为我觉得这个名字听起来傻乎乎的。我更愿意对付一个傻子。"

"也有很多叫巴泰勒米留的聪明人啊，至少跟叫这个名字的傻子一样多。不过，我同意，就叫它'巴泰勒米留'吧。"

"你说名字会影响个性吗？"

"我不知道，也许会吧。我觉得你就是人如其名。我想不出比'霍普'①更适合你的名字了。"

"是吗？个人观点不同吧。你只从这个名字上看到与我相符的东西。取'霍普'这样的名字是需要有幽默感的。"

"你如何定义你自己？"

"哇哦，这可是一个深奥的问题。我把自己定义为一个拥有美丽胸部和脑瘤的姑娘。"

"快别这么说，霍普。你永远都不会属于那种让疾病来定义

---

① 霍普的英文为 Hope，有"希望"之意。

自己的人。"

霍普思索着乔西提出的那个问题。她咬着舀冰激凌的小勺，抬头看着购物中心的壁顶。从彩绘玻璃上洒下来的阳光让她不自觉地眯起眼。"巴泰勒米留"有一个坏习惯，总爱让她头晕眼花。

"那我就把自己定义为一个身材不够高挑、不善交际但心地还算善良的女孩，正和一个帅得她都配不上的男孩交往。"

"我知道你比你说的要好得多，还知道这一点你很清楚。霍普，你在无所事事的时候一般会想些什么？"

"我从来就不会无所事事。"

"得了吧，咱们认识多长时间了！"

"哎呀，好啦！不过我以后再也不会无所事事了，因为这样会让我想起巴泰。嗯，'巴泰'比'巴泰勒米留'叫起来更方便。"

"行。但在'巴泰'到来之前呢？"

"之前？我会想，有一天我会遇见一个像你这样的男人，尽管当时我想象中的那个男人并不是你这样的。老实说，我压根儿就没有想过他会是个怎样的男人，但我会幻想与他一起度过的时光，就跟我们现在共度的一样。"

"我说的是你，霍普，不是我们。给我列举一些你的事情，具有你个人特色的事情。"

"那你先发誓不会嘲笑我。拉钩。"

"好，拉钩。现在，你可以告诉我汤姆是谁了吧？"

"他夺走了我真正意义上的初吻。"

"啊！"乔西惊叹。

"别告诉我你会嫉妒一个已经成为我生命中的过客的人。"

"好，我不说。"

"别闹了，乔西。过去的事情都已经过去了。"

"汤姆应该不完全算是过去的事情吧？不然你现在怎么还会提起他？"

"我们俩是谁说过，人总会有一些伤痕，才能散发出由内而外的光芒？我希望是我说的，因为这句话说得太有水平了。"

"当时你说的是'缺陷'，不是'伤痕'。"

"真可惜，不然我这脑袋一定独放异彩。我敢肯定，在认识我之前，有女孩伤过你的心。没在恋爱中受过伤的男人，心思哪会有这么细腻？男人都粗糙得很，你一定是经过打磨的。"

"是布伦达……"乔西最后说。

"不可能！"

"是真的。"

"我不信。"

"霍普，我都说了，我永远都不会对你撒谎。"

"永远都不会再对我撒谎……你已经撒过一次谎了，所以这个'再'字少不得。不然，这又是一句谎言。"

"好。我永远都不会再对你撒谎。"

"你真的和布伦达在一起过？"

"真的。"

"那可真糟糕。你怎么会看上她呢？难道她拥有一种不为人知的智慧？"

"你该不会也在嫉妒一个'已经成为我生命中的过客'的人吧？"

＊　　＊　　＊　　＊

次月月初，霍普开始接受化疗。化疗期间，萨姆来看过一次女儿。她瘦了，但是"巴泰"也瘦了，伯杰对治疗很有信心。再做一两个疗程，霍普的病很可能就会痊愈。

春天到来时，霍普恢复了和乔西一起沿着河堤跑步的习惯。一天又一天，一周又一周，她慢慢恢复了元气，却又在下一场化疗中把积攒下来的元气耗尽。疗程一结束，她就立刻重新回到河堤上晨跑，晨跑完再去学校。

日子就这样慢慢过去，生活仿佛又回到了正常的轨道上。

乔西每天晚上都会等霍普入睡后去中心找卢克。两个好友比以往任何时候都更忘我地投入实验。他们与新团队的合作很快就有了成效。双方融洽相处，互通有无，项目进展顺利，取得了一些 —— 用弗兰奇的话来说 ——"了不起"的进展。他们之前所存储的乔西的脑电波信息，为新团队大大节省了大脑信息化建模的时间；而新团队的神经链接项目，为卢克制作乔西所设想的新式神经元头盔提供了卓有成效的帮助。

五月初，头盔的第一个样品完成3D打印。通过猴子进行试戴的结果让整个中心都为之震惊。在两周的时间内，头盔在电脑上重现了猴子60％的脑链接，而且这个数据还在呈指数性上升。

面对这样的结果，弗兰奇开始着手向道德委员会推荐神经链接项目。如果那只猴子在接受实验后的十二个月内不出现任何行为异常，他们就很有希望能获得批准，明年起开始在人体上进行头盔实验。

当弗兰奇宣布这个消息时，卢克和乔西根本不用看对方一眼，就已经达成了一种默契。

第二天夜里，卢克打印出了与乔西的头型完全吻合的第二顶头盔。

之后的每天晚上，当团队的其他成员都离开中心后，乔西便会立刻戴上头盔，实验每晚都有新进展。

10

六月的一个晚上，乔西突然想到要给服务器的终端机装上一个摄像头。卢克去中心的库房找来一个对讲镜头。几小时后，他们在神经链接项目的程序中开设了一个网关，希望能借此与程序进行沟通。

据他们推断，乔西利用新头盔进行了多场录制，已经存储了足够多的记忆，他们可以着手研究这些记忆的内容。否则，如果存储了可观的数据信息，却不能查阅的话，那一切都是枉然。

卢克为这一实验阶段取了个代码："重建阶段"。对乔西来说，这个代码既浮夸又可笑。

各项连接均确认无误后，乔西坐到终端机的对面，开始了与神经链接程序的第一次对话。

"晚上好。"他盯着摄像头，试探着说。

过了一小会儿，"晚上好"这三个字出现在屏幕上。

"你说，它是在回答我，还是在重复我的话？"

"我不知道。"卢克回答。

神经链接系统写道：

【我的话 = 我的话】

"它在干吗？"乔西问。

"我不知道。"卢克重复。

"帮我把头盔摘下来。"

"不行，摘下头盔，你跟服务器的连接就会断开。"

"也许吧。可我还是想确认一下，屏幕上的字到底是电脑自发形成的回答，还是一种简单重复。"

"我想电脑恐怕不会思考。"卢克取笑他。

乔西解开头盔的扣带，卢克赶紧跑过去帮他。

"该死的！你小心点！这里面有好几千个连接，脆弱得不得了！让我来。"

卢克小心翼翼地把头盔放回基座，这才坐了回去。乔西明白，卢克原来跟自己一样紧张。他们都希望这场实验能成为项目的转折点，那种被弗兰奇定义为"了不起"的转折点 —— 如果他知道他们背地里的所作所为的话。但弗兰奇不可能知道。因为两个同谋已经在服务器中开辟了一个专区，只有他俩才有访问权。

"现在该怎么办？"卢克问。

"像我一样，屏住呼吸。"乔西回答。

说完，他又转向摄像头，用平静的声音问道："你听得到我说话吗？"

【清清楚楚，明明白白】

看到这句回复时，乔西的面部表情完全僵硬了……

屏幕半天没动静，随后又出现一道奇怪的公式：

【1＋1＝1】

"这不对。"乔西说。

【1＋1＝1】

"在什么情况下？"乔西问。

【1＋2＝2】

"还是不对。1加2等于3！"

【1＋2＋3＝3】

"这些公式代表了什么？"

"该不会是神经链接系统在给自己考数学吧？这是它第一次与外界交流，所以还嫩得很……"卢克猜测。

电脑抹去了屏幕上的内容，重新写道：

【1＝乔西】

"它是想告诉你，在它眼中，你是唯一。不对，是在它的'电子眼'中。"卢克略带讥讽地说。

【错误】

"你在回应卢克的话？"乔西问。

【你在回应卢克的话】

乔西不解地盯着屏幕。神经链接系统重复了他的话，只是没打问号而已。这可能只是一个标点错误，也可能是系统故意省去问号，把他的问话变成一个肯定回答。突然，乔西的脑子里灵光一闪。他犹豫了一下，最终问道："你是谁？"

屏幕上显示：

【你是谁？】

这一次，问话和回答完全一样。

"它要不就是答非所问，要不就是简单复述。"卢克叹了口气，"这样的结果可不怎么鼓舞人心。你应该听我的，把头盔一直戴着。"

【2 = 霍普】

"你认识霍普？"乔西吃惊地问。

【1 + 2 = 2】

"我不明白。"

【3 = 卢克】······【1 + 2 + 3 = 3】

"那4是什么？"

【清清楚楚，明明白白】

乔西思索了一下，问："4是我父亲？"

【对】

乔西和卢克目瞪口呆地对视了一眼。两人都体会到研究者临近重大发现时的那种兴奋感。

"你是如何给人物编号的？"乔西问。

【你是如何给人物编号的？】

"那你呢？你是几号？"

【1】

乔西盯着摄像头，想搞清楚神经链接系统到底要跟他说什么。突然，卢克在最疯狂的梦中都不敢奢望的事情发生了。多少个夜晚，他在实验室里熬过；多少次希望，最终以失望告终；他冒着巨大风险，放弃一切娱乐，在挚友的阴影下过着隐忍的生活······

这一切的一切，都在他看到屏幕上那一行字的瞬间，得到了补偿。

【我就是你，乔西】

他们读懂了电脑所列出的公式。那些数字代表着不同的人，按照他们在乔西心目中的重要性依次排列。

乔西＋乔西，还是乔西。乔西＋霍普，等于两个不同的人。最振奋人心的，是这场对话的含义。与乔西对话的，不是由神经链接系统孵化出来的人工智能，而是乔西自身意识的一部分！

屏幕回到空白状态。

"请给出证明！"乔西激动地说。

神经链接系统沉默了一会儿。突然，屏幕再次亮起。

画面上出现了一个极速前进的自行车前轮。远处，能看到一个男人站在车库前，乔西一眼就认出了他。突然，自行车轮一偏，画面跟着倒转。男人快步跑来，伸出粗壮的大手，抓住一只瘦弱的小手。他的脸凑得更近了，神情有点沮丧。接着，画面转变为一片红色，继而消失不见。

"这是我五岁那年夏天发生的事。"乔西呢喃着，"我已经完全不记得当年摔跤的事了。当时，父亲把我扶起来，还给我检查伤口，他看起来吓得不轻。我流了很多血，后来就晕了过去，那次我缝了十针。"说完，乔西卷起右腿的裤管。

他的手指抚过一个几乎不可见的旧伤疤。卢克无意中发现，他的眼里满是深情。

"今晚就到这儿吧。"乔西说着，关闭了屏幕。

"刚刚发生的事情，别对任何人说。我指的'任何人'，包括霍普在内。你听见了吗，乔西？"

"清清楚楚，明明白白。"乔西无声地说。

＊　　　＊　　　＊　　　＊

回去的路上，卢克和乔西一时都不知道该说些什么。卢克脚踩油门，乔西望向窗外。郊区的景色从窗外迅速掠过，就好比迅速从他头脑中掠过的一帧帧回忆。

"我都忘了他年轻时的模样。"他终于开口说，"不知道我存下的那些回忆是不是按时间顺序排列的。因为今晚神经链接系统所展示的片段，是我的早期记忆之一。"

"今晚的事太不可思议了！"卢克太过激动，说话时还在方向盘上捶了一拳。

相反，乔西却表现得出奇地平静。他瞥了一眼仪表盘上的速度指针。

"我想你并不明白今晚我们所做的到底意味着什么，连我自己都无法预测它的影响。我们得好好考虑一下，别急着做下一步。"乔西说。

"你开什么玩笑？！我们完成了一件了不起的工作！神经链接系统像播放电影一样，再现了你的一段回忆。要不是它，这段回忆你可能压根儿都想不起来。"

"所以我才担心啊！我感觉太不对劲了。"

"那是因为你和你父亲的关系不好 —— 如果你们之间还存在父子关系的话。你感觉不对劲是正常的。"

"悠着点，卢克，你开得太快了。当初我们启动这个项目时，目的是要把个体记忆复制到信息载体上去。可我们并没有考虑到，让个体坠入自己的记忆深渊会导致什么样的结果，更没有料到电脑会在没有外界指令的情况下自行读取个体记忆。"

"伙计，今晚可真是头一遭。我终于能够向你证明，我的智慧也能在你之上。是你命令电脑提取这段回忆的，是你要神经链接系统给出证明，它不过是服从了你的命令而已。当初你提出将人类意识向机器转移的伟大设想时，就没想到无意识也会随之转移吗？"

"可如果神经链接系统开始以我的名义进行思考，那完全就是另一码事！你知道这意味着什么吗？该死的！"

"放轻松，老伙计。电脑是不会思考的。它只是在运算。两者有根本区别。"

"难道你觉得今晚它与我们的交流毫无逻辑思维可言？"

一阵暴雨突然向汽车的风挡玻璃砸来。潮湿的路面在车灯的照射下闪闪发光。科迈罗在柏油马路上艰难前进，卢克几乎要贴到方向盘上，才能看清前方的路。

"想要搞清楚这一点，唯一的办法就是把实验做下去。"他说。

"不，对不起，卢克，这个问题我还得再考虑一下。一切来得太突然了，我们这是在玩火。"

"我们共同期待了这么多年，眼看着梦想就要成真了，你却要在这个节骨眼上喊停？仅仅是因为你看见了父亲的脸，一时郁闷？哪一个真正的研究者在接近目标时不会感到忐忑不安？难道基因医学、克隆、人工智能都不曾引发人类的不安吗？"

"也许吧，可我再跟你说一次，刚刚经历的事情让我觉得很不对劲。我面对的是一台以我为工具、操纵我意识的机器。"

"是你过于心急了。到目前为止，我们不过是重访了一段记忆而已，还远谈不上是'意识'。"

"慢点开，该死的！你会要了咱俩的命。"

卢克转向高速公路的出口。几分钟后，汽车在复式房楼下停住。乔西下了车，都没跟卢克说声再见，就径自走了。

卢克目送他走进楼道。乔西的反应令他大为光火，他决定先不回家。

他把汽车停在学校的停车场，冒雨冲进教师办公楼。自从被任命为助教，他就有了楼里的钥匙。

他穿过走廊，走进弗兰奇的办公室，坐在他的皮椅上。然后他打开抽屉，抓起一张纸，写了一段话，又把纸塞进一个信封，把信封放在显眼的地方。

* * * *

乔西在霍普身边待了一天一夜，思绪终于变清晰了一些。第二天晚上，他重新回到中心，继续实验。

他还说服卢克，一段时间内都不再与神经链接系统对话。卢克不情愿地答应了，卸下了系统的摄像头。

一天夜里，当其他研究人员走了很久以后，弗兰奇突然来到实验室。

乔西来不及摘下头盔，弗兰奇已经在打量他了。

"你这副尊容，倒也和猴子差不多。"弗兰奇撇了撇嘴说。

乔西解开头盔扣带。卢克赶紧把头盔放回基座上。

"你们到底想干什么？"弗兰奇大声责问。

"我们没想干什么，先生。"乔西心虚地回答。

"所以我才要批评你们。知不知道你们用的这些仪器有多贵？我想你们不知道，还以为是心好但不负责任的人买来放在这里，专门供一些更不负责任的小孩子玩的。"

"没，我们没这么想。"乔西小声说。

卢克在一旁悄无声息地收拾实验设备，好像这样就能躲过弗兰奇的训斥。

"我早就明确地说过，不能拿人体来做神经链接实验。既然你现在又恢复了人样，那我问你，你是猴子吗？关了这间实验室的门，到外面来找我。"弗兰奇说完便走出门去。

卢克和乔西一声不吭，赶紧往停车场走。两人呆呆地站了一会儿，直到一声汽车喇叭响引起了他们的注意。

弗兰奇就坐在汽车里等他们，那是一辆铬黄红皮的凯迪拉克。他从驾驶座上冲他们打了个手势，示意他们上车。卢克坐在后排，把"死亡之座"①留给了乔西。

弗兰奇发动汽车，开出两公里，把车停在一条无人小道旁。

---

① 即副驾驶座，从交通事故的数据统计中，坐在这个座位上的人死亡率最高，因此被称为"死亡之座"。此处亦指离训斥他们的弗兰奇更近的座位。

他猫腰打开手套箱，从中掏出一盒烟。

"下车。"他说，"我不能让别人发现我抽烟。"

路边是一望无际的田野。

"我们来这里做什么？"乔西壮着胆子问。

"这还看不出来吗？透气呀。"

卢克轻轻踢了乔西一脚，示意他别再多嘴。弗兰奇的训话还没结束呢，既然他把他们带到远离中心的地方，就一定有他的原因。

"你们完成的工作很了不起，也很吓人，"他吐出一串长长的烟圈，"所以不能让任何人知道。我请你们采取一切必要措施，尽可能地保护你们的个人数据库——或者我该称之为你的'克隆大脑'？总之，除了你我之外，不能让其他任何人知道这项实验的存在。既然我能在主机里发现你们的把戏，那别人也能。而我不希望有这样的事情发生。我们无法预测监视委员会对此做何反应。连我自己都不知道，面对这样一个令人难以置信的科学突破，我到底是支持还是反对。"

"你到底想要我们怎么做？"卢克问。

"我连你们在做些什么都不清楚，又怎么回答这个问题呢？况且之前你们也没有问过我的意见啊！我敢说，你们一定会足够疯狂到把这项实验继续下去，否则，我可能真会很失望。你们已经如此接近生命的本真，极有可能抓住它，但千万别以为你们就了解它了。捕获野兽是一回事，预测它的行为是一回事，而驯服它又是另一回事。用不着我提醒你们，社会对人工智能至今还有非议。要是让人知道两个学徒正给人工智能配备人类意识，那将引起的社会恐慌程度可想而知。所以，你们必须非常小心，因为你们完全无法预测这项科技的发展变化。"

"你是怎么在服务器中发现我们的数据库的？"乔西问。

"你更应该问问，如何才能使你们的数据库瞒天过海。"

弗兰奇提议借给他们一个独立的存储空间，里面存放的都是以前一些以失败告终的项目。因为时间久远，这个存储空间就像一间积满尘埃的档案室，再也没人进去找哪怕是只言片语。他们必须确保数据转存在晚上八点到十一点这段时间内进行，因为这个时段用网的人最多。有句话不是说吗，"大隐隐于市"。

弗兰奇摁灭烟头，掏出一瓶去味剂，涂抹在手上，这才上车。

"是我送你们回去，还是你们再走走？"

* * * *

两周后，全部数据都被转移到一个除了知情人外再无人问津的服务器里。乔西和卢克继续他们的实验。每周，他们都会花一晚上的时间，让乔西与神经链接系统对话。每次对话后，乔西都会觉得筋疲力尽，要休息好几天才能恢复过来。

11

七月四日的晚上，城里到处张灯结彩，路灯上贴满了欢度国庆的夸张广告、餐厅菜谱和酒吧节目。但是，什么都比不过查理河畔的广场音乐会。它通常从晚上八点开始，两小时后又在一片喧嚣的鼓声中结束。鼓声预示着国庆庆典压轴好戏的到来：一场大型烟花表演，燃放地点在河中心的一艘大驳船上。

从中午开始，游客和当地居民已经穿梭在大街小巷中。商人与社会名流夹杂其间，他们大多穿着奇装异服，上面骄傲地彰显着星条旗，象征着这个从英国殖民统治下获得自由的国度。

乔西答应霍普，不会错过庆典的任何一分钟。于是六点刚到，他们就加入了逐渐把广场填满的人群。

电吉他的第一串音符在徐徐的晚风中奏响。打击乐和管弦乐极具冲击力的声浪盖过人群的喧嚣，赢得一片热烈的掌声。

四个好友站在广场比较靠前的位置，距离舞台只有几米远。

为了不让卢克落单，霍普把和子也叫上了。她暗自期待两人之间能擦出火花。和子跟卢克一样勤勉好学，一样沉默寡言。霍普并不认为只有互补的人才会彼此吸引。可乔西提醒霍普说，尽管人潮拥挤，卢克与和子之间还是保持着距离。

音乐会进行到一个钟头时，乔西凑到霍普身边，大声问："你会跳摇滚舞吗？"

"我的舞技跟我的厨艺水平差不多。"她大声回答。

"这不可能。"他大喊。

他牵着她的手，让她旋转一圈，然后又把她拉回身边。

"很容易。左脚稍稍后退，右脚原地不动。向左滑步，手臂与肩膀齐平，左、右、左；向右滑步，停顿一下，然后再来一次。我来领舞，你跟着我跳就好了。"

霍普开心地笑出声来，任凭乔西领着她翩翩起舞。她原本做好了出丑的准备，没想到自己竟然跳得还不错。乔西加快了速度，让她原地旋转一圈、两圈、三圈……霍普爆发出一串串动人的欢笑声。

"天旋地转了。"她试着放缓速度。

"正常，"乔西大喊，"摇滚舞要的就是这个效果。"

"不，我敢肯定这不正常。"说完，她便晕倒在地上。

乔西赶紧跑过去，想把她扶起来，却发现她两眼翻白，浑身颤抖。

他试图让她恢复知觉，可是徒劳无功。他用双臂托着她，把她从地上抱起来。在他们周围，人们还在尽情跳舞，丝毫没有察觉到这一切，要从人海中脱身太难。他尽最大的气力，向站在舞台护栏旁边的救护人员呼叫，可音乐声盖过了他的嗓门。最后，站在他们前两排的卢克终于回过头来，同时一把抓住和子的手臂。

乔西一步步向前挪。霍普昏迷不醒，头向后仰着，这样抱着她，乔西很难从人群中挤出一条路来。和子见状，顿时脑子一热。她一反常态，不由分说地推搡开人群，拉着卢克就往乔西那边挤。等他们挤到乔西身边时，卢克帮乔西抬着霍普的腿。

"抬高点！"和子大喊，"要把她抬到人群上方，好让大家明白。"

一名救护员发现了他们。他用对讲机下达指令，另外两名救护员很快赶来，为他们开路。

等他们终于通过舞台旁边的侧道解脱出来时，救护员把他们带到一辆正在等候的救护车边。

大家把霍普放在担架车上。医生给她戴上氧气面罩。霍普那张白得吓人的脸，这才渐渐恢复了一丝血色。乔西也爬上车，车门在他身后关闭。救护车拉响了警报器。

和子从一名救护员那儿得知，霍普将被送往综合医院的急诊科。她抓起卢克的手，带他朝她的汽车跑去。

救护车的旋闪灯一路投下红蓝相间的灯光，霍普慢慢恢复了知觉。乔西握着她的手，目光一刻也不离开她。他的表情如此紧张，额头上都暴起了一条青筋。

霍普摘下氧气罩，不好意思地笑了。

"要命的领舞。"她用虚弱的声音说，"你真的很会教初学者。"

说完，她突然向前一倾，猛地吐了一大口胆汁。

医生抓住她的肩膀。等她的胃痉挛过去后，再帮她重新躺下。

"离医院不远了。"他说，"一切都会好起来的。"

＊　　＊　　＊　　＊

卢克与和子半小时后赶到急诊大厅，发现乔西正坐在椅子上，双手抱头。

"医生怎么说？"卢克问。

"没，医生什么都没说。只说她的血检有点问题。我把霍普的病史告诉了他们。他们会给她做个扫描，但还不知道要等到什么时候。"

早晨六点，坏消息如同一记重锤向他们砸来。"巴泰"在霍普的脑中强势回归。它给了他们看似正常的几个月时光，然后阴险地杀了个回马枪，还把癌触角伸入霍普的小脑。

十点，伯杰医生赶到。中午，乔西、卢克与和子得知了诊断结果。

霍普最多只能活六个月了。也许更少。

乔西机械地向电话亭走去。在兜里掏硬币的时候，他才想起自己有手机。

于是，就像溺水者抓住一个救生圈一般，他抓起话筒，履行了某个晚上做出的承诺，给在加利福尼亚州的阿梅莉亚打了一个电话。

＊　　＊　　＊　　＊

几小时后，终于有一名护士来找他，说他可以去探视霍普了。他在心里感慨，哪怕是在死亡面前，人类依然能找到定规立矩的空间。

乔西礼貌地谢过她。说到底，并不是因为这个护士的错，才让他在医院大厅里恍恍惚惚地晃荡了一个晚上加一个上午。

他推开霍普的病房门走了进去。他强装出一张笑脸，内心却拧成一团。

霍普也冲他笑了一下。她的手臂上插满了针管，胸前覆盖着导线，但在这些救命的仪器下，他看见的就是他的霍普，刚刚把他吓得不轻的霍普。

她示意他到床边来。

"你应该可以把你的屁股放在这里，那根绿线和蓝线之间还有一点点空间。但注意别碰掉了那根红线，不然我就会爆炸。"

她居然还有办法说笑，一种极致的优雅。

她抚摸着他的脸庞，指尖托着他的下巴，示意他吻她。他们发干的嘴唇依然保留着初吻时的美妙滋味。

"别担心，我都知道了。'巴泰'真是一个阴险狡诈的浑蛋。"

"医生来找过你了？"乔西问。

"没，是我去找过他。十五天前，我的偏头痛又出现了。于是我去做了个扫描。你看，我很勇敢吧？其实我是没得选择。放射科的医生明确告诉我，他不会在扫描过程中帮我握住脚，哪怕我说了我会穿着袜子。这些放射科的医生，简直固执得要命！我知道你肯定会恨我没跟你说实情。我只不过是想多过几天正常的日子。我知道，对我来说，这样的日子已经不多了。我向你道歉，我对你撒了谎。以后我再也不会这样做了。"

"再也不会了？"

"再也不会了。"

"行。那我们现在扯平了。"乔西说。

"不行。"霍普故意把脸一沉，"我本来也想这么说的。但这句话从你嘴里说出来 …… 又是在这种情况下 …… 我觉得亏了。"

"我真应该学会在占上风的时候闭嘴。"

"算了吧，我不会让你占上风的。你给我父亲打电话了吗？"

"打了，当我得知……"

"快！去把门锁上。他一下子就能从美国的西边跨到东边，瞬间出现在你我面前。"

"医生说这次你不用在医院待太久，过几天我就带你回家。"

"以我的状况，'不用太久'是一个充满诗意和主观性的用词。不管怎么样，我都不会耗在这里的。我不喜欢用静脉注射的方式吃早餐。而且，你也说过，我不是那种让疾病来定义自己的人。所以，我没有任何理由霸占这张只有真正的病人才会需要的床，那样太不厚道了。"

"是的，我同意你的观点。"

"你明白，我的乔西，任何不幸都会涉及个人尊严。这个问题至关重要。我与'巴泰'势不两立，不允许任何人把它看得比我还重。"

"我明白。"

"别老是重复我说过的话，不然我会以为脑癌是一种传染病 …… 我跟你聊的是关于痛苦与尊严的大事。我不想浪费时间，说一些不痛不痒的话，比如'我们不知道生命还有多长，所以要珍惜每一天'之类 —— 因为我知道我的生命还有多长，差也差不了几个星期。当健康罢工时，一切都会改变。对于那些要人接受命运安排的说教者，我会说：你们见鬼去吧 —— 这还算是客气的。我不想要任何人向'巴泰'表示哪怕是一丝一毫的敬意，现在不要，以后更不要。这种敬意浮夸而没有意义，是在为死亡唱赞歌。而我们真正应该歌颂的是生命。好了，我不说了。我们的短期计划非常简单：你带我回家，我们做几道好菜，确切地说，是你做几道好菜，因为你知道我的厨艺有多烂。等我精神好些了，我们就去散散步。最最重要的是，我们一定要蔑视'巴泰'，这才是我的胜利。"

"行，都听你的。"

"我说的是，不要化疗，不要放疗，不要任何会让我感觉更难受的东西，不留任何让'巴泰'自鸣得意的机会。它就算要我死，我也要站着死，绝不倒下。你听明白了吗，我的乔西？"

"没有。"

"怎么'没有'？"

"你以为我会这么容易上当？如果我说'听明白了'，你又会说我传染了你的脑癌。"

霍普集中所有力气，一把抱住乔西的脖子，忘情地亲吻了他。

*　　*　　*　　*

周六，霍普出院。萨姆在音乐会（霍普不许大家提"晕倒"这件事）的第二天就赶到了，利用他在医学界的影响力让医院放他女儿回家疗养。他亲笔签了一份医院免责书，乔西让救护车把免责书带回医院。音乐会后的第十天，霍普可以下床了；第十二天，她重新开始化妆；第十五天，她换上了漂亮衣服，因为那天是周日，她和家人一起去逛跳蚤市场。那真是美好的一天。

萨姆和阿梅莉亚在城里租了一套房子。萨姆总抱怨房子太小、邻居太吵。像他这样一个内敛的男人居然变成了话痨，还真有点让人瞠目结舌。可每次他一发牢骚，霍普都会觉得自己又好了一些。

一天晚上，她请父亲去吃饭，就他们父女俩。

萨姆驱车带她去了一家她中意的意大利餐厅。餐厅的装饰有些过时，但和家人一起来，感觉就像是在威尼斯河畔那种只有当地人才会光顾的平价小餐馆里吃饭。

她点了一盘很有"秋色满园"的感觉的面条，萨姆要了一瓶上好的酒，因为在这种场合下，喝个酩酊大醉也是一件美好的事。

霍普抓住父亲的手，迫使他放下菜单，看着她的眼睛。

"你说得对，"她说，"专科医生果然没有儿科医生靠谱。"

"那当然！不过，老实说，这也许是因为我们更幸运，要对付的只是水痘和咽峡炎。"

"别这么说，我听说过能致命的水痘和咽峡炎。我知道你比你说的要好得多，还知道这一点你很清楚。我一直很崇拜你的工作，敬重你是一名医生。要知道，医生的伟大之处不在于治疗——你们学医多年，这只是最起码的事情。医生的伟大之处，在于他能让病人相信自己有一天会痊愈。"

"可是对于你，我却做不到这一点。"说着，萨姆垂下了双眼。

霍普给他倒了一杯酒，然后把自己的酒杯也斟满。

"小时候，我非常嫉妒你的病人们。我觉得你更关心他们，而不够关心我。这不是你的错，做女儿的总想独占父亲的爱。我得向你坦白一件事情。我十三岁那年得了肺炎，其实也怪我自己。"

"霍普，生病又不是你自己的错。"

"但如果我整夜都待在窗边吹风，还把脚泡在冰水里，那还是有点错吧？"

"你这么做了？"

霍普点点头。

"我想加入你的病号俱乐部，让你一直守在我的床边。那次的效果很好，你整整停诊了三天。我说了嘛，做女儿的总想独占父亲的爱。"

"这次我会守在你床边的，相信我。"

"恰恰相反，父亲。你不用这么做，因为我已经长大了。你应该去照顾你的小病号们，因为你还拥有让他们相信自己会痊愈的能力。你赶快回去教训医院的员工吧，没有你，他们会觉得生活太无聊。还有，你尤其得照顾好阿梅莉亚。"

"傻瓜。你是我的女儿，你比谁都重要。"

"你才是傻瓜呢。自从母亲走了以后，你一直郁郁寡欢，都忘了什么是幸福。你到底要证明什么？ 证明她是你一生的女人？但其实她已经不是了。你唯一能证明的，就是告诉我没有她你也能继续活，告诉我你永远是一个坚强的父亲。让阿梅莉亚留在你的生命里吧，跟她结婚。她是一个好女人，值得你去爱，就像你值得她去爱一样。"

萨姆探过身去，在女儿的额头上久久地亲了一下。

"你跟我说这些，是因为你就要死了。"

"求求你，父亲，我已经够像我母亲了，别把我说得更像她。"

"你和她简直就是一个模子里刻出来的，我不想再次失去她。"

"正因为如此，我才想要跟你单独吃一次饭。像我这个年纪的女孩，却要因为癌症死去，你知道这样的事情谁最害怕吗？做父亲的。我不能眼睁睁地看着你守在我身边，被这份害怕一点点淹没。你留在这里，只会让我每分每秒都意识到自己是一个病人，而这正是我要尽一切努力在剩下的时间里彻底忘记的。回旧金山去吧，父亲。等我真的快不行了，乔西会给你打电话的。"

* * * *

第二天，乔西和霍普送萨姆和阿梅莉亚去机场。道别的时候，萨姆流了很多眼泪。阿梅莉亚安慰霍普说，萨姆最近连看电视都能把自己看哭。等到上了飞机，她会让他一直喝伏特加，并且会看好他。

他们深情地紧紧拥抱。当萨姆和阿梅莉亚消失在安检门后，霍普长长地叹了一口气。她把乔西揽入怀中，以最庄严的口吻轻声宣布："终于只有我们两个人了。"

12

好几个星期过去了。"巴泰"相对而言消停了一些。有时偏头痛会突如其来，有时霍普会头晕目眩，但她根本不把这些放在心上。当恐惧向她袭来时，她就动手整理房间，变换家具的位置，或者去跳蚤市场上淘宝。晚上，一等霍普睡着，乔西就赶往中心。是她命令他这么做的，理由是他在房间里走来走去会打扰她休息，而她父亲说过，睡眠是世界上最好的医生。

对乔西来说，暂时走开一段时间也是有益的。他可以利用这样的机会，重新蓄积有时会短缺的勇气。

卢克体贴地满足于礼节性的问候，从不向他询问更多问题。一句简单的"还好吗？"，乔西就只用回答"还行吧"，仅此而已。这既是出于谨慎，也是出于害怕，害怕因为提了"巴泰"的名字而把它唤醒。

一天夜里，霍普头疼得实在太厉害，不得不去医院。她没能联系上乔西，因为中心完全没有信号。于是她鼓起勇气，自行打车去了医院。

坐在的士后座上时，她心想，既然自己能做到这一点，就证明"巴泰"还没有做好征服她的准备。

乔西回到家后，在冰箱里霍普留给他的三明治上发现了一张字条。

他立刻打电话给刚刚送他回家的卢克。卢克掉转车头，又把乔西送到霍普的病床边。

这次，霍普在医院没有待太久。她只在医院睡了两晚 —— 如果那也算是"睡"的话。她一直不听医生的劝告，拒绝了一切长期治疗。因为"长期"对她来说，已经没有任何意义了。

又是好几个星期过去了。这些日子有时风平浪静，有时鸡飞狗跳。乔西害怕寂静。寂静使人心生懊悔，好像有许多花苞还不曾绽放便已经枯萎。于是他们聊天，谈生活的点点滴滴。他们在岁月的阁楼里寻宝，最后总能在尘封的过往中找到点点滴滴的小确幸。

霍普始终保持着微笑。因为微笑是尊严的外衣，眼下尤为珍贵。她甚至连睡觉都不肯把这件"外衣"脱掉。只有在无法成眠的深夜，她才会觉得这件"外衣"被生生剥去，剩下的只有赤裸裸的脆弱。

但是，当早晨来临，当她再次微笑，便又有了面对生活的勇气。

萨姆寄了点钱给乔西，好让他的女儿什么都不缺。可是收款当天乔西就把钱退了回去。有他在，霍普什么都不缺。

九月来临，霍普没有回到课堂。因为"巴泰"的缘故，她睡得越来越晚。

乔西一下课就跳上单车，一阵猛骑，赶回去陪霍普。他们每天都一起吃午饭。如果霍普状态好，就会侧坐在单车后座上，让乔西带她去城里转转。他们会到露天咖啡馆坐坐，乔西给霍普模仿弗兰奇上午上主课时的样子。霍普特别迷恋这样的时刻。回去的时候他们搭公交车，乔西会把单车也扛到公交上。

十月，霍普的胃口越来越糟糕。可是有一天，她突然很想吃海鲜。一段时间以来，她特别嗜咸。"巴泰"贪吃，得满足它，免得它胡闹。

乔西租了一辆车。卢克要把自己的科迈罗借给他们，可惜科迈罗车身太窄，霍普没法在旅途中躺在后座上。

乔西准备了一个小行李箱。不管霍普如何追问，甚至以一场脱衣舞为诱饵，他都不肯透露要带她去哪里。收拾自己的行李时，她发现架子上少了几件她从跳蚤市场上淘回来的宝贝。她问乔西，乔西总是支支吾吾，含糊其词。

他们在临近中午时出发，一路向南。

直到汽车驶入科德角，即将登上去往楠塔基特的轮渡时，霍普这才明白旅行的目的地是哪儿。

轮渡要航行三小时，霍普很快就有点晕船了。

"我一坐船就犯晕。"为了不让乔西担心，她赶紧解释说。

他们走出船舱，陶醉在吹过走廊的海风中。霍普看着渐渐远去的海岸线，挥了挥手，与"巴泰"告别。上船前，她已经狠下决心，把"巴泰"抛弃在了沙滩上，就像抛弃一只旧袜子那样。

远处，白色的海鸥追逐着浪花，在海面上盘旋。它们那娇小的身躯，像极了随着微风徐徐飘落在查理河平静水面上的樱花瓣。

楠塔基特是一座风光旖旎的岛屿，比霍普想象中的更美。乔西在海港边的一座别墅旅馆里订了一间房。霍普说，由于别墅架空在海面上，所以有一种慵懒的气质。

他们放好行李，就着一壶茶，把从前台借来的旅游手册仔细研究了一番，这才出了门。

霍普坚持要去看看岛上的三座灯塔，两人立刻前往。三座灯塔中，霍普最喜欢的是布兰特角灯塔。因为它有漂亮的木质走廊、木质塔身。灯塔不高，一点都不扭捏作态，但也不失风度。比起红色塔身的桑卡迪灯塔，布兰特角灯塔显得没那么落寞。至于楠塔基特岛上的第三座灯塔——伟角灯塔，在霍普看来是最不优雅的一座，因为它体形太过丰满，外表太过粗粝。

傍晚时分，他们去了一家酒吧，坐在离舞台最远的地方。舞台上，一支爵士乐队正在表演。乐队的名气也许仅限于这家酒吧之内，出了酒吧门就再也没人知道。

乔西要了一杯啤酒。霍普自问，如果她也喝一杯啤酒的话，"巴泰"会不会有意见。不过"巴泰"不在，她决定让自己潇洒一回，因为她完全值得。

爵士乐队开始演奏 *I Will Still Be Dead*（《我仍将死去》），这让霍普觉得很好笑。只要把心态稍微放平和一点，生活中到处都有幽默。

"你相信人死了以后，还会在另一个世界里继续生活吗？"当歌手大胆地飙高音，重复唱着曲末那句"我将永远死去"时，霍普突然问乔西。

"我相信。在我真的非常害怕的时候。"

"你怕死？"

"我怕你死。"乔西回答。他信守着永远对霍普说实话的承诺。

"那我们干脆把话说开了。我马上就要死了，我的乔西。可我至少在一个方面比你占优势：如果人死了以后真的会在另一个世界继续生活的话，那我会活得很年轻。而你，只能等到老得都快走不动的时候，才会来到那个世界。"

"为什么我就得老到快走不动了才死呢？"

"因为生活很美好，我命令你活到很老才能死。"

"我提醒你，不能说谎。还有，我很抱歉地告诉你，如果你不在了，生活会变得非常可憎，我丝毫都不想遵从你的命令。"

"可你必须按照我说的做。还有，只要我们还在这里，我就不许你想这种事情。你听见了吗？"

"清清楚楚，明明白白。"

霍普吞了一大口啤酒，心里默默祈祷歌手由于大面积心肌梗死而突然倒地，无法唱完他的歌。其实，要他闭嘴，只需声带拉伤就够了。

"你得去见见他，你知道吗？"她看着乔西说，"很快，父亲就会是你唯一的亲人了。你先迈出一步，这是最难的。后面的自然而然地就能解决。"

"你刚刚不是说了吗，只要我们还在这里，就不许想这种事情？"

"好吧。"霍普说，"等他唱完这首歌再说。如果他还要把副歌再唱一遍，你就会看见我扔啤酒杯时惊人的抛物线。今晚你有何安排？"

"去一家海鲜餐厅。如果你还是想吃海鲜的话。"

"为了不再听这个家伙唱歌，我宁愿活吞一整只螃蟹。"

他们穿过小村庄，步行回到旅馆。街道的尽头应该就是海滩。霍普恨不得现在是六月，"巴泰"还没有宣布它的回归，而日落马上就会降临。可是她转念一想，那样天空会变得一片绯红，沙滩会变得金光灿灿，跟明信片上的一模一样。她才不要这趟楠塔基特之旅落入俗套呢，一刻也不要。

"秋天万岁！"霍普庄严地高喊一句，马上又在乔西的脸上亲了一口，免得他担心。

"别担心，我的乔西，这只是你和我之间的小秘密。"

回到房间，她脱掉衣服，走进浴室，然后从帘子后面探出头来，告诉乔西她很难比现在更加赤裸了。也就是说，她给他三十秒的时间进来与她会合。如果脱牛仔裤花掉他太长时间的话，她允许他穿着袜子。

* * * *

晚上出门前，她暗想，既然是带她去吃岛上的爱情大餐，他至少应该穿件西装才是。她自己倒是带了一条漂亮的黑裙，她觉得自己穿这条裙子显高。不是说黑色会拉长身段嘛。在来之前，她把这条裙子塞进包里，以防万一 —— 当心爱的男人在工作日提议带你出去共度"周末"时，还是多做点准备为妙。于是，当她看见他只是套上牛仔裤和粗孔套头毛衣时，心里甚是失望。

乔西看着身穿黑裙的霍普，直夸她美丽动人。

"我知道。"她说，"如果你不认识我的话，根本就想不到我是病人。只可惜你认识我，我的乔西。"

"我们说好了的 ……"

"是的，我们说好了的，对不起。是啤酒的缘故，我一定是喝过头了。你也是，不然你不会穿得这么'优雅'。"

"我 ……"乔西面露狼狈之色，结结巴巴地说，"你也去换身舒适一点的衣服吧。"

"舒适"是她厌恶的一个词。她觉得这个词令人生厌到近乎卑鄙的程度。有天晚上，当和子对她说想找个男人一起过舒适的生活时，她立刻就想到要把卢克介绍给她。

"在我们的首次生存危机爆发之前，请跟我定义一下'舒适'。"

她可以把自己的坏脾气怪罪于"巴泰"。可她明明知道这不关"巴泰"的事。她想要乔西跟她一样，为优雅做出努力，哪怕只有一个晚上。

"就是那种你可以随意弄脏也不会心疼的衣服。"

"越说越好了。"她一边脱卜裙子一边说，"行，我在腰上捆条粗麻布就行了吧？如果你打算带我去各个酒吧喝一圈，那我就……"

"很可惜，之前我们去的那家酒吧是这个季节里唯一开门的一家。你可不可以至少相信我一次，不要问那么多问题？"

"什么叫作至少相信你一次？我跟你来到这个荒无人烟的岛上，你居然还说我不相信你？"

"这个岛上总共有六千居民，不是什么'荒无人烟'的岛。"

霍普心想，"巴泰"说不定还是参与到这场愚蠢的争执中来了。如果这个阴险狡诈的浑蛋以为它可以毁掉一个在工作日里临时起意的美好"周末"的话，那它应该趁早死了这条心。于是，她突然平静下来，把头探进包里，又想起她的牛仔裤和黑毛衣都在床脚边。她用脚趾把毛衣钩起来，扬到空中，抓住，穿上。然后又用脚趾去钩牛仔裤。

"那也没必要化妆了吧？"

"可以化妆啊。"乔西回答，"我觉得没什么不妥的。我在楼下等你，这样更好。"

几分钟后，霍普走下楼来。她挽住乔西的胳膊，拉着他往外走，好像刚刚两人的争执从没发生过。

"那么，我的乔西，你要带我去哪家豪华餐厅啊？"

乔西不回答，只是微微一笑。

现在是淡季，营业的餐厅本就不多，加之不是周末，开门的餐厅就更少了。乔西颇费了一番周折才找到一家餐厅。餐厅的就餐区与地面相比稍稍被抬高，里面的宾客寥寥无几，但全都穿着考究。当他们就这样穿着随意地闯入就餐区时，霍普心想，一定是海风吹起了乔西强烈的挑衅欲。

服务生向他们走来。当他看到乔西，便停住脚步，只是朝他点点头，然后转身进了厨房。

乔西耐心地等待着。霍普太了解他了，一眼就能看出他心里正高兴着呢，只是她不明白其中的原因。

十分钟后，服务生再次出现，手里提着一个小木箱，还有一个纸袋子。

"这是您要的东西，先生。"服务生说着，把小木箱递给乔西，"蔬菜卷在纸袋子里。如您吩咐，是全素的。我们自作主张地加了两块自制蛋糕，它们的味道相当不错。当然，蛋糕是赠送给您的。"

乔西礼貌地谢过服务生，然后告诉霍普，他们可以走了。

等到了街上，她才迫不及待地问出她早就想问的问题。

"木箱子里放的是什么？"

"放的是在美丽星光下的一顿浪漫晚餐所需要的东西。"

乔西不再多说，而是带着霍普穿过小巷，来到一座伸向海面的浮桥前。

"从那边看，景色会更美。"他指着浮桥尽头的平台说。

两人走到浮桥的尽头。乔西把小木箱放在霍普脚边，从兜里掏出一把折叠小刀，打开来，递给霍普。

"由你来拆。"他指着捆在小木箱上的细绳说。

霍普打开木箱盖 —— 里面是六只龙虾，个个都生龙活虎。

"我真是太爱你了！"说完，她狠狠地在乔西脸上亲了个够。

他们让龙虾重获自由。在把它们放回大海之前，霍普给每只龙虾都取了一个名字。

放生仪式结束后，乔西从纸袋子里掏出几张纸巾，当作台布铺在浮桥的木板上；又掏出两支蜡烛，点燃后放在"台布"上。他邀请霍普席地而坐，好让这场美丽星光下的浪漫晚餐正式开始。

蔬菜卷非常美味。半瓶加利福尼亚酒被喝个精光。巧克力蛋糕最后连渣都不剩。

霍普望向海面，最后一只龙虾就是从那儿吐着泡泡消失不见的。她深深地吸了一口夜晚的空气，然后拉起乔西的手。

"把我的骨灰扔进大海，我的乔西。我也想要一次重生的机会。"

说完，她依偎在乔西身上。北风把她的心愿吹向了海平面。

* * * *

当霍普睁开眼睛时，已经快到中午了。

乔西坐在床对面的椅子上。

"你一个人无聊地坐在这里干吗？"她伸了一个懒腰，问道。

"我不是一个人，也不无聊。我在看你。"

"一大早的？这样做也太不优雅了。"

"已经不早了。"

"也许吧，可对我来说还很早。昨晚真是太美妙了。我们以后还要过好多好多个这样的夜晚，你答应我？"

"我答应你。"

"我们之间可不能说谎哟，你记得吧？"

"不，我不会说谎。但我不晓得为什么非得是美妙的'夜晚'。如果你愿意把你那美妙的翘臀从床上移开的话，一个美妙的白天正等着我们。"

"我的乔西，我喜欢你被诗意冲昏头脑的样子。"

乔西为霍普准备的惊喜还不止这些。走出旅馆大门时，乔西要前台的姑娘把他之前存放在这里的小行李箱拿给他。姑娘在柜台后弯腰找了一会儿，然后把行李箱递给乔西。

"你打算抛下我离开？"霍普问。

"从你让我吻你的那一天起，我就一直在担心与此相反的事情。"乔西回答。

话一出口，他立刻就后悔自己说漏了嘴。霍普并没有在意。要不就是她以优雅的姿态忽略了这句话，没有把它与等待他们的命运画等号。

乔西请霍普上车，又帮她关好车门。

他们绕着海岛兜风，最后停在布兰特角灯塔前。

"它这么小，应该照不到太远的地方。"她说。

"不要被外表迷惑，历史上多的是个头小、光芒大的人物。我问你，你最喜欢的灯塔真的是这一座吗？"

"你是要把它送给我吗？如果能带一座真正的灯塔回家，那就太好了！"

"这是不是三座灯塔中你最爱的那一座？"

"是的。现在你可以告诉我，这个小行李箱里装的是什么了吧？"

"还不行。你跟我来。"

在布兰特角灯塔一百米开外，有三座长满木槿的小山丘。距离灯塔最远的那座山丘上，有一间用石头砌成的小屋，墙上还刷了一层石灰。好几个世纪以来，小屋勇敢地迎着浪涛和风雨。

乔西迈着坚定的步伐，朝那间小屋走去。

"我真不知道你在搞什么。"霍普叹了一口气。

"你坐在这里。"乔西指着一方柔软的草地对她说。

"行李箱里装的是什么？"霍普又问。

"是几件我们一起从跳蚤市场上淘回来的小玩意儿，还有一封我写给你的信。"

"有必要带到这里来给我吗？"

"那封信你现在还不能看。"

"你确定一切都好？"

"不好。但我们在尽最大的努力，不是吗？"

"你到底在隐瞒我什么？"

"我知道你很有可能会把我当成一个疯子。可我愿意相信，你正是因为我的疯狂才会爱上我。"

"当然还有别的原因，可你说得没错。"

"你给了我那么多的爱，是你的爱成全了我。如果要开一场人生顿悟大会的话，我会发言说，我被一个意想不到的女人拯救。我们曾经幸福过，就要对这份幸福负责。在中心，电脑让我明白了一个道理：二人世界里的方程式，是不能按加减来计算的。只有淡化'彼'或'此'的色彩，'彼此'的色彩才会更浓郁。你曾经说过，'巴泰'不会影响你的意识。你要我把你扔进大海，其实，从某种意义上说，我比你更早地跳入了海中。我就像一个学法术的巫师，并为此而感到自豪。"

"我的乔西，我完全听不懂你在说什么。"

"其实很简单。我们要征服时间，它是你痊愈的唯一限制因素。现在，分布在世界不同角落的实验室里，许多默默无闻的研究者正全力以赴，想要推翻'巴泰'及其同僚的统治。他们总有一天会成功的，就像他们成功地制服天花、小儿麻痹症和瘟疫那样。生死的问题，从来都只是一个时间问题。"

乔西向霍普透露了他正在进行的实验真相，详细介绍了新功能头盔和神经链接项目。他说，只需几个月的时间，就能把霍普的记忆全部转移到神经链接系统中去。这几个月的时间，他们还是有的。一旦她的意识被保存在中心的服务器里，再加上低温活体保存技术，霍普就有在未来重生的可能。

而在乔西看来，这个未来并不遥远。先进的科技能让霍普再次复苏，并将她的身体与意识合二为一。既然人的死亡是迟早的事，那人的重生没理由不是。

霍普设想了一下在氮气箱里做睡美人的场景，认为这种奇特的方式远比躺在坟墓中浪漫。

"那你呢，我的乔西？在这段时间里，你会继续生活、慢慢变老？"

"不。我会等你。"

"这个行李箱又有什么用呢？"

"我们一起把心爱的物件藏起来，等你以后来找。"

乔西从口袋里掏出小刀，跪在地上。当他撬开干硬的地皮，就把小刀放下，改用双手继续挖洞。洞要挖得足够深，才能藏住他们从周日跳蚤市场淘来的宝贝。然后，他把小箱子放入洞底。霍普也跑过来，帮乔西一起把洞重新填上。

他们干得十分卖力，像是要填满一个悲伤的深渊。四只翻飞的手，仿佛在演奏一曲四手联弹；为他们伴唱的，是轻柔的海浪。

乔西在矮墙边找到一块白色的大石头。他集中全身力气把石头搬到填好的洞口上方，然后再用小刀在石头上刻下他和霍普的名字。

"如果有一天我真的回来了，却找不到你，我该怎么办？"

"你一定会找到我的，我敢肯定。哪怕那不是我本人，我也会存在于那个人的眼神里、心灵里、青春里。你要用我给予你的全部力量去好好爱他。那时，就轮到你来赐予我永恒了。你要告诉他，我们是第一对疯狂到可以朝死神吐舌头的人，你要为我们的聪明才干开怀大笑。那将是你唯一一次，也是最后一次向他提起我。之后，你就要在心中给他腾一个位置。"

"你知道你都在说些什么吗，我的乔西？你所说的，就像是地平线倒转了一样。"

"也许吧。但请你相信我，它会比水平的角度更美。"

霍普答应考虑一下他的计划，尽管她对此根本不相信。乔西的眼神里写满了期盼。她知道，如果对乔西说他比她想象的还要疯狂，乔西并不会感到不悦。但如果破坏了他的尊严，他会受不了。

"我们回家吧。"她说，"我想和你一起待在家里，远离这个海边的坟墓。但愿我送给你的那个木头小飞机不在行李箱里。它让我花费了不少钱，而且我特别喜欢它。"

＊　　＊　　＊　　＊

他们在傍晚时分搭上返程轮渡。在轮渡的走廊上，他们发现圣马和圣河马出现在空中。圣马是霍普发现的，圣河马是乔西发现的。

"巴泰"早已在岸边等候霍普的归来。它等得非常有耐心，因为一到晚上，它就让霍普付出了沉重的代价。

半夜，霍普发出一声惨叫，从床上坐了起来。她用双手抱住头，乔西花了好大的力气，才把她的双臂扳回身体的两侧。他抓起手机，但霍普恳求他不要给医院打电话。她会制服"巴泰"的，几分钟就能搞定。

这场危机持续了一个钟头。当霍普不再呻吟时，她已经筋疲力尽，彻底瘫倒在乔西的臂弯中。

有时，生活是可憎的。但霍普觉得，死亡更是可憎。

当她恢复了一点气力，便起床坐在客厅里。乔西为她端来一杯水，陪在她身边。她把头靠在他的肩膀上，简单地提起他们在海滩上的对话，然后告诉他，她同意他的计划。

13

那天夜里剩下的时间，乔西一直守候在熟睡的霍普身边。清晨，他从床上爬起来，把衣物拿到客厅去穿，免得吵醒她。

已经有半小时了，他一直骑车穿梭在郊区的小路上，全速往市中心赶。在离开复式房之前，他发了一条短信给卢克，要他立刻去学校的咖啡馆等他。

当他赶到时，卢克正和桌上的两杯咖啡、两个巧克力面包一起等他。乔西向卢克解释了他的计划。

下课后，卢克立刻就去了中心，在服务器中开辟了一个新区，并为此取了一个代号："睡美人"。当然，他没有把这个代号告诉乔西。

乔西回到复式房，整个下午他都在为霍普制作头模。为了让头模尽可能精准，他想了一个主意，先是把霍普的脑袋用好几层锡纸包裹住，然后再按压锡纸，直到它与霍普的头颅完全吻合为止。霍普的头发被剃得很短，这倒是为他省了不少事。

霍普戴着这顶奇怪的"帽子"往镜子里瞧，忍不住嘲笑自己，也嘲笑乔西。乔西一丝不苟地继续忙碌着。他往头模里塞了许多旧报纸团，免得头模在运输过程中被压变形。然后他把头模放进纸箱，带着纸箱坐公交车赶往中心。

卢克扫描了头模。黎明将至时，第二顶神经链接头盔从3D打印机中问世，并接受了一场细胞培植液的洗礼。

＊　　＊　　＊　　＊

在接下来的日子里，卢克密切把控头盔内层生物感应器的互联过程，确保没有或仅有少量感应器进入肿瘤所在的区域。

乔西担心电流刺激会重新激发"巴泰"的活力。自从上次霍普剧烈头疼以后，它貌似收敛了一些。但他最担心的还不是这个。卢克建议他先去征求弗兰奇的意见，乔西最担心的就是弗兰奇禁止他实施这个计划。卢克说，就算不告诉弗兰奇，他也迟早会发现这个秘密，因为要存储霍普的全部记忆，不是一两场录制工作就能搞定的。弗兰奇极有可能不会再原谅他们对他的第二次欺瞒。

当乔西问卢克，到底是更担心霍普还是更担心自己的前程时，卢克决定装作没听见，就当乔西是累坏了。

＊　　＊　　＊　　＊

第二天上午，弗兰奇在办公桌上发现了一张字条。当天晚上，他们又召开了一场路边大会。弗兰奇点燃香烟，猛抽几口，沉思了一会儿，才开口说："你们告诉我的事情让人特别震惊。请相信，对于你们的遭遇，我感到非常难过。不过，恐怕你们的计划只会是一场空想。"

213

"或许吧。但人活着就需要空想，哪怕是对一个健康人来说都是如此。"乔西冷冰冰地回答。

"你说得没错，就像绝望会让人什么事都想得出来、以为什么事都可以做到一样。"

"要这么说的话，那绝望对科研者而言倒成了一件好事咯？"

"请你不要咄咄逼人。"

"咄咄逼人的不是我，是那颗长在我心爱女人脑子里的肿瘤。"

"你知道自己在企图完成什么吗？"

"是尝试着完成。"

"要知道，让一个自身患有不治之症的人，去帮助像你女朋友这种处境的人，这是需要极大的胸怀和包容的。"

"您生病了吗？"卢克问。

"没有。我只是在老去而已。但你们以后就会明白，人上了一定年纪，就分不清衰老和患绝症之间的区别了。"

"我恳求您允许我们去实施这项计划，教授。"乔西说道。

"不，请你别来这一套！科学界是容不下恳求的。你们先闭嘴，让我想想。"

弗兰奇踩灭了烟头，又点燃另一支香烟。

"行吧。毕竟这是她自己的选择……当然，我指的是低温活体保存。至于其他的，反正我对你们一天到晚在实验室里搞的鬼全然不知，那就让我一直蒙在鼓里吧。对于我不知情的东西，我又怎么能反对呢？"

"那您这是同意了？"乔西的眼中闪烁出希望的光芒。

"我给你们提一条宝贵的建议：别在你们已经知道答案的问题上浪费时间。你们的时间已经不多了。"

弗兰奇转向卢克，好像比起乔西来，他倒是突然更关心和在乎卢克。

"至于电波会不会对肿瘤产生影响，这我倒是从没听脑造影专家提过。明天我会私下问一个神经学家，他是我特别好的朋友。我觉得这件事最好还是不要跟伯杰说。"弗兰奇继续说道，"现在，我请你们以后尽量不要再搞这种田间大会了。不是我不喜欢跟你们在一起，而是再这样下去，我会重新染上抽烟的恶习。"

他把烟头扔得远远的，叫两人上车。

* * * *

每天一次的录制工作开始了。

等最后一位同事也离开中心，乔西就开着卢克的汽车，冲回复式房去接霍普。

到了实验室，她就坐在一张从休息室偷来的躺椅上。卢克为她佩戴好头盔，录制工作整夜进行。霍普经常会在录制过程中睡着。卢克记录下她的梦境，心想，以后等乔西再次坐到这张躺椅上来时，他也要给乔西录制梦境。不过，他衷心希望那会是很久很久以后的事……

* * * *

月底，虽然乔西提出建议，可霍普拒绝去做监测扫描。电流令她感到很舒服，她甚至觉得电流可以消除她的偏头痛。卢克无奈地看着肿瘤以不可逆转的方式扩大，势力范围越来越广。霍普大脑的某些区域就像夜里停了电的城市街区，一个接一个熄灭，在屏幕上组成黑暗的一片。他把这个可怕的发现埋在心底，没有跟乔西透露。

＊　　＊　　＊　　＊

有些白天，霍普全身乏力，动弹不得。有些夜晚，她会觉得天旋地转，失去平衡。复式房像是一艘在风雨大作的海面上颠簸起伏的小船，她只能抓住离她最近的家具，跪在地上等待风暴结束，幻想着会有一艘救生艇前来营救她。

＊　　＊　　＊　　＊

有两个星期，她感觉稍微舒适一些，正好又碰上那年迟来的"秋老虎"。霍普恢复了整理家务的兴致，胃口也回来了一些。一段日子以来，她瘦了很多。照镜子的时候，她决定立刻采取补救措施。

她在周日跳蚤市场买了三本菜谱。人要改正缺点，任何时候都为时不晚，包括这个她认为是遗传造成的缺点。因为在她的记忆中，母亲从来就没下过厨房。

她给乔西做的头几顿饭简直糟糕透了。接下来的几顿还能入口。到最后，终于有一天晚上，乔西吃完了还要继续吃。

可是霍普偏不给他。听了他那么多关于她厨艺的评论后，她坚持要把最后一份留给卢克。

＊　＊　＊　＊

接下来的那个周末，天气正好。霍普邀请卢克、和子一起去野餐，因此整个上午都在为野餐做准备。她的菜单包括橄榄蛋糕、蔬菜钵、火腿馅饼、五色沙拉和木瓜蛋挞。为了大显身手，她特意给自己买了一本当季最新出版的朱莉·安德里厄的菜谱集。事实证明，这几道菜肴的受欢迎程度大大超过她的预期。

午间休息的时候，卢克突然问了一个令大家哑口无言的问题："霍普，等你被活体冷冻后，还是要来一场宗教告别仪式吧？"

和子朝卢克的脚踝狠狠地踢了一脚。如果乔西脸上长的是手枪而不是眼睛，卢克早就中弹身亡了。霍普看看这个，又看看那个，爆发出一阵笑声。

"如果要给'温情'换个说法的话，完全可以用你的名字替代。"她对卢克说，"你问的确实是一个很好的问题，我之前从没有想过。"

"请你原谅我的粗鲁，但我知道乔西绝对无法对这种事情做出决定。这样一来，做此决定的就会是你的父亲。"

"你说得有道理。"霍普承认，"绝不能让我父亲来做这个决定，更何况还有阿梅莉亚在他耳边吹风。要不我们一起去观摩几场葬礼吧？自从我母亲的葬礼后，我就一直在回避教堂，都不知道现在的葬礼到底是什么样——我指的是在现实生活中，不是在电影里。”

“我真觉得这样做挺没劲的。”乔西反对。

“死亡本身就是件没劲的事。要不，去看一场洗礼？”霍普建议。

“也不行。参加洗礼是需要有邀请函的。”

“不一定，只要我们去跟神父解释一下我的情况就行。我正好在洗礼上向他倾诉精神上的苦闷；要是他洗礼办得好的话，未来又多了我这个顾客。双赢！”

“我觉得神父没你这么不知天高地厚。”

“那就去参加一场弥撒！弥撒不要邀请函。我保证不会打扰神父，这样也省得他啰唆。别愁眉苦脸的，乔西，我讨厌你丢了幽默感时的样子。怎么样，就这么说定了？下周日，我们几个就一起去参加弥撒！做完弥撒，再去好好吃顿比萨。”

乔西虽然同意了，却没有忘记狠狠瞪上卢克一眼。对此，卢克只是耸耸肩，一脸无辜。

* * * *

当晚，霍普感觉恶心，不能靠近厨房半步。野餐回来后，她就一直觉得房屋在飘摇，暴风雨好像永远都不会停止。

她打开窗户，在窗边的椅子上坐下，强迫自己放缓呼吸，努力战胜越来越汹涌的波涛。

乔西倒在沙发上睡着了，霍普无论如何都不想吵醒他。她紧握住取暖器，以一名老练水手的姿态来应对可怕的大海。

一小时过去了，"巴泰"终于放弃了对她的严刑拷打。霍普重新打起精神，脸上恢复了一点血色。她用力站起身来，走到乔西身边，依偎着他。他睁开眼睛，朝她微笑。

"你看上去像一个……"

"一个刚刚在坏天气里渡海而来的人。"

"又是八级台风？"

"六级。不过已经很厉害了。"

出于骄傲，她故意把"巴泰"的攻击力说得小一点。其实她明明知道，刚才的风暴如果不是九级的话，也绝对是一个大大的八级。

乔西起身去给霍普冲药茶。药茶是针灸师开给她的。她对药茶所谓的功效其实不抱任何幻想，但因为里面有老姜的成分，可以提神，霍普觉得喝一点有利于减轻她的眩晕感。

乔西把泡好的茶放在茶几上。

"卢克今天下午可真是太不温情了。我没想到他……"

"你知道，等死本来就没有什么温情可言。这就像一场残酷的失眠。你站在客厅中央，心烦意乱，不知道自己待在那儿干吗。有时，尿液会不受控制地顺着你的腿往下流，因为恐惧震慑了你。等死的人，是一个失去一切的孤儿。因为算来算去，你都知道，最后你只能一个人孤独地死去。否则，那将是可怕的自私，不是吗？每个人都以自己的方式在抗争。卢克有时笨手笨脚的，但他已经尽力了。"

"你为什么老是护着他？"

"因为一想到你的未来，只有这份友谊最令我安心。"

*   *   *   *

第二天，录制继续。

这一周还算过得去。周二，有一场短暂的四级风暴。周五，她左眼的视力范围缩小。这令霍普深感不安，好在几小时后视力又有所恢复。霍普不知道接下来"巴泰"又会玩什么花招，因为它有的是折腾她的办法。

萨姆每隔一天给她打一次电话，但是他们的对话只限于普通聊天。每当父亲开始聊旧金山的天气以及头天晚上阿梅莉亚给他做了什么菜之类的，霍普就会找个含糊的借口，告诉他她不得不挂断电话了。萨姆这才会长叹一口气，问她最近怎么样。她总说自己现在正处于最佳状态，请他不要担心。

*   *   *   *

一天上午，乔西正在上课，突然收到霍普发来的一条短信。

"来接我。我在阿尔贝托这里。快一点。"

阿尔贝托是一家杂货铺的老板，霍普常去他店里买东西。自从她开始下厨以来，她已经从杂货铺的"有礼貌的顾客"升级为"非常有礼貌的五星级顾客"。

霍普不会在阿尔贝托的店里买太多的食物，因为她总是会反复经历"海上风暴"。可自从某位法国大厨的著作成为她的宝典后，她就有了来到他的店中求购他闻所未闻的香料的能力。阿尔贝托了解霍普的身体状况（有一天，霍普在整理购物篮时，头上的鸭舌帽掉了下来），因此以满足她的一切要求为荣，哪怕有时这会让他在网上花费好几个钟头的工夫。

乔西先是感觉到手机在兜里振动。读完霍普的短信，他连忙起身，推搡着同排的同学，挤到卢克跟前，问他借了汽车钥匙，然后冲出阶梯教室。

他以飞快的速度穿过城市，把科迈罗往路边随便一停，就冲进杂货铺里。

阿尔贝托的妹妹正在招呼一位女顾客，只是偷偷朝他做了个手势，示意他去店铺后面的库房。

霍普坐在椅子上，右腿硬挺着，像一根铁棍。店老板阿尔贝托守在她的身边，神情沮丧。

"是你吗，乔西？"霍普抽泣着问。

他立刻就明白了是怎么一回事。

"很抱歉。我正在选芦笋，然后转过身来找阿尔贝托砍价，然后……然后我没有看见他，直到我完全转过头来，我的左眼瞎了。我在这儿待了半个钟头，像个傻子一样……"话还没说完，霍普已经号啕大哭起来。

乔西跪在地上，把她抱进怀里。

"不要着急，我带你去……"

"我不去医院。"霍普恳求道。

"我本来想马上叫救护车的，"阿尔贝托说，"可小姐她不许我这么做。我只好把她带到库房来。她给我口述了一条短信，我输好字发给你。"

乔西谢过店老板，扶霍普站起来，搀着她朝汽车走去。他们穿过店铺，走在前面的阿尔贝托顺道抓起霍普的购物篮和一把芦笋，篮子里装着她本来要买的东西。

乔西扶霍普坐到副驾驶座上，不知道该拿阿尔贝托递过来的购物篮怎么办才好。

"没事，一切都会好起来的。"阿尔贝托冲他笑笑，带着一丝苦涩，"你先拿着，不要担心，我把这些记在她的账上。当然，我会给友情价的。"

乔西再次谢过他，把东西放到后座上，然后自己坐回驾驶座。

"不要带我去医院，乔西，我求你了。"

"真没想到你还会砍价。"说着，他发动了汽车。

"你以为！这家店是全街区最贵的！"

*　　*　　*　　*

卢克接到了乔西的电话。弗兰奇接到了卢克的电话。伯杰教授又接到了弗兰奇的电话。

乔西刚把霍普送到急诊科，霍普就被接管了。她重新做了一次扫描。在整个扫描过程中，乔西一直陪伴在她身边，两手握着她的双脚。然后，伯杰医生特意在其他问诊的病人中穿插了一个空当，在办公室里接待了他们。

"肿瘤挤压到了你大脑皮质的一部分视觉中枢。"他说。

他拿起一张纸，开始画一幅大脑草图。当医生有非常重要的信息要跟你沟通时，他往往会借助一支钢笔。他们也许觉得病人无法理解字面意思，所以必须要画幅图才行。而且，肿瘤画得好的话，看起来就没有实际那么可憎。这个方法同样适用于其他疾病。

"视神经彼此交叉，"他指着纸上的草图说（伯杰教授画的视神经交叉就像一个大大的×，让人恨不得在上面挂两片肉，当烧烤叉用），"这样一来，视神经所传递的一半信息就受到了损害。你的左眼并没有问题，但是……"

"但是我的大脑皮质坏了。"

"只是一部分。"

"还有多长时间？"霍普问。

"没有任何证据显示你的失明程度会继续加深。视神经压迫可能只是短暂的，你的视力还有恢复的可能。"

"我问的是我还能活多长时间。"霍普用平静得令乔西心疼的声音问道。

"我不知道。"伯杰盯着他漂亮的草图，轻声说。

"我得告诉您，为什么我没有咨询别的专家就让您给我做手术。因为我觉得您不属于那种爱献殷勤的医生，不会费劲去说谎，或者来一些没用的礼貌。所以，如果您回答我说'我不知道'，那就表示您其实特别担心。"

伯杰和乔西交换了一个眼神，明白自己必须一直实话实说。

"肿瘤扩大了很多。"

"那好消息是？"霍普故作幽默地问。

"好消息？"伯杰不解。

"这只是我向您表示感谢的方式，因为您直言不讳地把坏消息告诉了我。放轻松，您不必为我杜撰出一个好消息来。"

"这…… 好消息是，"他顿了顿，又说，"癌细胞还没有转移到其他器官去。"

"太棒了！看样子它在我脑子里过得很好。它一定觉得待在那里很舒服。"

"也许吧。"伯杰回答。

"'巴泰'过多久才会要我的命？"

"'巴泰'？"

"这是我们给肿瘤取的名字。"乔西在一旁解释。

伯杰点点头，好像明白了他们的用意。

"如果我们试着再做一次化疗…… 还有几个月吧，也许。"

"那如果不做化疗呢，也许……？"

"几周。说实话，对此我们没有太大把握。每个病例…… 应该说每个人的情况都不相同。也不能完全放弃希望。"

"真的吗？"霍普惊讶地问，语气有点夸张。

"不，不完全是真的。"伯杰摆弄着手中的钢笔说。

他看上去已经没有别的示意图要画了。于是霍普谢过他，站起身来。她朝门口走去，差点撞到椅子上。

"别扶我。我得习惯才行。"她对想要扶她一把的乔西说，"这也只是一个时间问题，我也许还有翻身的机会呢。"

＊　　＊　　＊　　＊

晚上，霍普在厨房忙着做干酪芦笋，好像一切都跟往常一样。尽管她得不停地扭头才能看到要找的东西。

乔西摆好了碗筷。当霍普把菜放到桌子正中央时，她对乔西说要他明天带她去一趟人体冷冻公司。是时候为未来做准备了。

＊　　＊　　＊　　＊

人体冷冻公司的副总经理在一个跟他本人一样故作声势的会议室里接待了他们。会议室配有长长的抛光木桌、厚重的皮椅、大理石地板，墙上挂满了珍贵的学术文章拓印本、文凭和证书。他首先表示了遗憾，但很快就开始吹嘘，对于那些与霍普有同样遭遇的人，他的公司能够通过人体冷冻技术为他们提供如此这般的希望。然后，他向他们解释了申请保存的过程。

当那一刻来临时 —— 这时，霍普打断了副总经理的话，要他直言不讳地讲 —— 当霍普的最后时刻来临时，要立刻跟他们联系。他们的团队会尽快赶往霍普的所在地。

一旦医生签署了死亡证明，人体冷冻公司的人就会给她装上心脏起搏器，恢复她的血液循环，为大脑供氧。她的身体将被放置在一张冰垫上，运往冷冻公司。

接下来是第二阶段。他们会向霍普的血管内注入抗凝剂和玻

225

璃化冷冻溶剂，以维持细胞的完整性。第二阶段完成后，霍普将被放入冷冻柜，她的体温将维持在 -196℃。

"接下来就只剩乐观地等待了。"霍普生硬地说，"你说的有一点我没听明白：如何让一个死了的人复活呢？就算有一天冷冻技术行得通，我说的是'就算'，那也应该是在我死之前就把我冻上，而不是等我死了之后啊！"

"这个嘛，小姐，法律已经明确禁止我们冷冻活人。"副总经理愤愤地说。

为了让她放心，他解释说，多次实验已经证明，老鼠的大脑皮质神经元在老鼠死后的好几小时内依然能完好存活。有充分的理由相信，大脑中储存意识的部位能在死后短时间内保持回弹性。

"那如果理由不充分呢？"霍普问。

副总经理用半认真半戏谑的口吻反诘："难道我们有的选吗？"

然后，他告诉他们整个操作的价格是五万美元。乔西和霍普掏不出这笔钱来。

尽管如此，霍普还是坚持要参观一下他们的设备。不管怎么说，就算是买棺材，殡仪馆的人也会带你去看看棺材展厅啊。

副总经理把他们带到操作间。透过玻璃窗，可以看见百十来个储藏间，个个都连着输液氮的管子。每个储藏间里，都躺着一个被冷冻的人，有男有女。

全国有两千多个人就这样睡着，等待在未来的某一天重

生 —— 副总经理骄傲地说。

*　*　*　*

走出冷冻公司，霍普建议和乔西一起去吃个冰激凌，为了应景。霍普就是这样，不会放过任何一次恶搞的机会。

乔西忍不住笑了。

"我可以给你父亲打电话，请他先预支那笔费用吗？"他把车停在夏日冰激凌店的橱窗边问霍普。

"如果我们中间必须有人这么做的话，那也应该是我。"霍普钻出汽车。

他们要了两盒酸奶冰激凌。

"父亲会以为我的大限已到，一定会坐最早的一趟航班赶过来。当初弗兰奇招我进中心的时候，曾提议给我发工资，可我没要。现在我改变主意了。在这种问题上我还是可以反悔的，不是吗？"

"我们需要的是五万美元，霍普。这远比支付一个学生的学费要昂贵得多！"

"那你就应该去找他借这笔钱。中心一定有办法。我甚至可以向弗兰奇提议，让中心来做我的冻体监护人。神经链接系统已经储存了我的大脑内容，如果做事只做一半的话，不符合科学家的行为准则。再说了，对成功率渺茫的科研项目来说，弗兰奇手下没多少冰冻的学生可供利用。"

乔西答应当晚就去找弗兰奇谈。

"我还有一个心愿，"霍普又说，"我知道你会反对，但这件事情对我来说很重要。刚刚那位穿白大褂的食人魔，我对他说的话是认真的。"

"什么话？"

"我说，不能指望把死人变活。"

"他不是说了嘛，在你死后，你的意识还会继续存活好几小时……"

"别听他胡说。这种事情谁都说不准，他也不例外。我搞分子研究这么久了，对我的这一点信任你应该还是有的吧？"

"可是，霍普，我们总不能把你活生生地冷冻了呀！"

"有时，死亡只不过是一个表象……一个几分钟的问题。"

"没有医生开具的死亡证明，法律是禁止启动人体冷冻程序的。"

"我知道一些可以蒙混过关的药品。给我打一针维拉帕米和地尔硫的合剂，我的动脉就会被扩大，心跳会放缓到不可觉察的程度。再说，我都病成这样了，死了很正常，医生不会细查的。"

"别叫我做这种事情，霍普，我办不到。"

"我本来就打算找卢克帮忙，但还是要提前告诉你一声。等我觉得自己的时辰差不多了，你就给冷冻公司打电话。在他们的队伍赶到之前，卢克就给我注射合剂。这是唯一可行的办法，尽管我们都知道，这个唯一的可能性也很渺茫。"

*　　*　　*　　*

弗兰奇断然拒绝了乔西的请求。他提醒乔西，自己先前就说过，不想介入他们的计划。这是句彻头彻尾的谎言，因为弗兰奇一直在暗中关注他们的举动和实验进展。对于霍普的遭遇，他有发自内心的遗憾，但中心不会负责学生身体保存所产生的费用，更不会以任何方式干预学生的生活。

乔西回答，朗悦中心拿学生毕业后好几年都还不清的贷款来奴役他们，早就大大地干涉了他们的生活。可弗兰奇不为所动。对于他们的计划，他可以睁一只眼闭一只眼，但他也只能做到这个份上了。他用自己的钱开了一张五千美元的支票，作为对霍普几个月以来的劳动报酬。

*　　*　　*　　*

周末，四个好友相聚在复式房。大家掏空了自己的口袋，才凑齐五千美元，还差四万美元。

喝完一杯茶，和子突然有了主意，提议在网上搞一个众筹。有一些众筹网，专门用来向网民发起个人项目，希望善良人士能慷慨解囊。一些年轻的从艺者就是这样获得了出唱片、拍戏、游学、出书的资金来源。和子认为，既然可以在网上发布开创生活的计划，那为什么不能发布结束生活的计划呢？

卢克忍不住问霍普，她打算在什么时候重新苏醒过来。这并不是一个无意义的问题，可卢克还是被和子踢了一脚。为了提出异议，卢克又说，在复苏方面，他认为神经链接系统比冷冻中心要靠谱得多，而且还不要钱。和子又踢了他一脚。直到乔西说多一个选项总是好的，卢克才闭嘴。

和子和霍普开始撰写众筹公告。霍普用了很多幽默的语句，还自拍了一张免冠照片，这才把公告放到了众筹网上。

然后，尽管乔西直到最后一秒都在劝她改变主意，霍普还是叫大家去圣心教堂参加弥撒。

乔西、卢克、和子三个人你推我搡，争先恐后地抢夺最后一排的座位。霍普知道，他们是想逮着机会就开溜。她自己坐到了塞巴斯蒂安教友所在的讲坛对面。因为神父感冒了，所以由塞巴斯蒂安代替他主持弥撒。

当塞巴斯蒂安正儿八经地宣布神父耶稣被一场重感冒钉在了床上时，霍普硬是吸住双颊才没笑出声来。

大家先是一起唱歌、祷告。然后，塞巴斯蒂安教友提醒各位信徒，要他们承担各自的责任和义务 ——"以天父、耶稣和圣灵的名义"，他说。接着，他又跟大家谈起耶稣的复活，以及他们所要忏悔的罪恶。

当塞巴斯蒂安深吸一口气 —— 他的肺部需要很多氧气，才能去责难台下这么多人 —— 霍普举起手来。

塞巴斯蒂安很诧异，还是第一次有信徒敢在弥撒过程中提问。

"你想说什么，我的教友？"塞巴斯蒂安怜悯地看着她。

"我的教友，请原谅我打断你的话。"霍普回答，"如果你真的能和天上的神父交流，可不可以建议他下来一趟，把他留给我们的烂摊子处理一下？他这个担子一撂就是两千年，工作还没做完就退了休。这堆烂摊子里有战争、有饥荒、有天灾、有人祸 —— 相信我，在他的信徒中，暴徒还真不少。你可以在这里批评我们，数落我们的罪恶，但也要摸着良心把话讲清楚。上帝仁慈吗？公正吗？如果他够仁慈、够公正的话，又怎么会有一半的信徒打着他的旗号互相残杀？你能不能再问问天上的神父，为什么会有孩子和我这个年龄的女人得脑瘤？也许你可以很轻巧地说：上帝自有他的理由，我们不理解也没关系。可我要说：有关系！关系大着呢！"霍普越说越激动，"有什么理由可以让我们还没开始好好生活就得死去？你的神灵们在天上醉生梦死，他们喝的可是我们的血！所以，请代我转告天上那位神父，什么时候他信我了，我才信他！阿门！"

霍普丢下目瞪口呆的塞巴斯蒂安和同样目瞪口呆的信徒们，离开座位，昂首阔步地走出教堂。只听见教堂后方传来一个细微的鼓掌声，那是和子在卢克诧异的目光中鼓的掌。

"你刚才真是太威风了！"乔西为霍普打开科迈罗的车门，兴奋地说。

"我刚刚特别傻，但特别解气。好了，我们去吃比萨吧，'巴泰'需要碳水化合物了。"

14

一天又一天，霍普每晚都会来中心。卢克和乔西发现，她的状态每况愈下。她没有哪一天不会经历头疼、眩晕，她的视力范围也在明显缩减。

十一月初，霍普被病痛折磨得不堪忍受，只好接受了伯杰医生开的药。同月，她两次住院，虽然待的时间不长，可每次出院时她都筋疲力尽。

在等待去中心的时候，她大部分时间都在昏睡。

乔西也不去上课了，就一直陪在霍普身边。他总是横躺在床上，握着霍普的手。

当她感觉好些时，就会挪到客厅，坐在窗边，打开乔西的电脑，看看众筹的进展情况。还差三万美元。考虑到她所剩下的时间，霍普觉得活体冷冻恐怕是做不成了。

她决定，干脆关闭自己的众筹网页。但在此之前，她请乔西在网上发最后一篇帖子，由她口述，乔西打字。

亲爱的陌生朋友们：

谢谢你们发来的鼓励，这些只言片语照亮了我的生活。

你们的慷慨令我非常感动。你们是如此善良，我真的很想和你们每个人见见面。我想，如果不是我行将死去，也许我永远都没有机会知道你们的存在。这再次证明，生活中总有美好的事物等着我们去发现，哪怕是在生活最丑陋的时刻。

几个星期以来，我习惯了在网上跟你们聊聊"巴泰"。可是，很快我就不能再这么做了。最近几天，"巴泰"不允许我支配自己的左手和左腿。

我成了一个只剩下右半身的人。乔西说，我从来都是右侧轮廓比左边的好看。他真是糊涂了。可他还在好心地帮我打字，所以我不能责怪他。

我们还没有达到设定的目标，但就像我的主治医生所说的——"人总是可以心怀希望"，尽管这只是癌症主治医生的一个弥天大谎。我完全可以说一大堆陈词滥调，比如向你们强调要好好把握生命中的每一天，但我不会这么做。唯一的真理是，只要你还葆有赞美和感动的能力，你就会有活着的感觉。我自己嘛，每当我用右眼看着乔西时，都会有这种感觉。以前，我的赞美和感动要靠两只眼睛才能完成，但我向你们保证，其实一只眼睛就足够。

昨天，我和乔西重新翻看我们相识以来所拍的照片。我们是按由近及远的时间顺序看的。一张又一张的照片，把我们带回到那段无忧无虑的时光，一切又重新变得美好起来。面对艰难困苦，人总有权利选择自己的态度。在偏激、愤怒和屈从之间，我们选择了幽默。

虽然我只能在字里行间认识你们，但我会把你们一直放在心里，不管我明天是化作灰烬还是冻成冰块。

你们都是了不起的人。有你们做我的网友，是我的幸运。

祝你们拥有美好的生活。

你们永远的霍普

*   *   *   *

第二天，乔西忍不住看了一下电脑，这已经成为他起床后的习惯。他很快就把霍普叫醒。霍普简直不敢相信自己的右眼——一份匿名捐款为她补足了冷冻中心所要的全部价款。

一开始，他们以为这是一场误会，是某个捐赠者把捐款金额输错了，这笔钱迟早会被对方索回。乔西甚至还打电话给基金中转公司，花了好几小时才联系上某位负责人。可负责人告诉他，确实是有一位异常慷慨的善人，为霍普买下了通往永恒的护照。

乔西买了一辆轮椅，每天都推着霍普去小区透风。当他们经过阿尔贝托的小店时，店老板会从橱窗后面向他们挥手致意。

某个星期天，他们一直散步到跳蚤市场。霍普淘到一枚小戒指，要乔西买来送给她。

当天晚上，他们以最低调的方式临时举办了一场婚礼。卢克与和子完美地演绎了证婚人的角色。卢克还充当了主婚人，让新人宣读誓词。

不过，他们把誓词中"直到死亡把你我分开"这一句省略了。霍普说，考虑到她将要被冷冻起来，这句话会给乔西带来无限期的婚姻责任。

在一个代表他们正式结合的长吻之后，霍普在沙发上躺了下来。她的朋友们就在她身边享用婚宴餐品。

*　　*　　*　　*

十二月初，冬天的第一场雪下得纷纷扬扬。霍普在一场录制过程中叫停 —— 她几乎喘不过气来。

乔西带她回家。卢克目送霍普离开，明白这是她最后一次坐在神经链接系统的椅子上了。等她走了，卢克把头盔收进柜子里，关了终端机，心中确信系统已经记录下霍普大脑中的大部分内容。据他推测，至少有80%。

*　　*　　*　　*

霍普的身体以越来越快的速度衰退，每天的散步对她来说已经是不可能的了。

她逼着乔西出门去透透气，换换心情。她无法继续忍受他一直守在她身边，看着她睡觉。

一天晚上，她感觉稍微好些，就起身去客厅找正在独自吃饭的乔西。她扶着家具往前挪，拖着那只废掉的左腿，好像拖着一只拒绝前进的小狗。乔西站起身来，想搀她一把，她却示意他坐着别动。

她在他对面坐下，用几乎是愤怒的目光看着他。

"我又做了什么错事？"乔西扬起一边眉毛问。

"不是错事。是不健康的事。"

"如果你说的是这盘意大利面，"他低头看了看盘子，"我承认奶酪确实是放得比面条还多。不过我还年轻，不用担心胆固醇的问题。"

"我说的是你这副样子、你这种生活、你这些除了照顾我之外什么都不做的日子。这样太不健康了，对你我都不好。你这是在为'巴泰'奉上双份的胜利，我绝对不允许你送给它这样一份豪礼。你不能被它打败，听到了吗？如果你说你做不到，我也能理解，你卷铺盖走人就是。"

"别提'巴泰'，这是你我之间的事。我有权支配自己的行动，而我现在只想做一件事，那就是珍惜在你身边的时间，连一分一秒都不想错过。我要让自己完全被你的气息包围，我要感受你的体温、你的目光、你的心跳。所以，在这个世界上我哪儿都不想去，只想待在这张乱糟糟的床上。"

"我不能让你这么做，我的乔西。伤你心的人是那个'超级聪明的'布伦达。而我，只想用爱包围你。我要给你满满的爱，让爱成为你一生中最擅长的事情。你知道吗，人的情绪最后都能归结为两种：恐惧和爱。我走了以后，当你感到恐惧时，唯一的办法就是尽全力去爱，在你有生之年的每一天都不放弃。我要你答应我这一点，因为这是我唯一确信的永恒。当你和替代我的那个她吵架时，你就会想到这一点，想到我正在看着你。如果你不立刻向她妥协的话，我就会降下倾盆大雨，把你浇成落汤鸡。你小心，我会有这个能力的。现在，扶我去窗边，我要你对着圣鳄鱼向我发誓。"

乔西扶她走到窗边。他透过大大的玻璃窗，望向天空。

"我觉得那应该是圣蟒蛇。"

"你真是瞎了眼了，我的乔西。蛇什么时候长爪子了？"

一缕细云掠过月亮的脸。

"明天，"她说，"你得给阿梅莉亚打个电话。我想见我的父亲。"

*   *   *   *

萨姆搭乘红眼航班，从美国的西海岸赶到东海岸。当他按下复式房的门铃时，霍普请乔西先出去走走，让她和父亲单独待一会儿，但不能离开太久。

乔西迈着机械的步伐来到杂货铺。阿尔贝托请他到库房里坐坐，还给他端来一杯咖啡。

过了一会儿，他沿着街区的小道往回走，却在一家店铺的橱窗前停下脚步。他的目光投向橱窗里的一件天蓝色毛衣。他仿佛能看见霍普穿着这件毛衣，对着镜子照来照去，表情夸张地问他毛衣会不会太贵。

原来，幸福真的就藏在一些再微小不过的琐事里。

*   *   *   *

萨姆在复式房楼下等他。他的的士就停在路边。

两个男人对视了一眼。

"如果是为了灌唱片而去讨钱，还勉强说得过去；可为了你们两个脑子里想的那些糊涂事去讨钱，就真的太过分了。我恨不得揍你一顿，可霍普不许我这么做。你明知道那是一场巨大的骗局。冷冻中心所吹嘘的距离科学事实不止几个光年！你剥夺了我去孩子坟前默哀的权利，毁掉了我为她办后事的希望 —— 如果这也称得上是一份希望的话。人总是要死的，而她却要一直躺在一个箱子里。这种反自然的事情，在以后的每一天都会是对我的折磨！就算未来她能复苏，那回来的会是她的哪一部分？还有谁在守候着她？这些问题你想过吗？你的自私，给我这个做父亲的带来这么多无解的问题。这有多残忍，你知道吗？"萨姆叹了一口气，又说，"没办法，谁让她自己愿意呢！我只能尊重她的选择。这就是生活。你辛辛苦苦把孩子带大，给他们全部的爱，心里却明白，总有一天他们会离开你，而你只能放手，为他们所做出的与你不同的选择叫好。你只能接受这个既甜蜜又苦涩的事实 —— 你终于把孩子培养成独立自主的成人。还有，我不得不老实承认，在我的一生中，我一直都以为成熟的标志就是知道自己要什么、信什么。可现在，我什么都不要、什么都不信了。"

萨姆不再说话。他有点扭捏，最后还是把乔西紧紧地拥在怀中。

"谢谢你给了她我所不能给予的一切。我们有一个非常珍贵的共同点，那就是我们对霍普的爱。一份无休止的爱，不是吗？"

萨姆转身离开，没有说再见。

"您不留下来吗？"

"不，她不允许我这么做。她只想和你在一起。也许这样更好。

等一切都结束了，我再过来。"

霍普的父亲钻进的士。乔西最后一次叫住他。

"萨姆，那份捐款，是您吗？"

"不，是阿梅莉亚。"萨姆转过头来说。

汽车转眼便消失在街角。

*　　*　　*　　*

乔西朝楼上走。卢克已经到了，正坐在椅子上等他。

霍普躺在床上。她几乎无法呼吸，每次换气，肺部都会嘶嘶作响。

乔西在她身边坐下，握住她的手，抚摸她的手指。然后，他重新站起来，走到窗边。

他的目光在街区建筑物的红砖墙上游离。他和霍普搬来这里已经有一年了。一道红蓝相间的灯光出现在街角，闪烁着穿过无人的街道，照亮了整个房间。救护车在楼门口停了下来。

"别看了，乔西，没必要。"霍普用几乎轻不可闻的声音说，"你我之间，什么都不必说。"

乔西走到床边，弯下身来，亲吻霍普。

她苍白的嘴唇微张着。

"认识你是我一生中最大的幸运，我的乔西。"她微笑着对他说。

这是她最后的话。

*　　*　　*　　*

第二天晚上，卢克米找乔西。

他发现乔西正坐在窗边那把曾经属于霍普的椅子上。

玻璃窗外，是樱桃树光秃秃的枝丫。

西蒙和加芬克尔的歌声弥漫开来，一点一点啃噬着房间里的寂寞。

有时，当心爱的人已经离去，你却依然能强烈感受到她的存在⋯⋯

梅 洛 迪

15

观众们如潮水般涌入交响乐馆。入夜后就开始飘洒的那场雨丝毫没有影响他们的兴致。演奏厅里座无虚席。

他们来自新英格兰地区的不同角落：新罕布什尔州、缅因州、马里兰州、罗得岛州、康涅狄格州。

离交响乐馆不远的地方，有人以天价从黄牛党手中求购门票。

已经一小时了，仍然不断有的士开来，停在交响乐馆门口，的士放下乘客，又在轻微的轰鸣声中离去。

观众们一个比一个优雅、光鲜、性感。上流社会的女人穿着艾里斯·范·荷本或诺亚·拉维夫最新款的3D打印时装；网络传媒巨头公司的主持人约翰·特温，正追着从大厅经过的市长及其夫人做采访。

在远离喧嚣的地方，当造型师帮她把长发盘成发髻时，梅丽·巴尼特偷偷在镜子里检查了一下自己的妆容。

化妆间里的这份宁静，让她的精神得以集中。她闭上眼睛，把手指放在梳妆台上，开始练习《夜光下的年轻舞女》序曲的复杂指法。朱尔·马东的曲子要求弹奏者有精湛的技艺和强大的情绪渲染力。梅丽知道，听众的耳朵容不下任何失误。对她这个级别的钢琴家来说，每一场演奏会都是一次危险的较量。评论界的专家们会坐在声效最好的第五排，而普通听众也会期待她的最佳表现。这时，有人敲门。交响乐团团长乔治·拉波波特站在门口，生怕打扰到她。

梅丽看了看在镜子一角闪动的电子表。

"还有几分钟演出就要开始了。观众们都在等着您呢。"团长说。

梅丽推开椅子，站起身来。

"给他们一个惊喜，准点开始吧。"她说。造型师最后一次帮她整了整裙裾。

她走在团长的前面，穿过通往后台的走道。她在幕布后面站了一会儿，让自己沉浸在从台下传来的窃窃私语之中，慢慢疏解心头的紧张感。等到她奏响第一串音符时，这份紧张感就会完全消失。她会进入一个与世隔绝的境界，丝毫觉察不到众人注视的目光。每次登台前，她都会问自己为什么选择这份职业。她完全可以只弹琴给亲密的家人听，或者只在少数听众面前演奏 —— 他们只会享受她高山流水般的琴声，而不会刻意追究哪个音符弹错了、哪个切分太短了、哪个连奏失败了。可命运偏不如此安排，或者说是她的父亲偏不如此安排。在父亲的要求下，从小她只能做到最好。对父亲而言，如果不把上帝所赐予的天赋发挥到极致，就不配做巴尼特家族的人。

梅丽吸了一口气，在追光灯和掌声中登上舞台。

她在小凳上坐好，等待全场安静下来。然后，她的手指开始在琴键上飞舞。

当她弹完最后一串音符，全场一片寂静。听众们完全被征服了，良久才爆发出一片雷鸣般的掌声。

钢琴家站起身来，向听众们致意。拉波波特走上台，献给她一束玫瑰。她接过花束，把它放在钢琴上，再次走到台前谢幕。

她的心怦怦直跳，幸福感遍及全身，坐在第五排的听众仍在热烈鼓掌。明天，读报纸会是一件令人愉悦的事情。明天，她会在另一座城市、另一家酒店的房间醒来，这样的日子会一直持续到巡演结束。

在第五次谢幕之后，梅丽终于消失在舞台上。演奏厅的灯光再次亮起。

她在幕布后方边走边换衣服，把演出服扔给化妆师。后者又帮她套上便装。

一辆汽车正在演员出口处等她。

汽车走优先通道，很快到达直升机停机坪。只要飞行十分钟，就能到达劳伦斯市政机场。她将从那儿搭乘私人飞机再次起飞，抵达芝加哥的时间预计在夜里一点。到那时，她就可以睡觉了。

直升机的螺旋桨开始高速旋转，梅丽不得不弯下腰来才能登机。她坐在后排座位上，把飞行员递给她的耳机戴好。

"很荣幸为您驾驶，巴尼特小姐。请您系好安全带。起风了，飞机会有点颠簸。"飞行员说，"不过没什么可怕的，我们二十分钟后就能到达。飞行时间比预计的要长，因为过了晚上十一点，我就不能进入住宅区上空，只能在海湾区飞行。我们向西飞行，到达塞勒姆上空，几分钟后着陆。您的私人飞机已经在停机坪上等候了。"

涡轮机发出震耳欲聋的响声。地勤人员检查过梅丽的安全带，就关上机舱门，竖起大拇指。

直升机升到空中。城市的灯海在梅丽的视线中越缩越小，最后变成了一张亮晶晶的蜘蛛网，一直延伸到偏远的郊野。此刻，细雨霏霏，视野清晰。如果没有螺旋桨的轰鸣声，这将是一次令人心旷神怡的夜航。

很快，城市的亮光被一片黑暗的大海取代。海面上是涌向海岸线的滚滚波浪。

一阵狂风袭来，把直升机吹得摇摇欲坠。空气旋涡仿佛要把直升机拉到海浪里去。不过，飞行员一次又一次地化险为夷。

风越来越大。暴雨朝直升机的舷窗猛砸过来。直升机在模糊的地平线上方颠簸。

"天气情况恶化了。我们必须先着陆，等风暴过去再说。"飞行员朝话筒喊道。

直升机颠簸着，先是向右倾斜，来了一个惊险的俯冲，随即又恢复平衡。猛烈的狂风吹向飞机侧身。换作是在游乐场的把人晃得晕头转向的旋转木马上，大家会尖叫、欢笑，祈祷游戏赶快结束；而在直升机的机舱里，只有寂静。

飞行员不再说话了。他的右手紧握驾驶杆，左手控制总距操纵杆，双脚踩着脚蹬。梅丽犹豫着要不要抓住安全腕带。如果直升机再遇上空气旋涡、急剧下坠的话，她很有可能会折断手指。

直升机盘旋着再次升起。飞行员的操控，需要一股马达难以提供的动力。

飞行员决定降落。海岸并不远，岸边的灯光若隐若现。

"洛根县塔台，N407LH呼叫。我机位于汤普森岛上空，航向330，因遭遇强暴雨，无法继续航行，试图降落。"

"N407LH，塔台收到。"洛根县塔台回复，"请改变航道，向洛根县塔台飞行。航向355。"

飞行员知道他的飞行高度过低。在这样的风暴中，他无法飞到足够的高度。他已经有好几百小时的飞行经验，这并不是他第一次遭遇险情，但绝对是险情来势最猛的一次。风暴在海上突起，先前毫无征兆，直升机没有足够的燃料来支持长时间的空中盘旋。螺旋桨咆哮着，直升机的整个机舱都在颤抖，仪表盘的运行也变得不正常起来。

仪表盘上的一个红灯亮起，显示燃油不足。

"不行。"飞行员说，"我必须在水上降落，位置：快乐湾。"

"N407LH，请回答。"塔台控制员呼叫。

无线呼叫机中一片寂静。

"N407LH，请回答。"控制员再次说道。

没有回答。

一架正向洛根机场靠近的空中客车的飞行员的声音出现在无线电中："洛根县塔台，BA203呼叫。N407LH曾报告，它将在快乐湾海面上进行水上降落。"

控制员立刻启动营救程序。N407LH消失在雷达屏幕中。

＊　　＊　　＊　　＊

急救车出现在公路上，一路风驰电掣，警笛长鸣。

十分钟之前，墨菲滑冰场的门卫拨通了911。一架直升机坠毁在滑冰场门前的海滩上。门卫目睹了那骇人的一幕。他先是听见马达的轰鸣声，像是飞机离地面近距离飞行时的那种声音。于是他不顾恶劣的天气，跑出来想看个究竟。只见一架直升机被风暴吹得东倒西歪。直升机的前灯好几次照得他头晕眼花。它几乎是在海湾上空原地盘旋，飞行员好像想在海上迫降。突然，机身一偏，猛然下坠，像一块石头狠狠地砸向海面，又一下子被猛烈的海浪冲到岸边。

门卫担心飞机会爆炸，不敢贸然上前，只好远远地站着。营救人员没过多久就赶来了，夸他做得对。

＊　　＊　　＊　　＊

我的手没受伤吧？

好冷。她什么都听不见。一股令人无法承受的剧痛压迫着她。还费那个劲去动手指干吗呢？

到处都闪闪发光。她透过一道红色幕帘看见好多身影。一个衣着怪异的男人正朝她凑过来。是她的粉丝吗？他看她的表情为什么这么严肃？他问她叫什么名字，可她根本答不上来。她只知道自己的后脑勺上有一股巨大的压力。她一定是撞到了……撞到了什么？她在哪里？这些晃来晃去的人都是谁？红色幕帘被一片漆黑取代，她一阵恶心，重新跌入无底深渊。

*　　*　　*　　*

直升机仰翻在地，机轮朝天，尾梁在冲力之下碎成几截，尾部旋翼泡在水里，座舱却留在沙滩上。

飞行员当场死亡。着陆视窗在他脚下爆裂，给他的身体造成致命的伤害。

救生员切开机舱钢板，想把乘客从已经变形的座舱中解救出来。她的额头靠近发根处有一道长长的伤口，脸上全是血。她失去了知觉，但还活着。

人们把她解救出来，放在滚珠担架车上。滚珠根据她的体形重新排列组合，形成一道固定她身体的保护网。

随后，她被抬到救护车上，向市医院出发。

当梅丽被推入手术室时，一位护士打开了她的手提包。手提包是营救人员在飞机残骸中发现的。护士在包里发现了一张属于"梅洛迪·巴尼特"的身份证。她觉得这个名字有点眼熟，于是拿去给另一个同事看。这位同事立刻通知保安做好防范工作，不要让任何记者或摄影师进入医院大楼。

十五分钟后，有人通知哈罗德·巴尼特：他女儿所乘坐的直升机失事了，医院下达了病危通知。

16

梅丽处于人工昏迷状态已经十六周了。换作三十年前，这种长时间的深层镇定早就把病人推入了回不了头的死胡同。换作二十年前，梅丽不可能在重伤的情况下存活下来。

医生重造了她的胸腔，修复了她的股骨，用合成肾脏和合成脾脏替换了已经破裂的原有器官。最新血检显示，这些新器官都运作正常。等到周末，医生就会在她的各个伤口处打印最后一层上皮细胞，它们很快就会开始增生。她额头上的那道伤疤已经基本消失不见了。

最新的脑部检查结果非常鼓舞人心。顶叶移植没有发生排异现象，前额肿大现象也完全消失了。如果她的大脑保持这样的恢复速度，下个月就可以重建她的意识。

主治医生说，医疗团队胜券在握。

哈罗德·巴尼特和贝齐·巴尼特掰着指头等待女儿苏醒的那一天。他们盼望她能尽快回到位于韦斯顿县的家中，在家里好好休养。

事发之后，他们住进市中心一座豪华酒店的套房中。贝齐的生活就是一张张去往纽约的机票，那里有她的建筑杂志社。哈罗德把亲信全都调到位于波士顿的分公司，协助他在这边继续管理他的投资基金公司。

每周四下午，哈罗德和贝齐就在朗悦医院的一间私人会客室里，与梅丽的主治医生碰面。

主治医生每次出现时，胳膊下都夹着一个数字病历本。他会坐在红木树脂书桌的一角，从白大褂的口袋里掏出电子笔，在屏幕上展示一周治疗报告。

"全都是些晦涩的数字和深奥的术语！这些花里胡哨的东西都不重要，我唯一感兴趣的是：我们什么时候才能找回女儿？"哈罗德问。

"从您的女儿入院以来，您就一直在问这个问题，巴尼特先生。"医生叹了口气。

"已经四个月了！需要我提醒您这一点吗？"

"那我是不是也要提醒您，巴尼特小姐入院时受伤的严重程度呢？我们能获得今天这样的成效，已经很了不起了！您的女儿是一个奇迹，但您也要有耐心才行。"

"我的女儿不是什么奇迹，她是一名战士，跟巴尼特家族的每一个人一样！"

"哈罗德，我们真的每次都要忍受你的强势吗？如果你对梅丽不是那么强势的话，我们根本就不会走到今天这一步。"贝齐插话。

"我对她从来都不强势，只是要求严格而已。这也是为了她好。"哈罗德反驳道。

"要不是你逼着她演了一场又一场……"贝齐长叹一声。

"好了，好了……那是一场意外，在任何情况下都有可能发生。"医生赶紧打圆场，"我明白您的痛苦，夫人，还有您的迫切希望，先生。请二位相信，你们的女儿在这里享受着最先进的医疗技术，她的康复情况非常乐观。我有十足的把握，一个月后就能送她去朗悦中心。"

"我知道这个问题我已经问过您几百遍了，可是，她会觉得痛吗？她现在是什么感觉？"贝齐双眼噙泪地问医生。

"您的女儿处于深度昏迷状态，夫人。她什么都感觉不到。"

在这一点上，医生倒是没有撒谎。

从生理学的角度来说，梅丽还活着。可她的脑子里一片空白，没有任何意识。

一个月后，一辆救护车把她送到位于远郊的一个诊疗所。陪同她前往的是一名麻醉师。

* * * *

天色转阴。在墙灰斑驳的建筑物前，原先是小草坪的地方，现在野草疯长。已经废弃的公园里，生锈的秋千在风中吱呀作响。商店早就关门大吉，铺面被横七竖八的木条封死。

救护车驶过一条两边都是仓库的小路，停在一扇滑动门前。门开了，救护车开了进去。

诊疗所的内部环境与外部的残败景象形成鲜明对比。他们把梅丽送到位于楼房侧翼深处的一个房间里。这片区域是专门为像她这样的病人预留的。在同一层的其他房间里，另外三个女人和一个男人也在等待者之列。

医生刚刚在护士的陪同下来看过她。护士检查了监测梅丽生命体征的各项仪器，然后拔走了麻醉药静脉输液管。医生询问了一些情况，眼睛盯着机器的显示屏，计划下一步的操作。

第二天上午八点，他再次来到梅丽的房间，这次陪同他的是一名技术员。技术员把一个电动小推车遥控到梅丽的床边，推车上放着一个箱子和一台信息终端机。技术员打开箱子，从中取出一顶头盔，轻轻地戴在梅丽头上。

这个头盔厚度接近毫米，像极了四十多年前在中心另一侧翼里问世的早期样品。它有柔软的环形构造，能很快与佩戴者的头颅相贴合。

技术员确定头盔佩戴好了，就把头盔顶部的一束光纤接入信息终端机。他在键盘上敲入一道指令，屏幕随之亮起，出现了梅丽大脑的三维立体图。图像下方显示：0%。

技术员一语不发地离开了。

医生最后一次检查了病人的各项体征参数，随后也离开了病房。他上了楼，来到一间控制室。技术员在控制台前等他。

"都准备好了吗？"医生问。

"保存的数据都准备好了，我们随时可以开始。"

医生盯着控制台上方的三台显示器。

中间那台显示器，显示的是大脑三维立体图。

左边显示器上的信息如下：

病人编号 NO.102

梅洛迪·巴尼特（来源方）

年龄：29 岁（10651 天）

记忆：100%

转存输出：0%

右边的显示器显示如下：

病人编号 NO.102

梅洛迪·巴尼特（目标方）

年龄：30 岁（10957 天）

记忆：-%

转存输入：0%

～

完成百分比：0%

脑电波活性：0%

警惕性：0%

医生在控制台上输入自己的电子签名，转身叮嘱技术员："八点十七分，你就启动转存流程。当流程进行到三分之一时，你向我报告一下进展情况。"

医生离开房间，留下技术员独自一人。除了盯着屏幕，技术员没有别的事要做。神经链接系统可以自己搞定一切。

他按下按钮，流量计开始转动。

八点二十分，一个异常显示并没有引起他的注意。

右边屏幕显示的内容变成：

病人编号 NO.102

梅洛迪·巴尼特（目标方）

年龄：30 岁（10957 天）

记忆：0.03％

转存输入：0.03％

　　　　　 ~

完成百分比：0.03％

脑电波活性：0.03％

警惕性：0.03％

左边的屏幕显示：

病人编号 NO.2

？？？？（来源方）

年龄：？？ 岁（？？？？ 天）

记忆：96％

转存输出：0.03％

又过了一会儿，技术员终于察觉到这个异常现象，却不知道引起异常的原因，也不知道该如何是好。他机械地敲了敲显示器，连他自己都知道这样做毫无用处。于是他拿起电话。

医生没有接听电话。他一定是正在查房。技术员知道，他只能自己看着办了。

整个操作流程都是自动化的。他只能在两种情况下暂停机器：

当脑电波活性百分比与转存输入百分比不一致时，以及神经链接系统显示系统故障时。到目前为止，这两种情况都没有发生过。他想，也许只是显示器出了问题。他只要记得通知维修队来换一下显示屏就行。

为了避免追责，他保存了一份屏幕截图，写了一段报告，然后通过内部邮箱发送给总监。

总监是当天下午读到这封邮件的。她把报告打印出来，又把原件从电脑里删除，这才走出办公室，去找她的上司。

和子连门都不敲，径直走进研发主管的办公室。

"我想你会愿意读读这个。"她容光焕发地说。

卢克把报告读了两遍，然后看着和子。

"必须马上停止这次操作。"他说。

"你疯了吗？我们有协议在先！"

"那是四十年前的事，早就失效了。"卢克边说边把报告塞进碎纸机，看着它消失在那条缝隙里。

"协议就是协议！"

"也许吧。不过，只有疯子才会去执行它。神经链接系统马上就要得到各大科学权威的认可了，这绝对不是我们惹官司的时候。"

"难道你怕的是惹官司？"

"那不然呢？"

"你怕的是行不通……"和子猜测。

"如果真行不通，我倒愿意让神经链接系统一直运行下去。"

"你终于流露了真情。让你感到害怕的是她。"

"你简直就是胡说八道。你想过巴尼特家的人没有？她父亲是我们最大的赞助人之一。"

"假如我们真的终止操作，你打算怎么跟巴尼特家的人说？"

"实话实说。记忆转存过程中出现了程序故障，我们签署的合同里提到过这种风险。"

"弗兰奇有言在先，你应该信守承诺。"

"我的大半辈子都给了他！剩下的给了你！"

"你明知道事实并非如此。"说完，和子转身便走。

卢克站起来，想追上她。可她已经用力关上了门。

他回到自己的座椅上，在终端机上输入个人密码，试图终止第102号记忆转存程序。可是神经链接系统不允许他这样做。

*　　*　　*　　*

这是一场光线的强势进攻、声音的集体轰炸。千万帧图像如同高速转动的万花筒，让人根本无法抓住其中的任何一帧。被扭曲的声音此起彼伏，由话语组成的湍流奔腾不息。而且，这一切周而复始。

项目启动五十小时后，梅丽的身体不断出现轻微震颤。记忆转存百分比已经跨过了30％的门槛。她的大脑已经恢复了认知功能。

病房的终端机一直在记录她的各项生命体征。脑电波活动显示正常，转存比例持续上升。一切都在有条不紊地进行之中，神经链接系统掌控着一切。

第三天，上午八点十七分，转存输入比例达到43.2%。

第四天，中午十二点十七分，梅丽的眼皮轻微动了动。记忆转存比例达到60%。

第五天，晚上九点三十七分，也就是项目启动五天十三小时二十分钟后，医生拔掉了气管插管。梅丽的肺部开始在没有呼吸机辅助的情况下重新自主运作。大脑的恢复率达到80%。

周日，下午两点十七分，梅丽在医生关切的注视下睁开了双眼。他安抚了她几句，给她注射了一针，使她重新睡了过去。大脑修复程度达到90%。

周一早上六点五十分，卢克、和子和主治医生来到梅丽的病房。

六点五十七分，技术员确认，转存程序完成。

医生守护着梅丽。她睁开眼睛，看着围绕在她身边的陌生人。

卢克坐在床头，冲她笑了。

"你知道自己经历了什么吗？"他用平静的语气问她。

梅丽摇摇头，表示不知道。

"你不知道很正常。你遭遇了直升机空难，脑部严重受损。不过这些都是过去的事了。现在你的健康状态良好。"

梅丽检查了自己的双手，慢慢动了动手指。

"再过一段时间，它们就会恢复往日的灵活，巴尼特小姐。"主治医生安抚她说。

梅丽看了他一眼，满脸疑惑，好像完全不懂他在说什么。医生感到很意外，走到她的病床边问："您还记得您是钢琴家吧？"

梅丽露出悲伤的表情，把目光投向窗外。医生看了看病历记录，想明白他的病人为什么会是这样的反应。

"您知道自己为什么会在这里吗？"

看到梅丽一直保持沉默，主治医生凑到卢克的耳朵旁边，询问他是不是可以向病人透露更多信息。

卢克接过了他的话。

"十年前，你的父亲帮你报名参加了我们的神经链接项目。从那时起，你每年都会来这儿存储你的记忆。"

"我们给您重建的记忆是十一个月之前的。"医生又说，"记忆恢复进程非常顺利，您应该会记起发生在最后一场录制之前的所有事情。一般来说，我们的病人在苏醒时多少会有点惊慌失措，但一切很快就会恢复正常。"

"我是什么时候出事的？"梅丽呢喃。

* * * *

卢克、和子让主治医生单独留下来照顾梅丽，然后去了隔壁无人的房间。

"你都做了些什么？"和子问卢克。

"别用这种责怪的眼神看我。我是无辜的。神经链接系统自动运行，根本不让我插手。这个该死的人工智能系统固执得像头牛！"

"所有数据都显示正常，可病人却什么都想不起来。连第一批参与者苏醒后的状态都比她要好。"

"我能说什么呢？我也不知道这是怎么回事……更不知道等待我们的将是什么。我再跟你说一次，神经链接系统是自动运行的。"

"我不相信你。还有，我可以告诉你等待我们的是什么：明天，她的家人就会来看她，你得向他们解释，为什么他们花了一百万美元，得到的却是一个失忆的女儿。他们之所以投资，就是为了在发生意外时避免这种情况的出现。这也是我们的项目之所以存在的原因。你担心的那场官司，我们是吃定了。"

"我们先什么都不要跟他们说。要不就说他们女儿的记忆恢复得有点慢。你之前提到的那个异常现象，可能并不是出于你想象的那个原因。"

"你巴不得这样，对吧？"

"你没有权利这么说。而且，你我都听到了医生的话，他说了，事情要慢慢来。"

"你不至于会相信这种鬼话吧？"

"她来的时候跟死人没什么两样。现在，她恢复了意识，恢复了运动机能，看得见、听得到、能说话，甚至还会提问。这足以说明她的大脑运转正常。我们等到她的恢复阶段结束后再看。"

"签署'重生'协议时，我跟巴尼特先生打过交道。"和子冷冰冰地说，"如果你要跑去跟他说这些，那我只能祝你好运。别指望我帮你。"

卢克抓住和子的手。

"我知道你很失望，请你相信，我也是。"卢克叹了口气。

"你知道吗，我等这一刻等得太久了！"

*　　*　　*　　*

当哈罗德和贝齐走进病房时，梅丽暗自思忖他们是谁、来这里干什么；那个女的为什么会跪倒在她面前，激动得满脸泪水；为什么那个男人会缓缓地抚摸她的手，虽然没有哭，但情绪跟那女的一样激动。每次他们当中的一个向她提问，她就点头或摇头，表示是或不是，要不就吞吞吐吐地给出一个听上去还算合理的回答。当被问得不知所措时，她就保持沉默。

探访一结束，哈罗德就说事情不对劲。贝齐请他给女儿多一点耐心。他们的女儿已经恢复了意识，她甚至可以跟女儿对话，真应该感谢那位她差点就不再相信的上帝。

"她的状态不正常。先前他们承诺的可不是这样。"一回到酒店，哈罗德就说，"医生给出的解释也让人难以信服。"

"好了，哈罗德，你知道你在说些什么吗？梅丽昏睡了五个月。在她重新做回自己之前，你总得给她点时间吧？"贝齐给自己倒了一杯马提尼，啜了一口。

"明天我就去见中心的总负责人。今天我所见到的情况跟先前他们承诺的大相径庭。"

"你省省吧！你今天见到的不是什么'情况'，而是你的女儿！你当时就应该抱抱她、亲亲她！你亲眼看到她自己从椅子上站起来，走到床边，看着我们，冲我们笑。她跟出事前的梅丽一样美丽。想想，那真是一场可怕的事故啊……现在，你应该跟我一样高兴才是，而不是在这里发牢骚，甚至还想去指责那些创造奇迹的好人！我警告你，哈罗德，如果你不立刻改变态度，我就让你回纽约，我一个人陪女儿疗养。"说着，贝齐又倒了一杯马提尼。

哈罗德在酒店的套房里来回踱步。等到贝齐去泡澡放松的时候，他打了个响指，激活墙上的视频通话机。

"喂，斯基维，叫我的助理听电话。"他大声说道。

"巴尼特先生，请问有什么可以为您效劳的？"他的助理很快连线，问道。

哈罗德要助理立刻跟朗悦中心的负责人约定一个见面时间。

＊　　　＊　　　＊　　　＊

第二天，和子接见了哈罗德。对于哈罗德的抱怨，一定要给予最大程度的关注，还要注意沟通手段，免得招他勃然大怒。卢克在中心想了一整晚，可委婉永远都不是他的优点之一。

"当年我报名参加项目，是最早选择信任你们的人之一。你们曾向我保证，如果有一天我女儿出了事，只要她还有口气在，你们就能让她完全复原。可昨天，她甚至都想不起我是谁！"

"巴尼特先生，在您之前，已经有六十个家庭选择信任我们，此后还会有更多。他们当中从没有人后悔过。如果我没有记错的话，您之所以来找我，是因为当时梅丽爱上了一个飞行能手，他想带梅丽入行。您是怎么说的来着，那男孩是一个'傻瓜'？好像他还是风筝冲浪冠军吧？要不就是我把您跟其他的家长弄混淆了。"

"什么鬼冠军，他不过是个特技跳伞员！"

"没错！我想起来了……您的确管他叫'傻瓜'来着，不是吗？您担心梅丽会出事，于是我们向您承诺，万一您的女儿真的出事了，神经链接项目可以确保她大脑的完整性，并为她恢复大脑机能。从更大的层面来说，朗悦中心可以让您女儿享受到最尖端的医疗服务。而最终的事实也是如此，尽管意外事故与那个'傻瓜'毫无关系。您的女儿起步很低，特别低。这一点，只要想想她刚来医院时的受伤程度就能理解。她现在的健康状况已经是值得称赞的了。"和子总结道。她的脑海中浮现出挂在会议室墙上的弗兰奇的头像，弗兰奇正从画中朝她微笑。"我们向您承诺的，是现今科学可以做到的，而不是什么奇迹。梅丽会找回她的记忆，我会持续向您通报她的恢复情况，一切都会好起来的。不过，我恳求您，理智一点，给她多一点时间。"

"时间，又是时间。还要多长时间？"

"功能性修复至少要两个月。至于病人的康复，可能需要更久——我指的是身体上的。"

"她还能继续钢琴生涯吗？"

"从功能性的角度来讲，可以。我想不到有什么阻止她弹琴的理由。"

"还有她的智商、性格、记忆，这些你们都负责吗？"

"她的智商丝毫没有受到影响啊！至于记忆，请允许我向您稍微解释一下。您应该知道，记忆分为好几种。其中，五种记忆与感官有关，另外三种则以时间为区分。短期记忆管理现在，中期记忆使人可以想起一分钟乃至几小时前的事情。对梅丽来说，这两种记忆的功能都运转正常。她记得早晨起床时发生的事情，记得谁来探望过她，明天她也会记得今天您来过这里。长期记忆更复杂一些。别忘了，在梅丽的记忆中，永远都会有一段空白，那就是从她最后一次录制记忆到飞机失事之间的这一段。程序性记忆，就是您所担心的会影响到梅丽钢琴家生涯的那种，是所有记忆中保存最完好的。我向您保证，您的女儿一定会找回她的'指上功夫'。至于她的情感记忆，会恢复得慢一些，需要做出的努力也更大。世界上没有两个完全相同的大脑。当您女儿回到家中，恢复以往的生活，她就会接受各种刺激，加快记忆恢复。总之，梅丽越是投入生活，就越能记起以前的事情。她唯一的敌人就是压力，压力可以使大脑陷入瘫痪状态。所以，您一定要听我的，不要在她面前表现出任何担忧。"

"很好。两个月的功能性修复，外加两个月的正常生活。我再给你们四个月的时间。四个月后，我要你们把我女儿原原本本地交到我手中，就像我记忆里的她一样。"

哈罗德以一个不动声色的威胁结束了这场谈话，站起身来。尽管他还是存有怀疑，可多少放心了点。他握了握和子的手，并惊讶地发现，这个至少比他大十岁的女人竟有如此大的握力。

在回公司之前，他决定再去看看女儿。

病房里没有人。护士告诉哈罗德，梅丽在楼下的康复室里。

哈罗德没坐电梯，他嫌那玩意儿太慢。他直接走下楼。

透过弹簧门，他看到女儿正戴着插有电极的头盔，扶着两根平行杆练习走路。

他敲敲门，吸引了她的注意，又冲她挥挥手。她两只手都不得闲，只好回报他一个微笑。

就是这个微笑，这个简单的微笑，在哈罗德心中激起了极大的满足感。他已经很久没有体验过这样的感觉了。

到底有多久了？上车的时候，他还在想这个问题。可是他找不到答案。

"您确定，这个人真的是我父亲吗？"梅丽问康复师。

"如假包换。"康复师和蔼地说，"昨天陪他来的那位女士，就是您的母亲。"

"我有没有兄弟姐妹？"

"我不知道，小姐。但我会去打听的。现在，请您集中精力练习。"

梅丽发现康复室的尽头摆着一架钢琴。

"我可以试试吗？"

"可以。不过要再等等。"

＊　　＊　　＊　　＊

梅丽和她的康复师之间很快就形成了一种默契。每天早上进行康复练习时，梅丽就把头天晚上父母向她提的问题告诉康复师。这些问题她轻而易举地就能记住。

康复师负责去打听这些问题的答案。他翻资料、问医生，还托护士尽量不动声色地从贝齐口中套出话来。和子也参与其中，从外围搜集关于梅丽的私生活和事业的信息。媒体、博主和粉丝们对此知之甚多。每天训练结束后，康复师就会给梅丽提供一堆资料，梅丽会迫不及待地开始阅读。如果碰上哈罗德和贝齐来探望她，她就把资料藏起来。

时间一天天过去。她开始重新认识自己，默记以前打过交道的人的名字和脸：朋友、情人、交响乐团的指挥和同事、记者，甚至还有一些远亲。她总是想不起遥远的事情，却渐渐学会了装假，把著名钢琴演奏家"梅洛迪·巴尼特"这个角色扮演得越来越好。

如果说哈罗德仍持有保留态度的话，贝齐则是完全信服了。她为重新找回了女儿而感到万分满足，尤其是当医生批准梅洛迪回家休养时。

事故发生八个月后，梅丽重新过上了命运为她写就的生活。新的一页翻开了，它远比那些空白记忆来得令人安心。

很快，一切都会恢复正常。

17

巴尼特庄园坐落在韦斯顿县，那里是波士顿的富人区。二十一世纪二十年代末，哈罗德·巴尼特在那里盖了房子。丰富的油页岩使美国成为世界第一的能源大国。二〇三〇年，从生产流水线上下来的汽车，80％都是电动的。石油价格下跌，每桶原油不到十美元。海湾地区的石油大亨们陷入经济危机，很快便纷纷垮台。对太阳能的利用，使非洲大陆有了照明和灌溉系统，成为一个真正的聚宝盆。从东方到西方，旧民主国家和新寡头政权随意联姻，统治着这个被监视到每平方毫米的世界。在这样一个现代化的世界里，消费比任何时候都更成为人们的精神鸦片。哈罗德在洁净能源领域叱咤风云，积累了一笔可观的财富。

可对他来说，没有什么比他的女儿更重要。他倾注在女儿身上的爱是没有限度的。她是他的骄傲，他唯一的后人，他生命的永恒。自从梅洛迪出生以来，哈罗德就过上了两个人生：一个是他自己的，一个是他女儿的。为了讨父亲欢心，梅丽很小就坐到了琴房那架威严的贝森朵夫帝王钢琴前。

还在朗悦中心时，梅丽就已经串通好康复师，瞒过众人的耳目，在康复训练室那架靠墙的旧钢琴上练过几手。她只要把手放到琴键上，手指就会上下翻飞，自动弹奏出曲子来。这大大出乎她的意料。她的双手十分灵巧，虽然她几乎看不懂乐谱，却仍能满腔热情地投入乐理练习中。

不练琴的时候，她就会花时间去搜寻往事。在这个偌大的家中，她觉得自己就像一个陌生来客，一直心神不宁。

庄园里的用人倒是一个真正的信息宝库。管家、厨娘、侍从、技工、园丁，大家都是亲眼看着她长大的。一有机会，她就去找他们套近乎。在庄园里散步时，她总会叫上谁给她讲一两段关于她的逸事。

有一天，她母亲的司机沃尔特提到了一个从前很宠爱她的管家。管家名叫纳迪娅，据说是唯一能够挑战哈罗德权威的人，好几次都是这个管家在哈罗德面前为梅丽解围。梅洛迪假装想起她来的样子，说服沃尔特带她去敬老院看望纳迪娅。

一天上午，贝齐去杂志社开会，哈罗德去西海岸出差，梅丽正好可以去找纳迪娅。

纳迪娅·沃伦贝格正坐在一棵桤木下的长椅上看书。当她看见梅丽朝她走来时，泪水模糊了她的视线。她抬起手臂，抹去眼泪。

梅丽在她的身边坐下，注视着她。

"你终于决定来看看你的老管家了？"

"这是我第一次来吗？"梅丽用犹豫的声音问道。

"我记得是。"纳迪娅边说边合上手中的书。

"您在这里住了多久了？"

"我像你这么大的时候，读过一本精彩的小说 —— 小说的作者跟我一样，都是波兰人。但是我们的命运很不相同，他最后成了法国人，而我成了美国人。要知道，我们波兰人都有一个通病，那就是喜欢换国籍。我刚刚说到哪儿来着？哦，对了，那本精彩的小说 ——《越过这条界线，您的票就作废了》。我曾经瞒着你父亲把小说借给你看。之所以要瞒着他，是因为书的文字很露骨。你看过之后很喜欢。那时，我把自己想象成书中那个年轻的巴西女孩，她把男主角迷得神魂颠倒。现在，我老得都可以做那个女孩的祖母了。所以，对于你刚刚提的问题，我的回答是：自从我的票作废以来，我就已经待在这个地方等死了。你从音乐学院光荣毕业，开始全国巡回演出时，我就成了一个用处不大的人。但我还是很感谢你的父亲，他给了我不菲的工资。不然，我不可能待在这里终老。"

梅丽低下双眼，没有作声。她突然觉得自己是一个僭越者，在介入一段不属于自己的过往。

"我应该早点来看您的。"她愧疚地说。

"你怎么会呢？你有你的生活、你的事业。比起操心一个老雇工，你有更多更有趣的事情要做。"

"我很后悔。我知道是您把我养大的。"

"把你养大的是你的父母。我只是为你服务而已。"

"您为什么要对自己这么残忍？"

"我已经九十一岁了，唯一的朋友就是我的书。你觉得这不残忍吗？"

"我们有过许多亲密的时刻，不是吗？"

"是的，这个我不否认。你最珍惜的是哪一次？"

"您呢？"

纳迪娅昂起头，想了想。

"所有的，所有的我都珍惜。但是这个问题是我先问你的。"

"那一次，您来音乐学院接我，然后带我去看了一场老电影，还跟我父亲说，我们整个下午都泡在博物馆里。"

"是沃尔特告诉你的吧，不是吗？"

梅丽没有回答。老管家又回到了她的书本中。翻书页时，她舔了舔手指，又抬起眼皮说："你还有别的事情吗？"

"没有，我只是想来看看您。"

"你以前是一个可爱的小女孩，对什么事情都感兴趣，心中充满了浪漫。我一直不断地问自己，我到底是错过了什么？你怎么就成了一个自私而又野心勃勃的女人？你的美丽变成了一种美貌，而这种美貌能让最美的灵魂都黯然失色。"

"出事以后，我就变了。我没有跟您说，但……"

"我都知道。"管家打断了她的话，"我也会看报纸。沃尔特每个月都来看我，给我带来你的消息。"

"我失去了记忆。"梅丽承认。

"不是。"管家盯着她的双眼，"是别的原因。要不是我认识这张脸，我会以为你是一个来骗取巴尼特先生钱财的冒充者。不过，庄园里发生的事情已经与我无关了。我吃午饭的时间就要到了，你最好还是走吧。”

梅丽心事重重地离开敬老院。在回家的路上，她一言不发，直到汽车驶入巴尼特庄园大门。

“沃尔特，我这次回来，是不是变了很多？”

“我不知道该如何回答您，巴尼特小姐。”他说。

可是，当他为她打开车门请她下车时，他趁机偷偷对她说：“真正的梅洛迪·巴尼特是绝对不会坐在我旁边的。”

* * * *

哈罗德出差回来，为女儿准备了一份惊喜。当一家人来到当地最豪华的餐厅吃早午餐时，梅丽发现父亲还邀请了另外三位客人。多亏了朗悦中心那位康复师在每次康复训练后提供给她的资料，她立刻就认出了其中的两位。坐在她右边的是西蒙·比利，波士顿交响乐团的首席小提琴手。她的左边，是乔治·拉波波特和他的妻子尼娜。梅丽无数次在西蒙的陪伴和拉波波特的策划下出席演奏会。这次聚餐，除了寒暄和回忆他们最精彩的同台时光，大部分的对话都与音乐有关。突然，拉波波特转向梅洛迪（他一直都不敢叫她的昵称“梅丽”），问她是否准备好重返舞台了。梅丽明显很尴尬，西蒙赶紧帮她解围：“当然不是在公共场合下。乔治只是建议你回来跟我们一起练练手，纯粹为了好玩。一开始就我们三个人练，如果你感觉能适应，我敢保证，乐团的其他演奏者一定会愿意加入我们的行列。当然，前提一定是：如果你愿意的话。”

哈罗德和乔治没料到会有这样一个插曲，只好面面相觑。当贝齐开口时，两人的失望就更大了。贝齐说，西蒙的话很有道理。梅丽只能做她觉得开心的事情，而不用管她父亲开不开心。生命的每一天都很珍贵 —— 这个道理，梅丽比任何人都懂。

梅丽向各位道歉说她感觉有点难受，想去透透气。她刚离开桌子，贝齐就气愤地指了丈夫一下。不用她多说，哈罗德已经知道，当贝齐做这个动作时，就表示一场暴风雨正从不远处向他袭来。

西蒙放下餐巾，也欠身离开。

他穿过餐厅，到处找梅丽，又小心地推开卫生间门，看见她正站在镜子前面，脸色苍白。

"我以为这个地方只有女人才能进来。"她尴尬地说。

"那也得看情况。"他朝她走去。

西蒙关上水龙头，坐在盥洗池上。

"这里只有我们两个人吧？"他小声问。

"我没听到其他人的声音。"梅丽笑了笑，"如果您不放心的话，我们可以从门缝底下往里瞧瞧。"

"算了，那还不如不确认。对不起，我没料到这顿饭原来是个圈套。早知道的话……"

"您是一个很有温情的人，"她打断他的话，"谢谢您刚刚为我解围。"

"这是一个美好的词语。我以前从没听你用过这个词。"

"哪个词？"

"温情。"

“我第一个想到的词就是它。”

“你现在感觉怎么样？”西蒙问。

“迷茫。”梅丽不假思索地说。

“每次我想表达自我时……都不是很……温情……可我想让你知道，这次你能挺过来，我真的很高兴。我去医院看过你一次，很早了，你肯定想不起来。那时你还在昏迷之中。”

“要是我想不起来的事情只有这个就好了。”

不知为何，梅丽突然很想对西蒙倾诉自己的烦恼。或许是他刚才在饭桌上挑战她父亲的举动，让她觉得他是一个值得信赖的人。又或许是因为她太需要一个倾诉对象，告诉他她生活在一个谎言之中。这个谎言一直压着她，有时甚至会让她觉得喘不过气来，就像刚才那样。她唯一能确定自己在公众面前表演过的证据，来自媒体对她最后一场演奏会的报道。更糟糕的是，在那篇报道上，她居然没有认出自己来。这样的她，又怎能重新登台呢？

“你是一个奇迹。给自己多一点时间，试着去见见人，放松一下心情，重新投入生活，一切自然会好起来。”

“去见谁？跟谁一起放松心情？我根本谁都想不起来。”

“连我们也想不起来？”

“我们……？”

“我们！”西蒙顽皮地强调。

“因为我们……？”

“当然！”

“您的意思是，我们曾经……”

"每次我们去巡演时！每天晚上！"

"真的？"

"不，不是真的。对不起，我是故意逗你的。"西蒙承认，"我很喜欢女人，但不是在床上。这是你我之间的秘密，你一直是乐团里唯一知道这个秘密的人。除了化妆师萨米本人以外。总之，你懂的，我还没有出柜呢。"

"我父亲从没跟你提起他所谓的我的'阶段性的问题'吗？"梅丽回到原来的话题上。

"没有，我向你保证。他只是说，你现在身体还很虚弱。"

"那我也告诉你一个秘密，一个别人都不知道的秘密 —— 除了我的医生以外。我什么都不记得了，我的生活、我们的演出、乔治，甚至是我的父母……我统统不记得。我的智力没有任何受损，也没有回到低幼水平，至少我是这么觉得的。我不缺乏词汇量，平时可以该干吗干吗，甚至还可以流利地弹钢琴 —— 这一点连我自己都不知道我是如何做到的。所有发生在事故之前的事情，全都消失了，只留下一大片空白。我很想把事情做好，让每个人都满意，于是我学会了假装。现在我所知道的，全是自己背下来的。当我在家中漫步时，有时会有一种似曾相识的感觉，脑子里还会冒出一些少年时代的片段。可我不知道这些片段到底是来自真实记忆，还是来自我的幻想。总之，我觉得自己是个冒充者，就像我以前的老管家亲口对我说的那样。"

"别对自己这么苛刻，也不要让你的父亲这么做。这种失忆完全可能是阶段性的。如果你必须装出你是你自己的样子，那就装吧，我知道自己在说什么。从我十四岁起，我就在扮演别人。噢，我有过一些情人，他们认为我无法接受自我。他们错了。重要的不是贴在我们身上的标签，而是我们本人。好了，我说了这么多深奥的话，放在以前，我是不会说的。现在，我们赶快回去吧。他们会以为我们在做不符合天主教教义的事呢。"

"我才不在乎呢。哈罗德是新教徒，贝齐信佛。"她针锋相对地说。

西蒙看了她一眼，爆发出一阵笑声。

"至少我们对你有了新的了解。我之前还没觉得呢，"当他们走出卫生间时，西蒙说，"原来你很幽默。"

*　　*　　*　　*

吃完这顿饭，梅丽和西蒙沿着查理河散步去了。哈罗德预测了一场风暴，结果迎接他的却是一场海啸。贝齐实在怒火难平。

哈罗德单独和妻子坐在汽车里。好在有沃尔特在，妻子不便发作。他本来还可以多一点安宁的，可惜沃尔特把车开得比平时都快。

一到家，贝齐就狠狠地抓住丈夫的肩膀 —— 是他自己要娶一个比他还高的女人，就要为此付出代价 —— 不容分说地把他拖进客厅。

侍女绝对不会在这时去问主人们要不要咖啡，而是紧密陪伴着客厅门口的衣帽架。这次，用不着把耳朵贴在门上。咒骂声一直传到了厨房。

诸如"你怎么可以做出这样的事来……"的语句后面紧跟着诸如"你真是撞了南墙也不回头"的语句，随后而来的是"她又不是你的附属物……""你就是个野心勃勃的强迫症患者……"以及"你难道不为自己感到羞耻吗……"之类的语句，最后登场的是"我要求你向她道歉"！

哈罗德一直保持沉默。他知道，在这种情况下，任何反驳都是徒劳，只会让情况变得更糟。

他用沉默把自己保护起来，摆出一副追悔莫及的表情，同时留意妻子眼中是否已经涌出泪水。一般来说，她的眼泪下来，气也就消了。

当贝齐从小圆桌上的银盒子里抽出一张纸巾时，哈罗德知道自己马上就要挺过来了。

他长叹了一口气，然后道歉："我不想冒犯她，我一点都没有想到乔治的慷慨提议会让她尴尬。"

"尴尬？她根本就是难受得要离开才行！你还想让我以为这个龌龊主意是乔治出的？"

"好吧，我也许是做得不够好。我过于心急了一点。我以为乔治提议她回到乐团，她会很高兴。"

"你不是做得不够好，我可怜的哈罗德，你简直就是'笨拙'的化身。而且高兴的人不是她，是你。只有你才会为她继续巡回演出感到高兴。"

"听我说，贝齐！梅洛迪总不能跟丢了魂似的，一直在家里晃荡下去吧？这场闹剧还要持续多久啊？"

"持续到她觉得自己准备好了为止。"

"她不再是她自己了，这一点连用人都看得出来。你知道吗，有些风言风语都传到我的耳朵里了。"

"什么风言风语？是不是说她父亲不满足于女儿在空难中起死回生，还想要求更多？因为对她父亲这个可怕的自私狂魔来说，唯一重要的事情就是通过女儿来炫耀自己，唯一的快乐就是看到众人为他女儿喝彩！你真是不可救药了！"

哈罗德感觉到贝齐正大踏步向自己走来。眼看着另一场更加猛烈的风暴即将来临，哈罗德赶紧改变策略。

"梅洛迪从来就是为音乐而生的，我希望重返舞台会让她感觉好一些。直到聚餐时我才明白，一切还为时过早。等她一回来，我就向她道歉。"

"她需要的不是一个道歉，而是一个父亲！这才是她真正需要的！"

"你这话是什么意思？"哈罗德问。

"从她十一岁那年开始，她的父亲就变成了一个家庭教师，一个固执、有强迫症的家庭音乐教师。有哪一次你陪着她的时候，不是她坐在钢琴前练习、你坐在旁边监督？你们俩有没有真正地相处过，就像别的父女那样？比如说一起吃顿饭；比如说一起散步，听女儿聊聊她自己；又比如说花一个下午的时间陪女儿逛街，给她买条裙子什么的……别费劲想了，哈罗德，这种事情你从来就没做过。你们一起共同分享过的，只有钢琴和琴谱。这对她来说是可悲的，你听着也会觉得自责吧？你为什么不去营造一段真正意义上的父女关系呢？"

这颗子弹来得太过突然，完全在哈罗德的意料之外，直接就打到了他的心上。哈罗德跌坐在皮椅上，一脸茫然。这下，他没法再演了。

"也许吧。"他结结巴巴地说。

"也许什么？"

"也许我在某些方面做错了。"

"去掉'在某些方面'这几个字。"

"我该怎么办？"他叹了一口气。

"我刚刚不是跟你说了吗？"

"啊？ 哦……那……我是带她去午餐、散步还是买裙子？"

"那你得去问她！"

18

哈罗德给自己定了一个规矩，这几天都不再踏入梅丽的琴房半步。

只是有一次，他朝虚掩的房门里看了看，确保一切都好。还有一次他进入琴房，是为了提议梅丽跟他一起出去走走。

贝齐接受了现代建筑沙龙在纽约雅各布斯中心的开馆仪式的邀请。她给哈罗德最后一次机会，希望他能趁她外出时，好好利用与女儿独处的时光。

哈罗德选择了带梅丽去购物。上车的时候，哈罗德还特意问梅丽喜不喜欢逛街。没等她回答，他又亲切地加了句：新生活，新装扮。

自从回家以后，梅丽好几次都对自己的服装品味产生怀疑。在她看来，她衣柜里的衣服都特别古怪，穿起来既不舒适，也没韵致。不过，她之所以接受哈罗德的邀请，最主要的还是因为她很高兴能与他单独相处一段时间。

哈罗德请助理给他列了一张时尚服装店名录，并复印了一份给沃尔特。沃尔特把他们送到博伊尔斯顿大街。只要有钱，就可以在这条商业街买到当下最优雅的时尚单品。

这些店真是好得没话说。艾里斯·范·荷本的设计从各方面而言都无可挑剔，精美得令人窒息。诺亚·拉维夫的植物纤维裙也是雍容华贵，独具风采。

"你怎么一件也不买呀？这已经是你试的第十五件了。"哈罗德不安地问。

"我不知道，还没遇到让我动心的吧。我想要的跟这些不一样……"

梅丽也不知道该如何向父亲解释，只好对他说，她衣柜里的长裙、短裙、衬衫已经够多了，哪怕一年有八个季节，她都穿不过来。她并不缺少衣服，所以更愿意去某个餐厅的露台坐坐，两人聊聊天。

"聊什么？"哈罗德问。

趁梅丽去试衣间换衣服的时候，他给沃尔特打了一个电话，请他马上去觅密餐厅订一个露台上的位置。

* * * *

"……聊聊我的童年。"梅丽一边看菜单，一边回答。

"真是个奇怪的想法。"哈罗德笑着说，"你的童年是你过的，你应该比我更了解。"

"这是个视角问题。我小时候是个什么样的女孩？"

哈罗德请服务员把酒水单拿过来。他其实不怎么喝酒，但他现在需要拖延时间。

"你很谨慎。"他的目光停留在那瓶金玫瑰庄园红酒上，为自己终于找到了一个形容词而松了口气。

"就这些？"

"你很保守！"

"这不是一个意思吗？"

"也许吧，但这已经很不错了。"

梅丽的注意力被一个年轻女孩吸引。那女孩从马路上经过，却没有走步行道。

"这就是我想要的。"她突然说道。

"你在说什么？"

"我在说那个女孩穿的衣服。"她边回答，边用手一指。

"你在开玩笑吧？一条牛仔裤和一件破毛衣？"

"我觉得她这身打扮很有韵致。"

"这些衣服太粗俗了……你是怎么啦？以前你可从没穿过这种破烂玩意儿！"

"可我现在很想穿。"

"以你现在的年纪？"

"这次是你在开玩笑吧？"

哈罗德皱起两条浓眉。

"你是在故意逗我，对不对？"

"行啦，是你要讨我欢心的。可既然我的品味这么差，那就算了。"

贝齐的影子出现在桌面上。服务员正要过来请他们点餐，哈罗德一下子跳了起来。

"走吧，别磨磨蹭蹭的了！"

他一把抓起女儿的手，急匆匆地朝汽车走去。

"快点，不然我们就赶不上她了。"

"有这么着急吗？"

"想让我给你买'古董'，行，我们这就去买，可怎么着也得知道上哪儿去买啊。除了那个把自己打扮成嬉皮士的女孩，现在谁还穿我们那个年代的牛仔裤呀！"

他们钻进汽车，哈罗德把远处那个女孩的身影指给沃尔特看。女孩正要登上一辆气动城轨车。

沃尔特超过那辆城轨，把车一直开到位于华盛顿大街以南的索瓦街区，然后停在跳蚤市场门口。

梅丽穿梭在跳蚤市场的店铺之间，有种如鱼得水的感觉。自从在朗悦中心苏醒后，她的感觉从来没有这么好过。

"这才是我想要的。"她指着一家旧货商铺柜台上的海蓝色毛衣说。

哈罗德朝天翻了一个白眼。他到底是怎么教育女儿的，让她在三十岁的年纪还想穿成离经叛道的样子？可是哈罗德·巴尼特是在执行任务，他绝对不能让女儿失望，更不能让老婆失望。

等待他的考验还远不止这些……当他们走出索瓦街区时，梅丽买的衣服塞满了整整四个袋子。这还不算，她甚至断然拒绝让沃尔特帮她提着。

*　　*　　*　　*

第二天，贝齐回到家中，很惊讶地没有听到琴声。她敲了敲梅丽的门。梅丽穿着一件无袖罩衫、一条长布裙，披着一条驼色羊绒披肩。

"你觉得怎么样？"

"美极了。"贝齐回答。

"我不知道这条羊绒披肩搭不搭。"

贝齐围着她转了一圈，然后把披肩从她身上取下来。

"我觉得是这件罩衫跟这条吉卜赛风格的长裙不搭。我应该有件衬衫，你穿上一定很好看。跟我来。"

贝齐带着女儿朝自己的房间走去，又在衣柜里翻了一会儿，最后找到一件绣着印第安式图案的长袖羊毛开衫。

"瞧，这件好一些，跟你的裙子更搭。"

"你真的穿过这件衣服？"

"我也有过二十岁。"

"可我已经三十了。"

"那就更应该穿上它。这才是你们这个年纪的人应该穿的衣服。"

梅丽脱下罩衫，换上母亲递给她的T恤和羊毛开衫。她朝镜子里看了看，感觉非常满意。

"你穿得这么漂亮，是要去哪儿呀？"母亲问。

"去见西蒙。"

"他在追你？"

"我不这么认为。"梅丽顽皮地说。

"我认为是。他还挺帅的。他要带你去哪里？"

"我们约好在演奏厅见。"

"这又是你父亲的主意？"贝齐问。

"不，这不关他的事。是我打电话给西蒙的。我想，试着重新开始演奏也没什么大不了的。再说，今天只有我和西蒙两个人。"

"梅丽，除了弹琴，生活中还有别的事情。"

"你为什么会这么说？"

"在你二十岁的生命里，除了全国巡演，你还做过什么？我从来没见过你和男人正儿八经地谈过恋爱。我想你在巡演过程中也许有过艳遇，但艳遇和爱情不一样。在你出事前不久，你的一句话把我吓到了。"

"什么话？"

"你说你从来没有经历过爱的痛苦。"

"这很严重吗？"

"是的，很严重。这代表你从来没有真正爱过。"

"你经历过爱的痛苦吗？"

"当然，那感觉简直刻骨铭心！好像整个地球都停止了转动，好像你的余生将是一个漫长的冬天。你会好几个月都在独自品尝孤单的滋味，盼着电话铃声的响起，好像你的一条命都系在这通电话上。然后，春天又回来了。因为春天总是会回来的。只要一个眼神，就能重新为你点燃爱的勇气。再然后，我遇见了你的父亲。"

"你是怎么和萨姆认识的？"

"萨姆？"

贝齐分明看见梅丽眼中的迷茫。

"怎么了，梅丽？你的脸色很苍白。"

"没什么。是我昨晚做的一个梦，困扰了我整整一个上午。"

"你梦见什么了？"

"好像是一段童年回忆。我在睡房里，半夜醒来，站到窗边。我冷得发抖，于是叫萨姆来救我。"

"你说的'萨姆'到底是谁？"

"我也不知道。"

"你确定现在去找西蒙练习真的是个好主意吗？"

"只要能让我离开这间房子，就是个好主意。"

贝齐帮女儿调整了一下开衫，又拉了拉她的T恤，然后看着女儿。

"我真不敢相信，你竟然说服了哈罗德，让他给你买了这些衣服。"

"我没给他太多选择的余地。"

"你的父亲并不是一个坏人。他只是一个男人而已。他过分骄傲的外表下面，藏着一颗忧虑而又脆弱的心。他武断、苛刻，但其实内心非常大度。他永远都能包容我，就像我永远都爱着他一样。我们认识的那会儿 …… 算了，这个故事我已经跟你讲过几百遍了，再说你快要迟到了。"

贝齐把梅丽抱进怀里，温柔地亲了亲她。

"现在，你走吧。下次我们一起吃午饭，我再把那个故事跟你讲一遍。"

*　　*　　*　　*

梅丽坐上一辆的士。途中看到去往约会地点的城轨，于是又从的士上下来，改乘城轨。她觉得这样更好玩。她在雄伟的交响乐馆前下了车。音乐馆是二十一世纪初建成的，建筑师是贝聿铭的学生。

西蒙独自站在舞台上，正在调试小提琴。直到梅丽靠近他时，他才转过头来。钢琴就在舞台中央，琴盖已经打开了。她跟西蒙打了声招呼，就在钢琴前坐下，摆好姿势。

西蒙建议她从上次弹过的最后一个协奏曲的第二个乐章开始。见梅丽焦虑地看着自己，他又解释说，乐谱就在谱架上。

他先让她独自练习了一会儿。等她开始弹奏《夜光下的年轻舞女》时，他才加入演奏行列。

乔治·拉波波特从办公室走出来，躲在幕布后面。半小时后，他耸了耸肩，回头忙他的去了。

傍晚，西蒙觉得他们的第一次练习已经足够了，于是陪她去街区的餐厅吃饭。

等他们走了，拉波波特掏出手机，拨通了哈罗德的电话。

＊　　＊　　＊　　＊

梅丽带西蒙去了觅密餐厅。餐厅里人满为患，他们决定坐在吧台上吃。西蒙点了两杯香槟。

"今天是第一次练习，还有点感觉。"他邀请梅丽干杯。

"也就是说还差得挺远？"她问。

"再多练习几次，你就会更加得心应手了。不过我向你保证，你还是弹得挺不错的。那首曲子并不容易。"

"你不擅长撒谎。可惜，我只能以你的评判为准。"

"你说得太夸张了吧？"西蒙半开玩笑半认真地问。

"一点都没有夸张。我眼睛盯着曲目，手就自动地弹起来，根本不需要我思考。这种感觉很奇怪，甚至有点让人恼火。"

"我认识很多钢琴家，他们巴不得有你说的这种'让人恼火'的境界。你弹奏的灵活性一直都在。"

"那到底是哪里不到位呢？"

西蒙把菜单给她："我饿死了。你想吃什么？我请客。"

*　　*　　*　　*

哈罗德不在餐厅，这让贝齐觉得很奇怪。在吃饭这件事上，哈罗德向来都是最准时的。她在走廊里喊了几声，去书房找了找，又到楼上的睡房看了一眼，最后打电话跟沃尔特确认先生是不是已经回家了。沃尔特的回答是肯定的，可是他也不知道先生现在在哪里。

贝齐开始着急了。她检查过房子的侧厅，突然想到了什么，于是又折回去，推开琴房的门。哈罗德正萎靡不振地坐在平日听女儿弹琴时常坐的那把椅子上，把头埋在手心里。他甚至没有察觉到贝齐的到来。

"你怎么了，哈罗德？"

他抬起头来，神情沮丧。贝齐更加着急了。

"是不是梅丽出事了？"

"不是。"他幽幽地说。

"你发誓不是？"贝齐还是不放心。

"她很好，正在城里吃晚饭呢。"

贝齐看了他一眼，神情错愕地问："你是不是在外面有情人，她在跟你闹分手？"

"别说傻话。"

"那到底发生了什么事，哈罗德？"

"是拉波波特。"

"拉波波特怎么了？他遇上什么事了吗？"

"当然不是。只是 …… 我第一次发现了他有极其残酷的一面。"

"他背叛了尼娜？"

"你别满脑子的坏想法行不行？真烦人！他刚刚打电话给我，说我的女儿丧失了天赋。'她弹琴时的动作倒是敏捷得无可挑剔，我亲爱的哈罗德。练了这么多年，这是最基本的要求。可是弹琴时的情感呢？梅洛迪失去了艺术家应当具备的情绪感染力，哈罗德！'这个蠢货，每说一句话就要叫一次我的名字，就好比拿锤子钉钉子，钉子都消失在墙壁里了，他还在不停地锤！'我们不能继续留她在交响乐团了。请您理解，我亲爱的哈罗德，我也不想 ……'"

"他也不想什么？"

"我不知道。没等他说完我就挂了电话。"

"你做得对。"

"我应该把交响乐团买下来，然后炒他的鱿鱼。"

"你还是先想想该怎么跟女儿说吧。"

"我总觉得有什么不对劲。梅丽已经不再是以前的那个她了。你看见她新买的衣服了吗？"

"哈罗德……"

"喂！你不会也来这一套吧？！我知道自己叫什么，该死的！"

"请你冷静一点，听我说。我们差点就失去了女儿。是现代医学创造了奇迹，让我们又找回了她。现在，是时候跟过去那个梅丽说再见了。没错，她是变了。她变得没那么心事重重，没那么沉醉于音乐了。她有时会心不在焉，说话的方式与以前不同，而且她开始关心其他的事，尤其是关心其他的人了——这是她以前从不会做的。别说是她的品味变了，哪怕她要终止自己的钢琴生涯，有一件事也永远不会变——她永远是我们的女儿梅丽。"

"反正我是不认得她了！你别这样看着我，好像我是个怪物似的。我还没跟你说她魂不守舍、答非所问的样子呢。我们一提过去的事情，她就紧张。她会编造出一些天真的谎言，好让我们以为她记得我们所说的事情。还不止这些。她好像从来就没有在这个家里生活过，与我们毫无共通点！你什么都不用说，我能从你的眼神里读懂你的心思。好，我是魔鬼，你是圣人。那我也是一个头脑清醒的魔鬼，不像你，是个蒙在鼓里的圣人！"

哈罗德起身，从妻子面前走过，把自己关进书房里。

* * * *

贝齐一夜没有合眼。整个波士顿地区都雷雨轰鸣。雨点打在庄园的玻璃窗上，闪电把房间照得如白昼一样明亮。贝齐不怕打雷，不怕下雨，就怕狂风把庄园里的橡树吹得呜呜作响。这会让她浑身发抖，重新回到那个命运急转直下的深夜。她辗转反侧，难以入眠，突然又想起梅丽做过的噩梦。这不是梅丽第一次做噩梦了。有天夜里，她从女儿的睡房前经过时，也听到女儿在梦中呻吟。

清晨五点半，贝齐来到厨房。家里的仆人还没到岗。可她不在乎，反而为自己能清静一会儿而感到高兴。她泡了一壶茶，在餐桌边坐下。她需要整理一下自己的思绪。

六点，她终于鼓起勇气，给梅丽的医生留了一条语音信息，请他尽快回话，安排今日内与她会面。

*　　*　　*　　*

会面时间定在当天下午。贝齐在候诊室里等了半个钟头，才受到医生的接见。医生道歉说他已经尽力而为了，好不容易才把她安插在两个患者中间。她礼貌地提醒他，她并不是他的患者。他也趁机提醒她，在患者本人不在场的情况下，他无法向她提供任何关于梅丽健康状况的信息。没办法，这属于医疗机密。

不过，贝齐也反过来提醒医生，她的丈夫给过朗悦一笔可观的捐赠。她向医生表达了她的不满，更确切地说，是她丈夫的不满。

医生把他的笔记本电脑朝贝齐推了推，用手指在屏幕上画了一个类似椭圆的图形。他想画的大概是梅丽的大脑。不是所有的医生都擅长绘画。他在原先受损的大脑枕叶的位置画了一个叉，再一次解释说，外科医生已经用移植器官把它替换了。梅丽接受移植手术后没有发生排异反应，就很值得庆幸了。

医生又补充说，在批准梅丽离开中心之前，他们还给她做了一系列的检查。这些检查的费用高昂，一般情况下，大家都觉得没这个必要。但是中心的研发主管亲自过问，强调对梅丽一定要特殊照顾，这些检查统统都做。

事实证明，这些检查确实是多余的。不管是原子检查还是生物检查，一切结果都再次表明：梅丽的大脑结构完整，功能正常。认知测试也是同样的结果。

她的失忆确实是一个费解的谜。但医生认为，这只是阶段性的现象。

贝齐鼓起全部勇气，才问出昨晚折磨了她一整夜的那个问题：她的女儿是不是出现了行为异常？医生问她具体是指什么。贝齐两次欲言又止，最后才吞吞吐吐地说出"精神分裂症"这个词。

医生松了一口气，不以为然地拍拍她的手背，安慰她说，梅丽身上没有任何精神分裂症的病征。

那么，该如何解释梅丽现在所遭遇的困惑、写在她脸上的不安和迷惘，以及整夜侵扰她的噩梦呢？

医生解释说，做噩梦是好现象。情绪记忆就是需要刺激才能被激活。这个过程相当复杂，不是三言两语就能讲清楚的。简单而言，随着时间的推移，梅丽会经历生活中的各种琐事。这些琐事就像电源开关，能重新开启她的脑电流。他只能点到为止，再说下去就难懂了。他更愿意打一个比方 —— 这就好比福鲁斯特吃到甜松面包时的感受。贝齐纠正他说，他列举的那个法国作家叫普鲁斯特，不是福鲁斯特；而且他吃的不是甜松面包，而是一种叫作"玛德莱娜"的小蛋糕。医生谢过她的指正，他一直以为"玛德莱娜"是普鲁斯特的妻子。

突然，医生抬起头来，一副若有所思的样子。贝齐在他眼中发现了一道亮光，好像他终于悟到了什么，使得这场会面不是白费功夫。

考虑到梅丽在整场事故中所承受的精神压力，她很有可能 —— 他旋即又补充说这只是一个推测 —— 正在经历自身身份认同困难。其症状因人而异，其中一条就是病人对自身经历无从想起。这种现象也被称为人格性失忆，又叫作去个性化现象。总而言之，病人不确定他们的记忆是否真实，有时甚至会想不起自己是谁。

这个诊断 —— 尽管只是推测性的 —— 立刻就让贝齐感到十分满意，同时也让医生在她心目中的得分直线飙升。得分最低的时候，是一开始他对她说一切正常时，因为她知道根本不是这么回事。

去个性化 —— 这不就是哈罗德想要表达的意思吗？这个哈罗德，还真有两下子。别看他牢骚满腹，其实还是挺明事理的。

原来梅丽是丢失了她的个性。这个问题应该不严重，因为一个人的个性总能再找回来。尤其是她女儿的。她个性那么鲜明。

巴尼特夫人现在安心多了。医生明白自己找到了一个讲得通的说法，哈罗德·巴尼特本人也会对这个说法表示满意。当初得知巴尼特夫人要求立刻见他时，他觉得自己所面临的困难犹如一座骇人的大山。可现在，这座大山正悄无声息地崩塌，化作一摊软绵绵的细沙。他决定不去管已经被延误一小时的下一场问诊，继续乘胜追击，一次性解决问题。

"既然现在知道症结在哪儿了，那接下来该怎么做？"贝齐问。

要是在平时，医生会建议病人先做一系列检查，印证他的诊断再说。但这一次，他直接在电子诊疗本上潦草地写下一份处方，让病人接受药物治疗。他让巴尼特夫人先去中心的药房拿药，然后再回来问他该怎么吃。

与医生激动地握手之后，贝齐离开了中心。她感到前所未有地轻松。当沃尔特为她打开车门时，她甚至想，如果让她这样的女人来掌管世界的话，那这个世界就会少一些问题、多一些办法。

*　　*　　*　　*

当天晚上，巴尼特家的晚餐比平时提早了半个钟头。贝齐已经等不及了，六点半就把家人叫到了餐厅。当大家都在餐桌边坐定，她宣布自己有重要的事情要讲。

然后，在感到迷惑的女儿和觉得诧异的丈夫面前，她介绍了白天与朗悦中心那位魅力与才干俱佳的医生的会面情况。

"所以，亲爱的，这个药你一次吃两片，早晚各一次。只要几周的时间，你就会恢复记忆。到那时，你就可以自由地表达情感，你的艺术灵感也会随之而来。"

"我都不知道自己有病。"梅丽把玩着药盒，反驳道。

哈罗德咳嗽了两声。当一个男人感到怯懦时，他就会这么做。至于这里面深层次的原因在哪儿，直到二十一世纪下半叶，科学界依然无法给出解释。于是贝齐再次挺身而出。

"你父亲和我都不是瞎子。我们知道事情并不像你所期待的那样。我们毕竟是你的父母。我只是要你配合这次治疗，坚持吃几个月的药。一定不能间断，医生强调过的。"

有一点贝齐弄错了：除了想尽快离开餐厅，梅丽没有任何期待。不过，面对他们的拳拳爱意，为了不让他们失望，梅丽还是端起一大杯水，在母亲欣喜的目光中，吞下了两片药。

＊　　＊　　＊　　＊

与此同时，中心的医生被研发主管叫到办公室，汇报他与巴尼特夫人的见面情况。医生为自己所给出的解释沾沾自喜，并补充说，不用再担心被告上法庭了。

离开之前，他忍不住问上司，为什么坚持要给病人开强效兴奋剂，尤其是考虑到她的特殊情况。业界早就知道兴奋剂有副作用，其中最突出的一点就是会导致失忆。

作为回答，卢克只问了他一个问题："你到底是一个年轻医生，还是像我一样，是一个从业四十余年、致力于神经链接系统研发和改进的研发主管？"答案显而易见。但卢克还是追加了一句，说他非常清楚自己在做什么。记忆的重建会引发潜在的抑郁状态，而这一状态又会导致记忆障碍。所以说，"以毒攻毒"并不是没道理的。疫苗就是这样被发明出来的。再往前追溯，人们还曾用可能致癌的 X 射线来治疗癌症。

医生想了一会儿，觉得这番推理很有逻辑。他向卢克告辞，并感谢领导在这个棘手的病例上给予他帮助。

过后，医生回到家中，仍然在思忖，老板到底是凭借何种先知，能提前将必要的处方开出来。要知道，老板是赶在巴尼特夫人到来之前，就把那份处方给了他。

他唯一能找到的合理解释就是：既然是最先进的研究中心的头儿，那就一定有过人的智慧。

而且，药物治疗很快就有了成效。

梅丽晚上再也不做噩梦了。

上午，她睡到很晚才醒。

下午，她感觉特别轻松。

晚上，当她吞下第二轮药时，感觉自己就跟蒸汽一样，轻飘飘的。

尤其是，她经常笑。这让她的母亲感到很开心。

她一刻不停地练习钢琴。这让她的父亲感到很开心。

终于，她再也不费尽心力地去试图想起任何回忆了。

19

　　梅丽正在练琴，厨娘多洛雷丝却跑来琴房敲门，告诉梅丽说有人找她。

　　"我父亲说了，任何人都不能打扰我练琴。"梅丽眼睛盯着乐谱说。

　　"在这个家里，巴尼特先生想怎么说就怎么说；可在厨房，我想怎么做就怎么做。"

　　多洛雷丝站在门边，默默表明自己不能白跑一趟。

　　"那就把电话接到这里来。"梅丽说。

　　"谁跟您说是电话来着？您赶快过来，别问那么多。"

　　多洛雷丝从庄园左侧走，免得经过哈罗德的书房。梅丽跟在她身后。

　　"他在那儿。"多洛雷丝指了指厨房的配膳间。

　　西蒙正坐在配膳间的窗台上。

　　"你来这里干吗？"

　　"你不接我的电话，我只好跑来了。"

　　"没人告诉我说你打电话过来啊！"

"你从来都不听语音信箱吗？"

"什么语音信箱？"

"老天爷！梅丽，你到底生活在哪个年代啊？语音信箱在任何地方都可以接听，只要你开口问话就行。"

"怎么问话？"

"下次再告诉你吧，我今天来不是教你用声控设备的。"

"那你是来做什么的？"

"带你去巴恩斯特布尔①度周末。我有个朋友住在那里，邀请我过去玩。我又不想一个人去。你最清楚我不是那种值得女人遐想的白马王子，所以不管你同不同意去，我都要绑架你。"

"如果我同意去的话，那你就绑架不成了。"

"那你就别同意。"说完，西蒙拉起她的手就走。

"等等！我还没收拾行李呢。"

"不行，会撞上你父亲的。我之所以费劲把车停在厨房后面，就是为了避开他。他一定会找到上千种理由，把你关在家里。"

梅丽没有时间细想。西蒙已经在"同谋"多洛雷丝的注视中把梅丽拉到房子外面了。多洛雷丝很高兴自己捉弄了老板一把。她是看着梅丽长大的，最近几个星期梅丽的状态令她开心不起来。她甚至还去找沃尔特抱怨，说小女孩怕是生生地被父亲下了毒。沃尔特同意她的说法，并想出一个主意。两天前，巴尼特夫人要

---

① 位于美国马萨诸塞州东南部、科德角中部的一个城镇，以拥有诸多优良海滩著称，是旅游胜地。

去赶开往纽约的火车，他把夫人送到火车站后，特意去了一趟交响乐馆才回家。

西蒙的敞篷车奔驰在 MA－3S 公路上，一路向南。一个半小时后他们就能到达巴恩斯特布尔。梅丽的头发被风吹得打在脸上，西蒙把自己的丝巾借给她缠头发。

天上没有云团，只偶尔出现几缕卷云。其中一缕卷云看起来像是一顶帽子，又或是一条吞了大象的蟒蛇①。

*　　*　　*　　*

这是一座被木桩支起的小屋，面朝大海。小屋的内部装饰简朴，但别有一番风味。长方形的客厅沐浴在从宽大窗口倾洒下来的阳光中。从窗口望去，科德角的迷人风光尽收眼底。

皮娅和她的丈夫敞开怀抱迎接了他们。梅丽立刻就喜欢上了这个年轻的女主人。她看上去很真诚，脸上总是洋溢着笑容。

西蒙向他们介绍梅丽时，故意留了一个让人遐想他俩关系的空间。

"别告诉我说你带我来是为了让我给你打掩护的。"女主人带他们去楼上的卧室时，梅丽低声对西蒙说。

用不着西蒙回答，因为皮娅带他们去的那间睡房只有一张床，正好朝向大海。

"你们瞧，在这里睡觉特别舒服。"她说，"尤其是当夜里涨潮

---

① 作者在此处暗指世界名著《小王子》中的情节。

的时候。我觉得没有什么比浪花声更能抚慰人心。你们可以先休息一会儿，也可以去沙滩上散散步。我们六点碰头，一起去阳台上吃点心。但是晚饭我们得在室内吃，因为入夜后会有点凉。"

皮娅走了。梅丽看了看西蒙，又看了看床。

"我睡地上就好。"西蒙说，"而且我不打呼噜。"

"这周末我们有几个人？"

"就你、我，还有两位主人。"

"西蒙，他们是你的朋友，你为什么不把真相告诉他们呢？"

"因为皮娅的丈夫是个大嘴巴，而且他的父母和我的父母关系很好。"

"我明白了。今晚我穿什么呢？"

"你的厨娘好心地为你准备了行李，就放在我的汽车后备厢里。我们先去海边走走，回来的时候顺便把行李拿上。"

＊　　＊　　＊　　＊

橙黄色的沙滩在他们眼前延展开来，直到海湾北部的尽头，就像是栖息在浪花边的一弯明月。

一踏上沙滩，梅丽就脱掉鞋子，提起裙子，朝海浪冲去。

西蒙坐在一个沙丘旁，看着梅丽。她陶醉在午后温热的空气中，欢笑着，朝一只海鸥追去。海鸥发出一声抱怨，在空中盘旋了一圈，又固执地落在离原地仅有几米的地方。梅丽再次发起进攻，海鸥再次飞起又落下，好像它也在享受这个小游戏似的。

梅丽跑得气喘吁吁，又回到西蒙身边坐下。两人一起看着渐渐西下的夕阳。

"你知道吗，西蒙。"她把头靠在他的肩膀上说，"生命中的一些小时刻，其实一点也不小。"

回到房间，梅丽开始翻她的旅行包。她从中找到一条很随性的长裙、一件棉布衬衫、一条牛仔裤、几件内衣、一双平底鞋、一套睡衣，还有一个盥洗包。她想，回头真要好好谢谢多洛雷丝，她想得可真周到，东西全都给她带齐了。除了她的药以外。这也难怪，多洛雷丝根本不知道她在服药。哈罗德和贝齐没跟任何人说她接受治疗的事情。

*　　*　　*　　*

皮娅做的晚餐特别可口。吃甜点时，皮娅转向梅丽，问了她好多问题：她是怎么认识西蒙的、她的职业是什么、她的家人、她的童年 …… 西蒙要不就替她回答，要不就引开话题。

吃完饭，梅丽一起帮忙收拾桌子。当她把盘子端进厨房时，皮娅朝她做了个手势，示意梅丽跟她来。她们从厨房后门出去，来到弧形的木质阳台上。

"你抽烟吗？"皮娅问。

"不。"

"我抽。"说着，她踮起脚，从壁灯上摸出一盒香烟，"吸烟会引起死亡，可一个人的时候也能把自己给闷死 …… 你和西蒙在一起演奏已经很久了吗？"

"有一段时间了。"梅丽简单地说。

一阵沉默，直到皮娅吐出最后一个烟圈。

"你们房间的小沙发可以拉成一张床。"她说，"西蒙可以睡在沙发床上，比睡地板舒服。"

她朝梅丽眨眨眼睛，把烟头扔出老远，转身进了厨房。

*　　*　　*　　*

梅丽第一个上楼睡觉。西蒙很快也跟了上来。沙发床并没有被拉开。梅丽拍拍身边的另一只枕头，对西蒙说："你可以睡在我旁边，前提是你不能裸睡。"

"真的吗？你不介意？"

"老实说，我很想重温一下躺在男人身边的感觉。"

"你的记忆真有这么空洞吗？"西蒙说着，在她身边躺下来。

"最近越来越空洞了。"

他们关了灯。当房间沉浸在黑暗中时，梅丽向西蒙诉说了直升机失事以来所发生的一切。修复手术、器官移植、她的昏迷状态、在朗悦中心的日子、她的复苏……

西蒙听得入了神。他记得自己以前读过一篇相关的文章，但他一直以为"记忆重建"这种技术还处于实验阶段。梅丽确切地告诉他，恰恰相反，在她之前，已经有一些"重建"了记忆的病人，愿意储存记忆的人也越来越多。

西蒙告诉梅丽，他的前男友有一次在聚餐时提到，有个朋友在遭遇摩托车车祸后接受过这种治疗。当时西蒙并不相信，还以为是前男友在众人面前胡乱吹嘘。

"你的前男友人怎么样？"梅丽打了个哈欠问。

"帅气，但是不忠。"

＊　　＊　　＊　　＊

第二天，他们一睁开眼睛，便看到窗外晴朗的碧空。跟昨天一样，天蓝得好像被洗过。

梅丽突然盯着西蒙搭在椅子上的衣物出神，表情怪怪的。

"你不喜欢我这条裤子？"西蒙问。

梅丽没有回答。有那么一秒，她发誓自己一定在哪儿见过西蒙 T 恤上的那幅画，画的是一个倒挂在树上的巫婆。可是，这种似曾相识的感觉只持续了很短的时间。

吃过一顿丰盛的早餐，皮娅告诉他们，在入夜之前，他们可以自由安排活动。如果中午他们肚子饿了，巴恩斯特布尔有很多不错的餐厅。无论如何，她推荐他们去看看巴恩斯特布尔的村庄，那里有很多小型艺术展厅。

两人开着敞篷车，穿过大街小巷，参观了许多品位非常有限的艺术展。

然后，他们一直散步到港口。西蒙建议梅丽去海堤，那里有一辆小篷车，专卖咖啡，松饼也很受欢迎。

"昨晚你那样做真是很有勇气。"西蒙说。

一个年轻人用吉他弹奏着怀旧的曲子，愉悦往来的路人。

当梅丽从他跟前经过时，他正在吟唱：*And here's to you, Mrs. Robinson…*①

她怔了一会儿，这才回答西蒙的话："我很乐意帮你打掩护。我自己也度过了一个愉快的夜晚，而且我很喜欢皮娅。"

"我指的是我们的夜聊。你那么信任我，我很感动。你必须有十足的勇气，才可能告诉我那些事情，而你却义无反顾地这么做了。"

从他们走在海堤上起，梅丽就一直觉得怪怪的。她突然转过身来，面向西蒙，看着他的眼睛说："吻我！我知道你不喜欢女人，但还是请你吻我一下。"她小声说。

于是西蒙亲吻了她。这是一个温情的吻。突然，一个面孔出现在梅丽的脑海中，还没等她认出是谁，又倏然消失。可是，她确实回忆起另一双唇、一缕男士香水味，还有肌肤的气息。

最重要的是，她回忆起自己曾经爱过。对于这一点，她现在十分肯定。

当这一记吻结束时，西蒙不明就里地看着她。

"我很迷茫……不知道自己是怎么了。"她结结巴巴地说。

"真是出乎意料的一吻。但是感觉还不错。相当不错。"西蒙说，"你是我生命中的第一个女人……"

梅丽尴尬得要命，赶紧用手堵住西蒙的嘴，不让他再说下去。可是西蒙温柔地移开她的手。

"……也是最后一个。"说完，他笑了。

---

① 歌曲《鲁宾逊太太》的歌词。

两人朝海堤边卖咖啡的小摊走去。

＊　　＊　　＊　　＊

晚上，吃完晚饭，他们回到房间。梅丽等待这一刻已经很久了，于是问西蒙："在你印象中，我有没有认真恋爱过？"

"没有。"

"我从没跟你提起过某个特别的人吗？"

"我印象中没有。你从来都很少提及自己的私生活，以至于乐团的人都怀疑你是不是有私生活。大家都觉得，钢琴是你唯一的情人。不是开玩笑的。"

"不至于吧？我们出去巡演的时候，就从来没有男人来找过我吗？"

"没有。要不就是他跟你一样，有了不起的保密能力……我说什么了，你这样看着我？"

"没有。只是你说'了不起'的时候，我突然感觉很奇怪。"

"这也许是个好现象。说不定这是个有魔力的词，能唤醒你的记忆！"

西蒙闹着玩，故意把"了不起"这个词重复了好几遍。可是没有任何"了不起"的现象发生。

这天晚上，梅丽又开始做梦了。

她梦见自己在一个海边旅馆的小房间里。一张凌乱的床。一条牛仔裤搭在靠窗的椅子上。她站在窗边，海风拂过她的脸庞，她的脚埋在沙子里。一个海浪向她扑来，她没有丝毫抵抗。梦中还有一些奇怪的景象，不过，最奇怪的是，当床头悬挂的镜子映出她的容颜时，她居然不认识那张脸。

她满身大汗地醒过来。清晨的光线刺破黑夜，她再也睡不着了。

*　　*　　*　　*

中午刚过，西蒙就开车送她回家。他想避开周日的拥堵时段，再说晚上他还要出发去巡演。

说完这句话，他立刻又感到自责，不该在梅丽面前提巡演的事。梅丽安抚他说，她根本就不怀念巡演时光，也不怀念任何东西，所以无从伤感。失忆至少有这个好处。

当车停在巴尼特庄园的台阶前时，西蒙答应梅丽，会经常给她写邮件。因为她不会使用语音信箱。

"你知不知道，电子邮件可不是邮递员送来的哟！"他追加了一句。

"那你知不知道，我倒是很想送你一记耳光？"

梅丽凑近西蒙，装作要亲吻他嘴唇的样子。直到最后一刻，她的嘴唇才改变路线，落在西蒙的脸颊上。

"被我吓到了吧，是不是？"

"没有。是你的话，我倒愿意试试。"

"我一点都不相信你的话，但我喜欢你这份殷勤。这个周末多谢你了，我过得非常开心。除了现在以外，让我回家还不如让我吊死在一根琴弦上。"

"你知道吗，在你这个年纪，完全可以离开父母，自己搬出去住。"

"打从昨天起，我就一直在考虑这个问题。我真不应该把巡演时租的那间房子退掉。当时还以为自己会在外面待上一年……还有，我貌似想搬去托斯卡纳。我是看以前我接受意大利记者采访的报道才知道的。"

"如果是德国记者，你说不定会说想搬去柏林呢。我这次要去好几个星期，你完全可以住我那间六十平方米的套房。我会跟门卫说一声，你只要管他要一把钥匙就行。你可以把那儿当成自己的家。"

梅丽谢过西蒙。一想到他要离开那么久，她心里就挺不是滋味。

当西蒙的汽车开远了，她才拾级而上，回到家中。

贝齐早就等候在大厅里，一把抱住她。

"怎么样，我们俩到底谁说得对？"她小声在梅丽耳边说。

"当然是你。"梅丽叹了一口气。

她走进厨房，想要拥抱一下多洛雷丝，却又想起今天是星期天。

贝齐跟了进来，迫不及待地想要听她讲述这个周末过得如何。

"要不要来杯茶？敞篷车坐着可不怎么暖和吧？"

说完，贝齐主动去煮茶。梅丽坐在桌边看着她。这个时候倾诉衷肠最合适不过。

"我想我的记忆开始复苏了。"她说，"我想起了一些往事，虽然还不能完全确定，但它们就像图片一样从我脑子里闪过。这种情况以前从没发生过。"

贝齐放下茶壶，温柔地把梅丽揽入怀中。

"我太为你感到高兴了。真不知道要怎样感谢那位医生才好。你千万要记得继续吃药。"

20

梅丽在朗悦中心的时候，康复师曾建议她去查看自己的邮箱，说不定能从中得知自己有哪些朋友。朋友肯定会给她发邮件，打听她的消息。

于是，按照康复师告诉她的，她对着电子笔记本眨了三次眼睛。人脸识别系统很快就帮她打开个人邮箱。

可是，梅丽在邮箱里并没有找到来自朋友的问候，只有一些乐团成员发来的只言片语，向她表示慰问或鼓励。这些邮件的日期大多集中在她出事后的几天。再往后，除了几个不知情的经纪公司寄来的演出邀请函，就什么都没了。

在这片可悲的空白面前，梅丽发现自己以前完全沉浸在音乐中，她的生活只是一片寂寥的沙漠。

康复师不允许她这么想。他说，真正的朋友不在网上。

听他这么说，梅丽又问，有没有朋友来中心看望过她。康复师答不上来。

出于这些原因，自从回家以来，梅丽就再也没有打开过邮箱。

因为西蒙要给她写邮件，这才改变了她对邮箱的看法。晚上，她一爬上床就打开邮箱，看他从一座又一座城市给她发来的信息。

西蒙向她讲述了演奏会的进程、公众对他的欢迎。有时也会聊他在餐厅吃饭时的际遇，并详细跟她描述餐厅的氛围、菜单。末了，他会答应以后带她一起去。

入睡前，梅丽总是会给西蒙回邮件，哪怕她的日常并没有什么好讲的。

一天晚上，打开邮箱后，她发现了一封匿名信：

别再吃药了。
一个希望你好的人。

她把这个发现告诉西蒙。西蒙发誓说信不是他写的。

那么，这个希望她好的人究竟是谁呢？他为什么要写这样一封信？

西蒙来了兴致。两人你来我往地发了好多信息，就这样相隔千里地共同度过了夜晚时光。

有其他人知道你在吃药吗？

除了我的父母，没有别人。

是不是有人在你的包里发现了那些药片？

多洛雷丝。她给我整理过行李。不过她为什么要写这样一封信给我呢？

我不知道，你去问问她！

这真是一个好主意！多洛雷丝，随便问你三个小问题：你有没有翻过我的东西？你有没有写一封匿名信给我？今晚你给我们准备了什么好吃的？

……

多伦多漂亮吗？你住的房间好不好？

今天的房间跟我昨天晚上住过的类似，跟我前天晚上住过的类似，跟我大前天晚上住过的也类似……

巡演结束之前你还会不会来波士顿？

月底可能会来。

那你会不会带我出去吃饭?

如果我来的话，那一定是专程来看你的。

你真好。不过你还没回答我的问题呢，多伦多漂亮吗?

我不想多管闲事，不过你吃的那些药是干吗用的?

帮助我恢复记忆。

那你吃了以后记忆有改善吗?

吃什么? ……

……

说实话，在皮娅家住的那两天，我感觉前所未有地好。可那两天我连药都没带。

那是因为，我才是你最好的药 ……

有可能。那真是个美好的周末。

以后我们还去。我答应你。

你明天去哪儿演出？

请查看我昨晚的邮件。

我知道……在圣路易斯。

那你为什么还问我？

为了让你不马上挂断。

挂断邮件？我可不知道还有这种说法……

当然有！"牛津"①博士，因为我刚刚就这么说了。很晚了，我不打扰你了。明天你还有演出呢。

凌晨我再上线，等我一回房间就上。

你房间在哪儿来着？……晚安，我的西蒙。明天见。

---

① 作者注：此处指《牛津词典》。

梅丽把电子笔记本放在床头，关了灯。

十分钟后，电子笔记本的屏幕再次亮起。

我虚荣心强，恨不得说你这周末感觉好全是因为我，哪怕皮娅的好手艺也起了一定作用（千万别告诉多洛雷丝）。但我想了想，还是劝你再停几天药，看看感觉如何。现在，"牛津"博士真的要睡觉了。

＊　　＊　　＊　　＊

第二天，梅丽正在弹钢琴，听见背后有窸窸窣窣的响声。她努力把注意力集中在乐谱上，但还是没忍住，回过头来。

有人从门缝下面塞进来一个信封。

她起身捡起信封，拆开。

小姐，

*　　有人在我的厨房里等您。*

*　　　　除了当信使以外还有很多别的事情要做的*

*　　　　　　您忠诚的多洛雷丝！*

梅丽又看了一遍字条，然后快步向厨房走去。她特意从房子左侧走，至于原因，大家都知道。

多洛雷丝正忙着做饭，只把手一抬，指向位于花园的庄园后门。

西蒙正坐在一辆的士的后座上。

"行行好，别问我'你不是去圣路易斯了吗'。"他朝她走来，先发制人地说。

"你不是去圣路易斯了吗？"

"你就当是音乐会取消了吧！昨天晚上音乐厅起火了。幸运的是，我们在上飞机前就接到了通知。"

"然后你就跑来看我了？"

"你只有权问两个傻问题，现在你都问完了。你上不上车？"

梅丽转过身来。透过厨房的玻璃窗，多洛雷丝正朝她挥舞一块抹布，示意她快走。

她坐上车，的士发动。

"我们去哪儿？"

"我带你去见一个人。"西蒙说，"我只有几个钟头的时间。乐团已经飞往亚特兰大了，明天有演出。"

"可是你没去……"

"我警告你，如果你还继续做这些聪明绝顶的观察评论，我就要把你的那些药统统扔掉。我之所以来，是因为我这边有新进展。要知道，昨晚给你发了邮件以后，我好久都睡不着。我甚至把自尊放在一边，给前男友打了个电话。"

"大半夜的？"

"事情总得有点乐趣我才会去做吧，大半夜吵醒前男友就是其中一种。你不要老是打断我的话。我跟他打听他朋友的事情，就是遭遇摩托车车祸的那位。我敢拿我的琴弓跟你打赌，他和我前男友绝对有染。不过，这个不提也罢。阿尔文·约翰逊就在波士顿，我的前男友很想介绍他给我认识。我今天早上一醒来就给阿尔文打了电话，说了你的情况。他同意跟你见面。我本来打算让你一人去的，可我得知今晚的音乐会取消了，于是就让乐团其他人先走，自己改道来陪你。"

"西蒙，我真的不知道要怎样谢谢你。"

"你就说声'谢谢'呗，大家都是这么做的。没错，我知道，我就是个救世主，谁让我是你的朋友呢。如果你觉得辉煌的钢琴事业把你的人生变成了一片寂寞的海洋，那我告诉你，首席小提琴手的生活不比你的热闹多少，最多就是在巡演时有几段小插曲。悲凉是无止境的，我亲爱的朋友，而我的好奇心更是如此。所以我来了。"

"你这么说真有趣。"

"我说什么了？"

"海洋。"

"连这也有趣？不行，赶紧把你的药给我！"

"那天我们坐在皮娅家门口的海滩上时，我看着海洋，觉得自己跟它很像。"

"你觉得自己跟海洋很像？"

"你可不可以不要再笑话我了？"

"太难了！我做不到！"

的士停在一家露天咖啡馆前。梅丽看着那些喝咖啡的人，不知道即将要见的人是哪一个。

"你到底来不来？我真的没有太多时间。"西蒙抱怨。

阿尔文·约翰逊长着史蒂夫·麦奎因①的脸和阿尔文·艾利②的身体。邻桌的女人们不停盯着他看，西蒙连话都说不清楚了。如果把他吞吞吐吐说出来的几个音节按正常顺序排列的话，他想说的大概是："你好，今晚有空吗？要不要一起吃饭？"

阿尔文问候了他们，邀请他们入座。他叫来服务员，要了三杯咖啡，然后冲梅丽笑了一下。西蒙刚吞下一口暖融融的咖啡，可心却一下子凉了半截。

"怎么样，你是什么情况？"阿尔文问她。

"你指的是什么？"梅丽问。

"事故、苏醒……我们不就是来谈这个的吗？"

"直升机失事和失忆。你呢？"她回敬道。

"摩托失事和感觉奇怪。"

"感觉奇怪？什么意思？"

"我觉得自己变了。他们说这很正常，因为我是一个'再生人'，一个具备重建记忆的人类4.0版 —— 这么说很炫酷，你不觉得吗？"

"我可从没这么想过。不过既然你这么说的话……你说的'他们'是指谁？"

"朗悦中心的医生们。"

"你为什么会觉得自己变了呢？"

"我苏醒过来的时候，特别想看书。我以前不是这样的。不

---

① 美国好莱坞动作片影星。

② 美国著名黑人舞蹈家。

是说我从没看过书，而是自从我苏醒以后，读起书来如饥似渴，一切能找到的书我都读。还有，以前我是素食主义者，而现在我无肉不欢。你说这是不是很奇怪？"

"是很奇怪。"梅丽平淡地说。

一阵沉默。阿尔文又问："你呢？你什么都不记得了吗？"

"只有一些小片段，但都不太 probant。"

阿尔文偷偷地在手机里输入这个单词。

"有说服力的、能说明问题的、有总结性的…… 我知道你想说什么。"他舒了一口气，"你是回到了自己的身体里吗？"

"'回到了自己的身体里？'这句话是什么意思？"

"我自己的身体已经在事故中报废了。当时我没戴头盔，摩托车……"

"好了好了，细节就省略吧……"西蒙赶紧插话。

"你的记忆被重建在另一个身体里，那个身体不是你的？"梅丽问。

"对，我刚刚不是说了嘛。有个男人脑死亡，他又没做记忆备份，于是我刚好用了他的身体。我还赚到了——我指的是外表。"

阿尔文向他们转述了他从医生那儿获知的信息：他的记忆被存储在神经链接系统的主机里，一存就是好几年，直到合适的身体出现。

像他这种情况，神经链接系统要通过持续的强放电，将躯体捐赠者的大脑完全格式化，然后再将事先储存的受捐者的记忆输

316

入捐赠者的大脑中。

梅丽问："什么才是'合适的身体'？"

"当然得是同性别的。然后是相同年龄、相同体格 —— 这些是非必要条件，但如果能找到这样的就最好，可以免除'后重建阶段'的麻烦，尤其是在情绪和个性方面，因为这些都与身体记忆有关。反正他们是这么跟我说的。如果你是运动员，那最好用另一个运动员的身体。我的躯体捐赠者跟我一样，是个舞蹈演员。不过，当我踮起他的脚时，那感觉真的很奇怪。我觉得自己像个僭越者。不过，如果我没理解错的话，最重要的还是大脑皮……皮……对了，是大脑皮质细胞的兼容性。"说着，他指了指自己的脑袋，"这是神经链接系统操作记忆转存的基本要点。"

西蒙和梅丽听傻了眼。

"你们饿不饿？我想吃点东西。"阿尔文提议。他想，自己花了这么多时间，他们一定会请客。

西蒙把菜单推给他，目光却一直停留在他身上。

"话说回来，就算你被赋予第二次机会，也总会碰上个把难题，不是吗？你有没有看过一部电影，电影里的家伙在一个荒岛上生活了很多年，最后获救。他高高兴兴地回到家，本以为回到了文明社会，可以重续几年前的生活。结果，他发现老婆以为他死了，早就改了嫁，生活已经面目全非了。我在一个服务器里待了三年，就跟待在荒岛上差不多，只是周围没那么多沙子。出事之前，我疯狂地爱着一个著名的舞蹈演员，我和她简直就是天生一对。可是这些都成了往事。当我再去找她时，她根本就没有认出我来。其实，说不定她也能适应我的新外表⋯⋯"

"除非她特别特别特别挑剔⋯⋯"西蒙强调。

"可这个假设我连提都没提。我不在的时候，她已经结了婚，生了小孩。不是骗你们，我真的跟踪过她，看她去幼儿园接女儿。当我看着她们走远，我就想，这原本是属于我的幸福。不过，我到底还是活着的，哪怕我的内心再沮丧。我去见过中心的心理医生，他说，有持续的沮丧感属于正常现象。心理医生真是有趣，你跟他说很不正常，他却跟你说正常得很。"

"为什么正常呢？"梅丽问。

"他说，情感记忆是最复杂、最持久的一种记忆。对不起，我不知道说我自己的事能不能帮到你。不过，能说出来，感觉也蛮好的。也许你说一说也会感觉好些。如果你要那个心理医生的联系方式的话⋯⋯我虽然有点瞧不起他，但他很善于倾听。"

"他拿钱不就是为了这个嘛。"西蒙说。

阿尔文好像没领会到西蒙的幽默。

"我们这样的人，都活得不容易。但有一件事情是确定的：我们毕竟有死里逃生的亲身经历。"

梅丽突然感到一股强烈的电流穿过颈项。她的头一阵眩晕，视线也变得模糊起来。她抓住桌子，差点没昏过去。

西蒙赶紧抱住她，不停拍打她的脸颊，请求她睁开眼睛。

她看见一座伸向大海的浮桥。她在这座浮桥上散步，身边有一个男人。她转过头来，想要看清他的脸。可是还没来得及，她就已经重新恢复了意识。

"你没事吧？"阿尔文问。

"她终于恢复了一点血色。"西蒙说。

"你也是。"阿尔文对西蒙说。

"没事的。"梅丽呢喃着，试图坐直身体。

"你刚刚吓死我了。"

"一定是低血糖的原因。我今天早上什么都没吃。"

阿尔文抓起三包糖，撕开来，全部倒进梅丽的杯子里。

"喝了它。"他说。

西蒙谢过阿尔文，然后叫了一辆的士。梅丽向他保证说自己可以独自回家，可西蒙坚持要送她。

当西蒙结账时，阿尔文把心理医生的名字和联系方式写在一张纸条上，递给西蒙："就说是我介绍的。"

＊　　＊　　＊　　＊

"要不我推迟出发时间吧？"在路上，西蒙说。

"不用。我只是有点头晕而已，根本不算什么。"

"你刚刚脸色白得吓人，还翻白眼……"

"真奇怪。"梅丽打断他的话，"我刚刚好像记忆重现了。"

然后，她向西蒙描述了在她脑海中短暂出现的画面。

"我得想办法调查一下自己的过往才行。"

的士穿过巴尼特庄园大门，西蒙把阿尔文留给他的心理医生的联系方式交给梅丽。

"今晚我会在飞机上，不能给你发邮件。你最好去看看这个心理医生，跟他聊聊，说不定会回想起什么来。你接受药物治疗也就是为了这个嘛。所以，考虑一下吧。"

梅丽收好联系方式，拥抱了西蒙。

"别担心，"她说，"如果明天你表演的时候会想起我，我会很开心的。明晚我晚点睡，等你的邮件。你得告诉我音乐会的进展，我全都想知道，任何细节都不放过。"

西蒙亲了亲梅丽，请司机等她走进家门后再出发。梅丽下了车，走了几步，又折回来，弯腰在车窗外对西蒙说："西蒙，谢谢你做我的朋友。"

*   *   *   *

梅丽和父母共进晚餐。她基本上不跟他们说话，也没告诉他们白天与阿尔文见面的事情。她没有提会面时的那阵眩晕，只对母亲说她一直在吃药 —— 这当然只是一个谎言。还没等到上甜点，她就借口说自己太累，离开了餐厅。

整个晚餐过程中，她都觉得陪伴自己的是两个陌生人。她的母亲越是冲她微笑，这种感觉就越是强烈。真叫人受不了。

一回房间，她就掏出手机，高兴地发现有条新信息在等她。

      我现在在三千英尺的高空，也就是说在九霄之上。据我观测，明天你醒来后，会有糟糕的天气在等你。因为晕机，我不敢靠近舷窗。飞机上的饭菜难以下咽，不过没关系，座位很小，我完全可以啃到自己的膝盖。我的女邻座在打呼噜。搭乘夜间航班真是个好主意。希望你睡得比我好一些。明天我到亚特兰大了再给你消息。

西蒙

梅丽的目光一直停留在手机屏幕上。她回想白天发生的事情、她的眩晕，以及晚餐时的难受感觉。一定是什么事情不对劲，而且越来越不对劲了。

她掏了掏裤子口袋，找出西蒙留给她的联系方式，然后写了一封邮件给阿尔文推荐的那位心理医生，跟他约定见面的时间。

21

施奈德医生有六十岁左右。为了掩盖秃顶，他的头发被梳向一边。栗色的胡须为他增添了几许风度。他面带笑容，如慈父般邀请梅丽走进他的办公室（其实是一间小会议室）。这个房间根本不像心理医生的办公室。他告诉梅丽说他不喜欢沙发。人们到他这里是来沟通的，不是来午睡的。

和大部分的同行不同，他喜欢坐在病人的对面，而不是藏在他们的背后。心理分析成功与否，取决于病人在多大程度上信任自己的医生。据他所言，要建立良好的信任感，病人和医生之间必须看着对方的眼睛沟通。

"我承认，"他说，"坐在这张大桌子旁会让人有点紧张。不过，在听您讲述的同时，我必须也要观察您的行为。"

施奈德与众不同，但梅丽觉得他的做法不无道理。

第一次治疗，施奈德只是倾听。梅丽跟他聊她的失忆，告诉他有时她觉得自己的身体里好像住着另一个人。施奈德频频点头，还做了记录。

第二次治疗时，他请她具体讲讲，她所说的"另一个人"是什么样子的。梅丽说不出来。不过她告诉医生，她非常肯定自己曾经深深地爱过一个男人，可从她对自己过往的调查结果来看，情况并非如此。

施奈德推断，她可能是把艺术事业拟人化了。她把全部精力都倾注到音乐之中，音乐填满了她的日常，却又在她的生命中留下了一段空白。而人性是忍受不了空白的。梅丽对这个推断有所怀疑：难道某天跟自己一起在浮桥上散步的，是一架钢琴？

这时，一位助理敲门进来，在施奈德医生耳边低语了几句。施奈德医生向梅丽道歉，说他必须离开一下。他的一个病人情况非常不妙，他必须进行视频问诊，时间不会太长。施奈德说完便走了，只留下梅丽一个人。

梅丽坐在旋转座椅上转了一周，发现办公室一角的托架上有一台信息终端机。她突然想给西蒙写一封邮件，于是把椅子挪过去，对着屏幕眨了三下眼睛，想要打开邮箱。终端机没任何反应。

她又试了一次，还是没用。梅丽心想，一定是电脑坏了。

她正要离开，屏幕却突然亮起，出现一行字：

【1 + 1 ＝ 1】

梅丽盯着这个奇怪的等式，俯身在键盘上敲入：

【1 + 1 ＝ 2】

屏幕上的字消失了。不一会儿，那个等式再次出现：

【1 + 1 ＝ 1】

种种迹象显示，这台电脑崩溃了。梅丽耸耸肩，发现屏幕上又出现了一行字：

【你好】

"你好。"梅丽大声回答，连自己都吓了一跳。

【1＋2＝2】

"对一台电脑来说，你的数学不怎么行啊。"

一段黑屏后，屏幕再次显示：

【别吃那些药】

梅丽感到心脏一阵狂跳。

"你是谁？"她问。

屏幕上出现两个字：

【霍普】

走廊里传来一阵脚步声。屏幕上的字消失了。

梅丽把椅子重新挪回桌边。助理走了进来，告诉她施奈德医生的那个病人所需要的时间比预计的长。施奈德医生不想让她久等，建议她改天再来。

梅丽问助理，她可不可以在办公室里再坐一会儿，因为她想趁热打铁，在现场好好回顾一下她与施奈德医生的对话。

助理觉得没有问题，因为下一位病人二十分钟后才到，梅丽可以一直待到那个时候。

等助理走了，梅丽又回到屏幕前，在键盘上输入：

"霍普是谁？"

【你】

"我不叫霍普。"

【1＝霍普】

"我不明白。"

【1+2=2】

"我还是不明白！"

【2 = 乔西】

"不管你是谁，都别再写这些傻乎乎的公式了。请以明了的方式与我沟通！"

屏幕上的字消失了，只剩下一个小亮点，表示程序正在运行中。

作为对梅丽提问的回答，神经链接系统最终写道：

【霍普是过往对未来的承诺，你是现在。

我无法再告诉你什么，因为你全都知道。】

"我什么都不知道！"梅丽气愤地说，"这些哑谜到底是指什么？"

【找回她。我把一切都还给你了。再见，霍普。】

助理进来请她离开，把梅丽吓了一跳。就在梅丽转过身去的同时，屏幕自动关闭了。

＊　　＊　　＊　　＊

走出中心，她想到的第一件事情就是给西蒙打电话。她看了一下手表，现在他应该还在台上排练，不方便接电话。

沃尔特在门口等她。她坐上车，请沃尔特往市中心开。

"有什么问题吗，小姐？您看起来很忧伤。"沃尔特从后视镜看着梅丽，有点担心她。

梅丽不是忧伤，而是迷惑、不安。是谁在屏幕后面冒充她？霍普是谁？为什么数字"2"会等于一个男人的名字？还有，电脑说她"全都知道"，到底是指什么？这么多问题悬而未决，又来了一个新问题:为什么她的直觉告诉她，对刚刚发生的事情要保密?

可能是因为，如果说出去的话，别人会把她当成疯子。

看到梅丽沉默不语，沃尔特打开手套箱，从中取出一个银色的小瓶子。他打开瓶盖，把瓶子递给梅丽。

"您喝一点点就行，这东西可不是闹着玩的。"

梅丽喝了一口，然后剧烈咳了几声。沃尔特笑了，从她手中把小瓶子收走。

"喝这么多应该是够了。"她一边咳嗽一边说。

"我看也是，您已经红光满面了。现在呢，您想去哪儿？我觉得您好像不太愿意马上回家。"

沃尔特说得对，她不想回家。现在不想，今晚更不想。她记起西蒙的提议，于是请沃尔特把她送到联邦大道65号。

楼里的门房为她打开公寓的房门，然后把钥匙交给她。梅丽快速地在公寓里转了一圈:一间睡房、一间浴室、一间带厨房的客厅。公寓在四楼，面向广场公园。

透过窗户望去，周围的建筑物有飘窗和红色的墙砖，让人以为这里是梅菲尔①。

过了一会儿，梅丽从楼上下来，请沃尔特再帮她一个忙。

沃尔特回到巴尼特庄园，走进厨房，确定总管家不在附近，

---

① 英国伦敦的上流住宅区。

然后把小姐的请求告诉了多洛雷丝。

过了一会儿，沃尔特带着由多洛雷丝整理好的行李箱，重新驱车赶往联邦大道。他把行李箱放在门房那儿，然后离开。

晚上七点，晚餐时间到。多洛雷丝告诉巴尼特先生，他的女儿要离开几天。哈罗德很惊讶，女儿没有提前通知任何人。他甚至为此而感到不悦。多洛雷丝朝他使眼色，示意他跟她去配膳间。哈罗德不明白多洛雷丝意欲何为，但在她坚持的目光下，他不得不服从。

多洛雷丝首先要他发誓不告诉任何人是她泄密的，然后才用神秘兮兮的口吻告诉哈罗德，梅丽小姐要给他一个惊喜。她去找音乐界的朋友了，希望能够重新加入交响乐团巡回演出的行列。

哈罗德两手捂住张大的嘴巴，意思是自己会像鲤鱼一样缄默。他迈着欢快的步伐往餐厅走，还朝身后的多洛雷丝竖起大拇指，以示庆贺。多洛雷丝一直目送他消失在走廊尽头，心想，一个缔造了商业帝国的人怎么可以傻到这种程度。

一开始，梅丽还为要钻进西蒙的被窝而感到难为情。可后来她想起他们已经在皮娅家"同床共枕"过了。

整个下午，她都在街上闲逛，什么都不去想。不过话说回来，她也想不起什么来。

路上，她折进一家精致的小铺，买了些吃的东西，然后回家边看老电影，边吃晚餐。尽管她已经很困了，但仍旧扛到午夜，这时西蒙应该已经回宾馆了，但愿他今晚过得不错。她写了一封邮件给他，十分钟后又写了一封，希望能够得到他的回复。入睡前，她写了第三封邮件，告诉他，她已经搬到他家来住了。不用再被关在那个大庄园里，她觉得无比自在。这全都多亏了他。她眼皮发沉，在写下感激的话语、传达温柔的拥抱后，邮件还没发出，她就差点陷入深深的睡眠中。

22

在这张床上醒过来时，梅丽感觉比前一天晚上更自在了。全新的生活终于向她敞开怀抱。西蒙的公寓不比她在巴尼特庄园的房间大多少，但正是这种更加人性化的空间，使她觉得十分惬意。

房间的陈设也体现出西蒙的精致与细腻。浅色木制壁炉架的两侧，书架被图书压得快要变形。一条灯芯绒地毯铺在老旧的木地板上，地板在梅丽脚下吱呀作响。沙发和两张白色亚麻藤椅摆放在茶几周围，茶几上堆满了艺术类书籍。绿植的枝条一直伸展到两扇窗前，灿烂的阳光从窗外倾洒进来。几幅优雅的挂画为白色的墙面增添了几分色彩。梅丽不知道西蒙原来如此热爱阅读。她想，要是阿尔文能在西蒙的书房里复苏，那他就是世界上最幸福的人。在这些书中，有很多图集，见证了西蒙去过的地方:纽约、旧金山、莫斯科、上海、柏林、罗马、巴黎、伦敦……这些大都市被永久地写入书里，她也许在这些城市里跟西蒙同台表演过。

梅丽挑了一本关于香港的图集，盘腿坐在地毯上读起来。她翻了几页，目光却被茶几上的另一本图集吸引。她丢下手中的书，一把抓起茶几上的这本。图集的封面是一座灯塔的照片。

梅丽全神贯注地盯着这张封面。突然，泪水充盈了她的眼眶，她却不明白为什么。她越是想控制，泪水就越往下掉。

这时，她的电话响了。听到西蒙的声音，她忍不住抽泣起来。

"你哭了？"

"没有，我只是重感冒而已。"

"我听见了，你明明就是在哭。你在我家住得不好吗？"他着急地问。

"恰恰相反。"梅丽回答。

"那你这是怎么了？"

"我也不知道。"她哽咽着，"是书的原因。"

"我跟你一样，有的小说会让我流泪。"

"我看的不是小说。"梅丽还在抽噎，"我甚至还没翻开书页就哭了。"

"是吗？是哪本书？"

"是一本图集，封面上有一座灯塔。"

"布兰特角！"

"什么？"

"封面上的照片是布兰特角灯塔，我国最著名的灯塔之一。夏天，有大批的游客去楠塔基特参观它。现在，我能问问为什么这个灯塔会让你感伤吗？"

"我不知道。我看着灯塔，然后就像傻子一样哭了起来。"

"一般来说，当一个人毫无理由地哭泣时，别人会劝他不要沉溺在自己的情绪中。可是对于你，我倒要建议你好好倾听自己内心的声音。如果一张灯塔的照片就让你哭成这样，那事情一定不简单。得弄明白为什么。"

"同意。那怎样才能弄明白呢？"

"也许应该过去看看？"

"也许吧。"梅丽呢喃。

"下周日我们没有演出。我坐飞机回来，陪你去。"

"你周六在哪里演出？"

"温哥华。"

"那我绝对不允许你因为我的原因在飞机上过夜。而且，你说得对，我应该自己一个人去。"

"我没这么说啊！这跟我的提议不恰好相反吗？"

"西蒙，你觉得最终我能弄明白发生了什么事吗？为什么我就不能过正常的生活？"

"因为正常的生活无聊得要死。"

"你一定是有艳遇了！"

"你怎么突然这么说？"

"你的声音听起来就像是有艳遇的人。你本来要打电话给最好的朋友，告诉她你很幸福。可是这个朋友太自私了，只顾着说她自己，根本没和你分享这份幸福。他叫什么名字？"

"《情殇玫瑰园》①。"

"这是个人名吗？"

_____

① 《情殇玫瑰园》(_Péril en la demeure_)是一部法国电影，一九八五年出品，导演为米歇尔·德维尔。影片讲述了一个由男女私情导致的犯罪故事。

“不是。但我迟早会坠入爱河的。”

“为什么说‘坠入’爱河？”

“因为如果在爱情中受了伤，你还可以爬起来。”

“那如果在爱情中感觉良好呢？”

“我想那就该‘共浴’爱河了吧。”

“那我祝愿你能这样。但你要小心 …… 不，忘了我刚刚说的这句话。你要敞开了去活，不要有任何顾虑。”

“那如果我在爱情中受伤了呢？”

“你一直都会有个向你伸出援手的朋友。”

“梅丽，你会好起来的。耐心一点，生活会恢复正常的。”

“你刚不是说正常的生活无聊得要死吗？”

“算你得一分。”

“去吧，去找你的‘情殇玫瑰园’去，不要担心我。我会去看那座灯塔的，到时候我再给你消息。灯塔在楠塔基特，对吧？”

“我的车钥匙就在进门的柜子上。车停在地下停车场。地下只有一层，你一定能找着。你先开车到科德角，然后搭乘轮渡。到了那边一定要给我打电话。如果你想在那儿过夜的话，我向你推荐港口的一家旅馆，它是岛上最古老的一家。看外表不怎么起眼，可一旦你推开旅馆的门，就会发现我所知道的世界上最美丽的地方之一。”

“一言为定。我到了就给你打电话。”

“我等着。开我的车时小心点，它已经是一个老太太了，和所有的老太太一样，她既优雅又脆弱。再见，梅丽。”

梅丽挂了电话，重新拿起那本书。她久久地凝视着布兰特角灯塔的照片，要不是担心自己快疯了，她会发誓说那座灯塔在向她微笑。

她走到门口，在柜子上找到了西蒙的车钥匙，然后下楼去停车场。

* * * *

梅丽一路向南。她开起车来就跟弹琴一样熟练，可是开车要比弹琴有趣得多，因为风会把头发吹得飘起来。当她到达科德角时，轮渡即将离岸。她来得正是时候。

轮渡刚驶离港口，她就开始晕船，只好走出船舱，来到走廊上，沐浴在海风中。

轻柔的浪花被轮渡推向两旁。白色的海鸥在海平面上盘旋。海岸线在梅丽的视野中越退越远。

* * * *

楠塔基特岛比梅丽想象中的更美。

她找到了西蒙推荐的那家旅馆。旅馆就搭建在海面上，由几根木柱支撑着，传递出一种慵懒而欢快的气息。她很快就明白为什么西蒙会喜欢这一家了。

一个贩卖纪念品的商人为她指明通往布兰特角灯塔的路。

站在木质走廊的一头望去，布兰特角灯塔显得比照片上的要小一些，但仍然不失风度。她自问来这里干吗？这趟旅行真的能为她带来她想要的答案吗？

梅丽把双肘支在走廊的栏杆上，深吸了一口空气，目光在浪花上游离。

在微风的窃窃私语中，她听见：

把我的骨灰扔进大海，我的乔西。我也想要一次重生的机会。

梅丽四下张望，寻找声音的来源。

"你相信人死了以后，还会在另一个世界里继续生活吗？"

"我相信。在我真的非常害怕的时候。"

也许是一对情侣在灯塔的另一头聊天。梅丽绕着灯塔走了一圈，又回到原点，没有看见任何人。

"你怕死？"

"我怕你死。"

"如果人死了以后真的会在另一个世界继续生活的话，那我会活得很年轻。而你，只能等到老得都快走不动的时候，才会来到那个世界。"

"为什么我就得老到快走不动了才死呢？"

"因为生活很美好，我命令你活到很老才能死。"

梅丽想，也许是风把这些话语吹到了她的耳中。她转过身来，目光在海滩上搜寻。

在距离布兰特角灯塔约一百米的地方，有三座长满木槿的小山丘。距离灯塔最远的那座山丘上，她看见一座废弃了的石头小屋，墙上刷着一层石灰。

她想要探个究竟，于是沿着走廊，朝小石屋走去。

对话声又一次在她的耳畔回响。

"只有淡化'彼'或'此'的色彩，'彼此'的色彩才会更浓郁。"

小石屋周围人烟稀少，只有三个孩子在沙丘上玩耍。她终于明白，这些话语并非来自外界，而是存在于她的脑中。

她的心在狂跳。她加快脚步，却突然在一块白色的大石头跟前停住了。这块大石头就立在小屋前柔软的草地上。

梅丽跪在地上，用手抹开浅浅的沙层，发现石头上刻着两个名字。

一股电流穿过她的后颈。她眼前发黑，晕了过去。

*　　*　　*　　*

"女士？ 女士？"

一个孩子摇晃着她的肩膀。他的两个小伙伴站在一边看。

"弗雷德，要不要去叫人过来帮忙？"

"等一等，莫莫。她睁开眼睛了。"

"女士？ 你是在睡觉还是死了？"

梅丽用手撑着头，坐起来，感觉就像遭过雷击一样。她就这样在地上坐着，许久没回过神来。

"你是自己摔倒的吗？"

"我想是的。"她微笑着对小男孩说。

她依然能听到窃窃私语。

"如果有一天我真的回来了，却找不到你，我该怎么办？"

"你一定会找到我的，我敢肯定。哪怕那不是我本人，我也会存在于那个人的眼神里、心灵里、青春里。你要用我给予你的全部力量去好好爱他。那时，就轮到你来赐予我永恒了。你要告诉他，我们是第一对疯狂到可以朝死神吐舌头的人，你要为我们的聪明才干开怀大笑。"

"你知道你都在说些什么吗，我的乔西？你所说的，就像是地平线倒转了一样。"

"我叫弗雷德。他叫莫莫。戴帽子的那个叫萨米。他们都是我的好朋友。你呢，你叫什么名字？"

"霍普。我叫霍普。"她回答。

23

"石头上刻的就是你的名字咯？"

"是的。"

"那'乔西'是谁？"

"他是我倒悬的地平线。"

"为什么要把石头放在这里呢？"

"因为它标志着一个藏宝的地点。你们帮我一起来挖吧？"

＊　　＊　　＊　　＊

不用多说，三个小孩很快动起手来。不多久，在他们满是沙子的小手下，出现了一个黑色的行李箱。

霍普给了他们足够的钱买冰激凌，三个孩子便开心地跑开了。他们欢笑着，比赛看谁先到达商店。

只剩下她一个人了。霍普打开箱子的插销，翻开箱盖。

箱子里有一封信，还有几件她熟悉的物品 —— 都是她在周日跳蚤市场上淘来的战利品。其中，一架木头做的小飞机让她顿时泪如雨下。

她深深地吸了一口气，展开信纸。

霍普，我的爱人：

如果你打开了这个行李箱，就意味着我们完成了一项不可能的壮举。

多么矛盾的感觉！给你写这封信的时候，我心情沉重；但一想到某天你会读到它，我的内心又充满了希望。

我们的想法并不重要，重要的是我们相爱的方式。是我们相爱的方式塑造了"我们"。我原以为，一个人小时候以何种方式被爱，决定了他长大后会以何种方式去爱。但我错了。真正的爱，在于毫无顾虑、毫无保留地给予别人我们曾经缺少的。这一点，是你教会我的。

当属于我们的最后几晚来临时，我会守在你身边，倾听你的呼吸，捕捉你的气息，把它们永远刻进我的记忆里。我会把头靠在你身上，沉浸在你皮肤的暖香之中，回忆我们过往的日子。在那些日子里，当你纵声欢笑，当我们共浴爱河，当我紧贴你微汗的乳房，我觉得我已经学会了生活的点金术。

死神是闯入我们生活的亵渎者。它把我们的生命一同掳走。

在你离开后，我会翻天覆地地寻找，只为祈求爱与人性的零星残渣。我会从两个牵着手的陌生人身上，看到我和你的影子。我会去周日跳蚤市场，追寻我们的足迹、担忧和欲望。

我知道，比起要离开的你，你更担心要留下的我。你要我继续活、继续爱，我知道，为此你曾多么努力。你耗尽所剩的全部气力，就是为了让我慢慢学会这一点。可是，若看不到你在我身边，我又如何去看世界？若没有你的笑脸，生活又怎么会有欢颜？若不能与你共读，哪本书又值得我去翻阅？人们说，生活的意义源自它带给我们的感触。没有你的气息，我怎么去闻？没有你的声音，我怎么去听？没有你的眼神，我怎么去看？没有你的双手，我怎么去触碰？没有你的肌肤，我怎么去体验？没有了你，我怎么活？

我知道，你一定会让我发誓，不在死神面前低头，不把你给我的爱全部当成献给死神的祭品。当你躺倒在死神的怀抱中时，请要求死神让时间过得快一些，让我可以迈着苍老的步伐回到我们曾经一起跑过的街，让我可以为不久之后与你的重逢而微笑。

请告诉死神，我们的爱远比它强大。因为这份爱能超越死亡，继续存在。

你是我在最疯狂的梦中都不敢奢望的女人。你瞧，说来说去，你才是我生活的点金术。

在我们手牵着手离开这座岛屿之后，我不知道还要煎熬多长时间。但我知道，以后的任何一天，没有哪个清晨我不会睁开双眼就向你道早安，没有哪个夜晚我不会闭上双眼就看见你的脸。

如果你能读这一封信，那就轮到我请求你去完成一项壮举：爱。用你整颗心去爱，毫无保留、义无反顾地爱。我们曾经幸福过，就要对这份幸福负责。

愿你拥有美好人生，我的爱人，正如你给予我的人生一般美好。

认识你是我人生最大的幸运。

我爱你。

你的乔西

霍普一手拿着信，一手握着木头小飞机，在海滩上一直待到晚上。

然后，她把东西重新装回行李箱，带着箱子离开了海滩。

据说，人在离世之前，一辈子的时光会如倒播的电影一般展现在他眼前。复苏后的霍普，看到的却是以正常顺序演播的人生。

在返回科德角的轮渡上，霍普沐浴着海风，目送楠塔基特岛渐行渐远。她想起当初在岛上时，她与乔西最后的那场对话。那时，他们正要把此刻她紧搂在怀中的行李箱埋进地里。

"那你呢，我的乔西？在这段时间里，你会继续生活、慢慢变老？"

"不。我会等你。"

24

夜里两点，霍普回到西蒙的公寓。她把行李放在床边，给西蒙打了个电话。

"我吵醒你了吗？"

"一定是你没看时间，否则这将是我今天听到的最虚伪的话。我给你的语音信箱留了十条语音，你都没有回复。我都快急死了，怎么睡得着？"

"对不起，我从来就不听那个该死的语音信箱。"

"好了，你到底跟不跟我说？今晚我的表现前所未有地糟糕。因为你，我被乐团团长狠狠地瞪了好几眼。"

"我想你还是先坐下来再说吧。"

"我已经躺在床上了，你别想叫我再坐起来。"

霍普把整个过程都告诉了西蒙。她不是那个多年来和他一起周游世界、登台演出的朋友。他所认识的那个朋友已经在一场直升机事故中去世了。回到现实生活中来的，是另外一个女人。

她为这个突如其来的消息感到抱歉，并向他发誓说她之前也不知情，直到她来到灯塔脚下。是灯光照亮了她的记忆。

西蒙好长一段时间都不说话，霍普不停地道歉。她说自己明天就搬走，他再也不会听人谈起她。

"求你了，西蒙，说几句话吧。你是我在这个世界上唯一了解的人，唯一亲近的人。"

"你这么说，对沃尔特和多洛雷丝有点不公平。你想要我说什么？说我没得选择，只能相信你？还是要我劝你去精神病院住住？我相信你，我也相信那些让你复苏的医生欠你一些认真的解释。另外，既然你告诉我这个秘密，那我也告诉你一个秘密：梅丽是在出事之后才成为我真正意义上的好朋友的。不对，应该是'霍普'。现在我得习惯这样叫你才行。世界上有一见钟情的爱情，为什么就不能有一见钟情的友谊呢？留在我家里吧，想留多久就留多久。我想你现在比昨天更需要一个属于自己的空间。我很快就会回来，等我回来了，我们就一起去庆祝这场疯狂的际遇。如果连这都不值得庆祝的话，那我们就太不尊重生活了。不过，眼下最需要考虑的，是你该怎么做。"

"我知道，我还欠梅丽的父母一个解释。"

"在这件事情上，我要祝你好运。但我指的不是这个。我指的是你所爱的那个男人。"

"不管乔西在哪里，我都要找到他。尽管我现在根本不知道该从何找起。"

"回到犯罪现场。优秀的猎犬都是这么做的。"

"西蒙，明天你就要登台表演了。答应我，为了我们而演，好吗？"

"亲爱的，要不是乐团团长就睡在我隔壁，我恨不得现在就开始练琴，把整栋楼的人都吵醒。下次你再也不要不给我任何消息了。现在，让我睡觉。"

西蒙向她道了晚安，不由分说地挂断了电话。

＊　　＊　　＊　　＊

霍普是在第二天中午时分回到巴尼特庄园的。哈罗德没想到女儿会回来得这么早，更惊讶于她说话时的严肃口吻。她请他把贝齐也叫到琴房来，她有话要说。

她告诉他们自己的故事，以及他们女儿的悲惨遭遇。杰出的钢琴演奏家、真正的梅丽，已经在直升机事故中去世了。她只是霍普，一个从过去走来的神经科学专业的学生。

贝齐责怪她失去了理智，不知道自己在说些什么，怀疑她是不是停止服药了。她一定要带女儿去中心找那个了不起的医生，一切都会恢复正常的。怎么能相信女儿说的这些胡言乱语呢？女儿到底是被哪个魔鬼附身，竟然说她的女儿已经死了？她的女儿不就站在她面前吗？可是，结婚四十多年来，哈罗德第一次对妻子大吼，叫她闭嘴。

"她说的都是实话，而且我们早就知道了！"他恢复了平静，继续说道，"当她醒过来时，我从她眼睛里看到的就不是梅丽的眼神，而是一个陌生人的。我好几次试着告诉你这一点，可你不愿意相信我，而我也没有让你承认的勇气。中心一定是做了什么手脚。他们把梅丽的记忆扔在一旁，或者不小心把她的记忆删除了，只好拿另一个人的记忆代替。从一开始，我就怀疑中心的研发主管有事瞒着我们。在他的大胡子和眼镜背后，一定藏着不可告人的秘密。他那么拒人于千里之外，不像是老实人，你却还把他当成大善人。我一看他那虚情假意的面孔，就知道他在骗人。还有你，小姐，你把我们当笑话看已经多久了？"

霍普从口袋里掏出她当天上午写的一份文件，宣布与巴尼特家族没有任何关系，不继承任何巴尼特家族的遗产。

她把文件交到哈罗德的手上，告诉他她真心为他和他妻子感到抱歉，然后转身离去。

贝齐急忙追了过去，想要抱住她。可是哈罗德拉住贝齐，把贝齐抱进自己的怀里。

霍普穿过厨房，拥抱了多洛雷丝和沃尔特，谢谢他们对自己的照顾，然后头也不回地离开庄园。她再也不会回来了。

*　　*　　*　　*

的士朝西蒙的公寓开去。霍普坐在的士上，心里一直在琢磨哈罗德刚刚说的一句话。

中心的研发主管不只是对巴尼特夫妇有所隐瞒，她回想自己苏醒过来时所看到的那张脸。现在她的记忆恢复了，她很快就认出藏在大胡子和眼镜后面的人是谁。

接待处的人直截了当地拒绝了她：研发主管不接受没有预约

344

的来访。末了，她还嘲讽地加了一句：确切地说，他从不接见任何人。哪怕是同事，也很少走进他的办公室。

"请你给他打电话，就说霍普想见他。"

几年来，研发主管已经从她的办公桌前经过无数次了。她敢肯定，像他这样一个特立独行、冷若冰霜的人，是不可能有情人的，更别说是与他相差四十多岁的小情人。

"我不会这么做的，因为我不想被炒鱿鱼。再说了，就算我打电话给他也没用。他今天不在中心。"

"我必须见他，有很重要的事情。"霍普坚持说。

"那你就去报考麻省理工的神经科学专业吧。他在那里执教。"

霍普没跟前台说再见，径直向的士跑去。

*   *   *   *

当霍普推开阶梯教室的大门时，教授的讲课已经进行一小时了。

她走到教室的最后一排，那儿有个空位。邻座的女孩抬起膝盖，给她腾出一条道。

"我错过了什么吗？"她问邻座女孩。

"并没有。"邻座回答。

"还有多长时间下课？"

"十分钟。不过你会觉得这十分钟跟永恒一样漫长。你根本想象不到这位教授有多无趣。"

教授转过身来，面向大家。霍普十分肯定，是他没错。

"通过我的讲述，你们都知道，神经链接项目已经进入实际运用阶段。不过，它的使用还非常有限，不可能满足所有人的需求。"他面无表情地说，"现在的问题是，如何界定一个人一生中有权进行几次记忆存储？因为只有限制个体存储记忆的次数，才能让更多人受益于神经链接项目。我知道，这并不是解决问题的最佳方案。我们还有大量工作要做，让神经链接系统优化升级，使个体更新记忆存储时，只需要在前一次的存储基础上简单刷新就行，而不必像现在这样从头至尾地把记忆再全部存储一遍。据我们推断，个体每年一次的记忆刷新只需要几个钟头的时间。"

"如何确保神经链接系统在记忆转存时不会搞错？"霍普大声问。

教室里响起一阵议论声。教授的目光在昏暗的教室中寻找，想看清提问者是谁。

"搞错什么？请问这位我看不见的小姐，你能不能礼貌一点，至少站起来提问。"

"搞错身体，比如说。"

"这个问题我们在开学时就已经讲过了，但显然你没来上课。那我再说一遍：神经链接系统不可能在没有管控的情况下运行。操作员一定会全程监视，以确保转存无误。"

"教授，我有一个很好的理由来解释我为什么没来上课。因为我在神经链接系统的服务器里睡了四十年。在您的帮助下，我是第一个将记忆存储到神经链接系统中的人。"

教室里炸开了锅，所有人都转向霍普。众目睽睽之下，霍普起身朝阶梯教室的出口走去。

教授跟学生道了声歉，追了出来。

霍普站在楼梯的最高一级，背靠着墙，等他。

"你长了皱纹，留了胡子，看起来跟以前大不一样了。不过透过眼镜，你的眼神一点都没变。"

"果然是你，你回来了。"卢克叹了一口气，"老天爷，你真年轻，而且跟以前大不相同了。"

"这不关老天爷的事。当我在中心的病房里苏醒过来时，你真的什么都不知道吗？"

"当然不知道。你以为呢？你为什么没有早点来找我？"

"因为在此之前，我一直处于失忆状态。这一点你也不知道？"

"霍普，你到底想要责问我什么？"

"他在哪儿？乔西在哪儿？"

"我不知道，我向你发誓。你走了以后，他再也不是你所认识的那个乔西了。他不再来中心，不再参与实验，只是把自己关在复式房里。我想方设法地劝他走出家门，跟他讲道理，可他什么都不听。后来，他见我来了，干脆连门都不给我开。唯一能跟他说上几句话的，是一个意大利人，就是在你们街区开杂货铺的那个。我是从他那里得知了乔西的消息。乔西去他那儿买些填肚子的东西，然后就回家。有一大，乔西把你们的东西全都卖掉，买了一辆汽车，去找他的父亲。我也被他抛弃了。从那以后，我再也没有他的消息了。"

"那你就留在这儿，都没去找他？"

"去了。我是说，我写了很多信给他，请他回波士顿。不过那些信都被退了回来，信封上写着'查无此人'。我甚至打电话到我们老家的市政府，结果他们说乔西的父亲很早之前就搬家了。我该去哪儿找他？"

"于是，他走了以后，你就成了中心的大老板。祝贺你。"

"不，我只是研发主管，而且是在他走了很久之后，直到弗兰奇去世时才当上的。你现在有什么打算？如果你留在波士顿，我们可以再见面。"

"我要去找他。"

"你知道他有多老了吗？我今年都六十二了。"

"我才不管那些流逝的时间呢。我们的爱不会苍老，因为他一直在等我。"

"霍普，好好想想，你完全可以过全新的生活。"

霍普没有回答。她后退了几步，然后转身离开。

*　　*　　*　　*

回到西蒙的公寓，霍普鼓起勇气，决定打一个电话。从楠塔基特回来后，这件事就一直挂在她心上。她拨通了加利福尼亚的一个号码，屏住呼吸，直到电话那头传来一个女人的声音。

"我找萨姆医生……"

“小姐，我丈夫已经在十年前去世了 ……”

霍普好不容易才控制住自己的情绪。她早就做好了心理准备，但此刻她所承受的痛苦丝毫没有因此而减轻。

“你能告诉我他被埋葬在哪里了吗？我想去他的墓地看看他。”

“在蒂布龙公墓。你是谁？”

“一个认识他、深爱他的人。”

“你是他生前的病人？”

“不是，尽管他也给我看过病。有一天，我会来看你的，到时候我再向你解释。再见，阿梅莉亚。”

霍普挂断了电话。阿梅莉亚整整一天都在想，到底是谁，不知道她丈夫已经去世的消息，却又知道她的名字。

25

西蒙巡演回来了。霍普到处搜集房屋信息，想要找一个她买得起的套间。萨姆之前在朗悦中心给她留了一笔钱，以防万一。四十年后，这笔小钱积少成多。

卢克想办法让这笔钱回到霍普的手中。他还动用自己的关系，为霍普在学校图书馆谋到一个职位。她可以一边工作，一边慢慢计划自己的将来。

西蒙最终说服霍普，让她继续留在他家。他说，她留下来实际上是帮了他的忙。因为他经常要外出巡演，有好长一段时间都不在家。霍普来了以后，家里的绿植长得前所未有地好。没办法，他的门房很不善于伺候花草。

西蒙在家的那一周里，也帮着霍普一起找人，经常好几小时都挂在网上，利用社交网络寻找一个名叫乔西、与霍普所爱的人相符的男人。

有时，他们会因为看见一线希望而心跳加速。可深究之后，他们又陷入失望。

一周后，西蒙再次登上飞机，两人之间维持着邮件往来。

自从霍普从楠塔基特回来后，已经过去三个星期了。霍普一直在寻找乔西。她在全国各大报纸和科学杂志上刊登了寻人启事，她甚至去了他们以前经常去的那家咖啡馆。因为西蒙提醒她，不要忽略"犯罪现场"。

一天晚上，门房打电话通知霍普，说有个女人在楼下大堂等她，希望跟她见面。

"是个什么样的女人？"霍普问。

"一个上了年纪的女人，"门房在电话里轻声说，"好像是日本人。"

门房的话还没有说完，霍普就已经冲到门外。

和子走出电梯，先是吓了一跳。她久久地看着霍普，简直不敢相信自己的眼睛。

"这真是太不公平了。"她笑着说，紧紧地拥抱了霍普。

霍普请她到屋里坐，并给她端来一杯茶。

和子在沙发上坐定，目光一刻也不能从眼前这张新面孔上移开。

"难怪我怎么都找不到你。"她最后只能这样说。

"应该我来找你才对。说实话，我没想到你还留在波士顿。我的状态有点混乱，最近几个月发生了太多事情……"

"我知道。"

"你是怎么找到我的？"

"卢克最终跟我说了实话。自从你在中心苏醒以后，我每天都向他询问你的情况。最近一段时间，我明明看出他在撒谎。我对他说，如果他还满口胡言的话，我就跟他分手。他这才承认，第102号病人最终重建了记忆，而这份记忆是属于你的。他还提到你父亲留给你的那笔钱，以及他帮你在图书馆找工作的事。我去图书馆要到了你的地址。说真的，霍普，以你的科研能力，真的要做图书馆管理员吗？"

"恐怕我的科研知识已经过时了。图书馆有那么多科学著作，我可以自由阅读，还可以拿工资，这份工作不赖。不过，到目前为止，我连一本书都没打开过。我把所有时间都花在寻找乔西这件事情上。这些你都知情吧？"

"不，我只知道神经链接系统自动运行了第102号记忆转存程序。在运行过程中，系统发生过异常现象，这让我暗自期待……"

"期待什么？"

"期待你回来。卢克想要中断操作，不过我把进入程序的密码改了。就算不改的话，我想神经链接系统的设计也不会让他有干涉的可能。弗兰奇已经把协议内容编入系统的源文件中。"

"卢克为什么要中断操作？你说的是什么协议？"

"说来话长，霍普。我这次来，就是为了告诉你这个故事。它不仅关系到你，也关系到乔西。"

"你知道乔西现在在哪儿吗？"

"不好说，情况很复杂。"

"他后来结婚了是吗？只要他幸福……"

"别吵，听我说。事情本来就很复杂，我都不知道该从何说起。"

"从与乔西有关的事情说起。我只关心这个。"

"乔西一直不能承受与你分开的事实。不只在你死后，他向来如此。在你去世之前，他就已经开始在头脑中酝酿一个大胆而疯狂的计划。他瞒着所有人，把这个计划付诸实践。我说的'所有人'，包括你、我和卢克。你还记得吗，当你们从楠塔基特回来，决定复制你的大脑内容后，他就把那张他坐了好几个月的躺椅让给了你。当时，他的记忆存储已经基本完成。你去世后的第二天，他就来到中心。我和卢克都不敢相信，他竟然如此坚强。当然，我们以为他是化悲痛为力量，除了佩服他的勇气，我们都不知道其中真正的原因。因为他瞒过了我们所有人。当他的记忆存储完成时，他就去找过弗兰奇，这位不一般的老先生。乔西在没日没夜照顾你的同时，一刻也没有停止发挥他的科学天才，向不可能挑战。大家都知道，在他和卢克组成的二人组中，他才是最有头脑的那个。卢克对此非常嫉妒，他为赢得弗兰奇的宠幸而付出的一切努力，统统白搭。如果说是他俩共同解开了记忆编码之谜，那么找到重建记忆秘诀的人是乔西。当时，他的发明尚处于起步阶段，还需约三十年的时间才能最终成型。不过他已经完成了整体框架的搭建工作。他是记忆重建技术真正的、唯一的发明者。"

"这事与弗兰奇有什么关系？"

"有重大关系。你很快就会明白为什么。乔西与弗兰奇签订了一个协议。他把自己的发明出让给弗兰奇 —— 不仅仅是他已有的发明，还包括他余生所有的发明。也就是说，通过一纸协议，乔西把自己的一生都卖给了朗悦中心。"

"他想要交换什么？"

"两个承诺。乔西认为神经链接系统在为一百个病人重建记忆之后，就是一项成熟的技术，不会有任何危险。这时，朗悦中心就要负责将你的记忆输入第一个合适的人体。乔西从来没有相信过人体冷冻技术。当时他之所以多此一举，完全是出于对你的爱。相反，他对自己执掌的项目坚信不疑。跟所有只靠自己的骗子一样，乔西不相信任何人。弗兰奇必须给他进入神经链接系统内核的授权，更准确地说，是进入这项人工智能系统的编程程序的授权。协议就是在这一点上缔结的，可以说达到了双赢的效果。从第一百个病人开始，神经链接系统将自动在第一个出现的合适的人体上重建你的记忆。而第102号病人就是它遇见的第一个合适的人体。"

"你不是说协议有两个承诺吗？另一个承诺是什么？"

"乔西就是下一个……"

"这不可能。不可能存在两个拥有相同记忆的不同个体。"

"是的，这不可能。神经链接系统不允许这样的事情发生。"

"我想不明白。"

"弗兰奇在签约的时候也被骗了。乔西花了十一个月的时间来修改神经链接系统的编程。他把自己存储完成的记忆录入神经链接系统的服务器中。他终于达成了最初设定的目标。"

"他的目标是什么？"

"我想你已经知道了。死去，然后和你在同一时间复活。乔西在你生日的那天自杀了。"

霍普沉默了好久。她说不出话来。和子留下来陪她，帮她做晚餐。当她们围着茶几吃饭时，霍普问出了她一直想问的问题。

"需要多长时间，才能找到与他相匹配的身体，让他……复活？"

"今天上午，乔西的记忆重建已经完成。他睁开了双眼。我知道你的地址已经好几个星期了，但我一直等到今天才来找你，就是为了回答这个你一定会问的问题。"

"乔西在波士顿吗？"霍普充满期待地问。

"不，自从神经链接系统进入实际运用阶段以来，朗悦就在全国开了好几家中心。我动用一切关系，才得知乔西'复活'的时间和地点。乔西的记忆被存储在位于西雅图的中心。我自作主张，给你买了一张飞往西雅图的机票，并在中心附近给你租了一个小套间。"

"小套间？"

"霍普，你们的情况一模一样。你们在几乎相同的时期，经历了几乎相同的治疗。我们完全有理由相信，乔西苏醒后会处于跟你当时相同的状态。你要拿出耐心来，等待他恢复记忆，再次找到他。"

*　　*　　*　　*

和子留在霍普家过夜。第二天，她开车送霍普去机场。

道别的时候，和子请求霍普试着原谅卢克。

"你离世的那一年，他同时失去了生命中最重要的两个人。一个是他最好的朋友，一个是他一生中最爱的女人。自从你们在学校的草坪上相遇，他看到你的第一眼起，就不可救药地爱上了你。你什么都不要说，我希望在我们四个人中，至少有一个人没有说过谎。你一直都知道，卢克爱你。为了掩饰这份爱，你才把我介绍给了他。其实我早就心知肚明，只要看看有你在场时卢克的表现就能明白。不过，我倾尽所有地去爱他，即使在他心中你永远都排在我之前。我只要占据他内心的一部分，就已经很幸福了。我一点也不后悔。当你苏醒过来时，他很害怕。我可以理解他。其实我也很害怕。去吧！我们的生命已经渐渐走到终点，而你们的生命才刚刚开始。你们要好好珍惜，才对得起所经历的这一切。请你们一定要幸福。"

　　和子拥抱了霍普，然后目送她向登机口走去。

26

乔西苏醒两个月后，离开了中心。

他在中心时，霍普每天都来看望他，他却不知道这个总是坐在公园长椅上冲他微笑的女人是谁。每天，在两场康复训练之间，他总要来公园透透气。

有时，他会鼓起勇气，坐到她身边，回报给她一个微笑。

离开中心后，卢克给乔西找到一份药店的实习生工作。工作地点就在卢克帮他租的房子附近。

每天中午，乔西会脱下白大褂，把套头衫往肩上一搭，穿过街道，去一家装潢精美的时尚咖啡馆吃饭。

他的午餐是一成不变的三明治加浓缩咖啡。他总是坐在柜台边，看着对面镜子里映照出的漆木架上的摆设。

有时，他觉得有一个常来喝茶的年轻女子看起来好面熟。她总是独自坐在餐厅尽头的圆桌边。他想自己可能是认错人了。

一天上午，他想要改变一下习惯。最近几个星期，他经常萌生改变习惯的念头。于是，他还是走进这家咖啡馆，不过这次是来吃早餐。

咖啡馆里几乎空无一人。老板站在柜台后面擦拭餐盘。乔西在一张桌子边坐下。

他的目光突然投射在一架木头小飞机上。小飞机被一根吊在天花板上的绳子系着。看到这架小飞机时,他的脖子突然有一道电流穿过,头一阵眩晕。就在他仰面倒地之前,乔西看到了自己的一生如快进的镜头,在他的脑海中播放。

当他苏醒过来时,听到守在他身边的男人说:"您感觉好些了吗? 刚刚您真是吓死我了。需要我给您叫个医生吗?"

乔西不需要医生。他站起身来,问老板,那架小飞机是怎么飞到咖啡馆里来的。

"真有趣,您到现在才问这个问题。小飞机在这里挂了至少有两个月了,是一个年轻女子给我的,说要我帮她一个大忙,把这架飞机挂在显眼的地方。我当然乐意这么做。这架小飞机还挺精美的,不是吗? 她还交给我一封信,说如果哪天您问起这架飞机的来历,就把这封信交给您。她告诉我,飞机是她许多年前送给您的礼物。可能正是因为时间太久了,您才久久没有认出它来。"

老板走到柜台后面,拿出一封信,递给乔西。

"不会吧,还没开始读信,您就已经哭啦?"

乔西擦干眼泪,打开信封。信封的背面写着一个地址和电话。

我的乔西,

我找回了你。

我爱你。

——霍普

（全文完）

作者手记

我谨以此书向金·索齐和乔西·席斯勒致意。他们的人生为本书的诞生提供了灵感。

因为看似不可能的事情其实只是个时间问题，我从心底祝福金有一天能从寒冷中苏醒过来。她从二〇一三年一月的一个雾气蒙蒙的上午开始，就休憩在这片寒冷之中。我更希望她和乔西有一天能再度相逢。

写作，可以想象一切可能。

感谢给予我珍贵建议的研究者们。当我酝酿这部小说时，我在神经科学方面的认知水平非常有限。老实说，现在我的水平也没有变得更好。

书中这些看起来不可思议的科技，大部分都是真实存在的，其他一些也有可能在将来成为现实。尤其是现在乔西给那些跟他一样在神经科学领域有天赋之才的人提供了一些参考。

弗兰奇要我不要忘记他所起到的"了不起"的作用，我赶紧写下来，以免忘记。

马克·李维

纽约，二〇一六年一月二日

您可以在以下网站搜寻到所有关于马克·李维的消息

www.marclevy.com